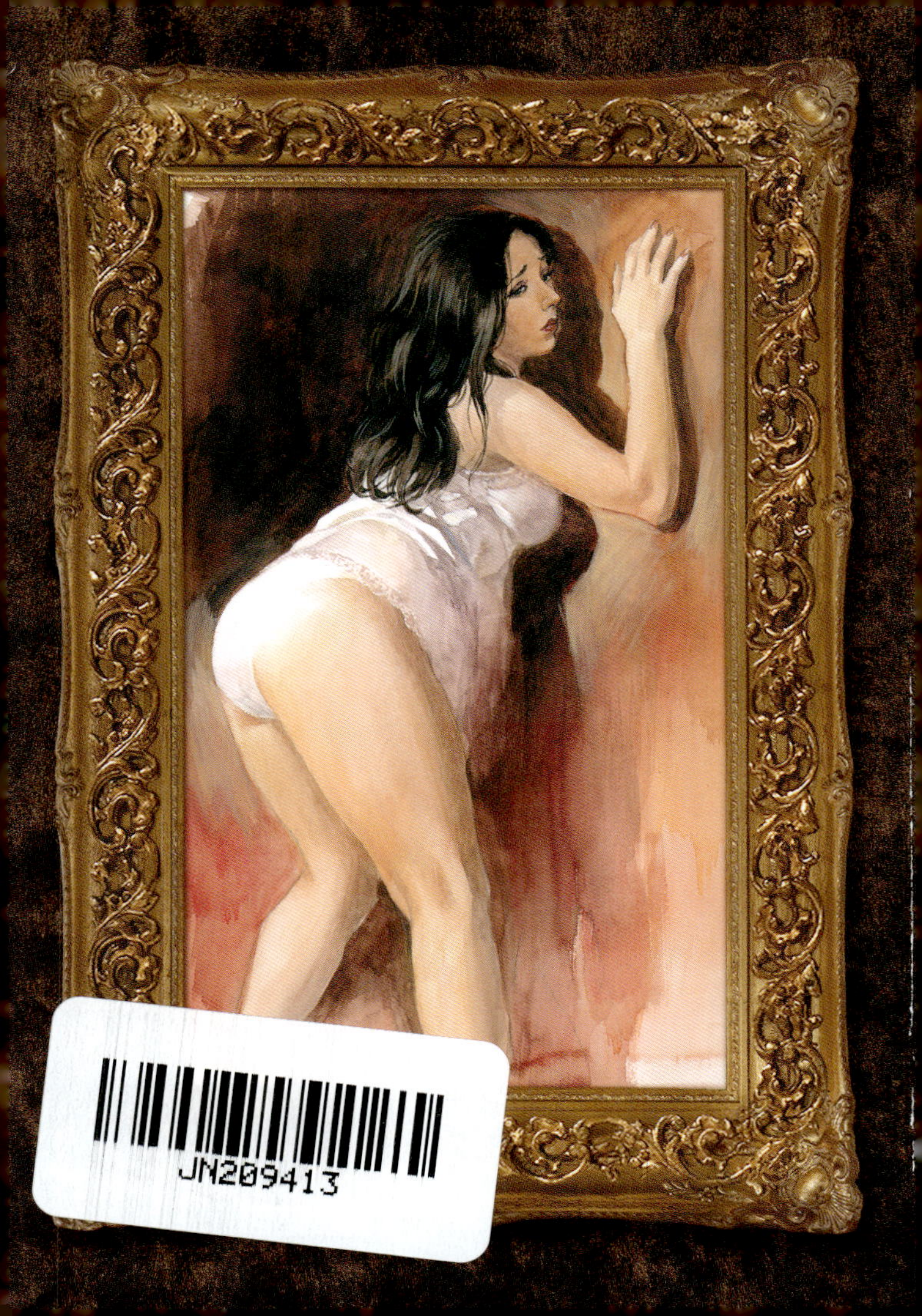

人妻
エデンの魔園

結城 彩雨

フランス書院文庫X

人妻エデンの魔園

もくじ

III

献身妻・静子　夫を救うために　367

フランス書院文庫X

人妻
エデンの魔園

I

若妻・仁美
孕ませと肛虐の檻

第一章　地獄へつづく道

1

朝倉仁美は結婚して二年、まだ子宝に恵まれなかった。赤ん坊を抱いた母親を見るとうらやましくてしようがない。

どうして自分にだけできないのか……愛する夫の子を宿し、産み、育てたいと仁美は心から願っていた。子供がいないことを除けば、夫はやさしく誠実で、仁美の生活は幸福そのものだった。

一度病院で診てもらおうと思ったが、そんな必要はないと夫は言う。夫はスポーツマンタイプ。仁美は若く美しく、豊満な乳房とヒップ、そして細くくびれた腰の見事な肢体で、欠陥などあるはずがないと言う。

実際、仁美は美しくまぶしいばかりのプロポーションをしていて、街ではよく男に声をかけられる。

「そのうち必ず子供はできるよ、仁美。僕もはげむからね」

と、夫は深い愛で仁美を包んでくれるのだが、なかなか子供はできなかった。

(やっぱり病院で調べてもらったほうがいいのかしら……)

仁美はますますそう思うようになった。その夫が二カ月の予定で欧州へ出張した。夫のいない夜がもう五日つづいている。仁美はひとり寝の切なさと子供のいないさびしさを思い知らされた。

そんな仁美に、隣りの佐川夫人はいろいろ気を遣ってよくしてくれた。仁美よりも二十五も年上の、五十女の佐川夫人は最近引っ越してきたばかりなのだが、仁美は急速に親しくなった。

その日も、一人ではさびしいだろうと昼食に招待された。

「ねえ、仁美さん。やっぱり一度お医者様に診てもらったほうがいいと思うわ。グズグズしていると、私みたいに子供を産まないまま、お婆ちゃんになってしまうわよ」

食事を終えてお茶を飲んでいる時、佐川夫人が突然そんなことを言った。

「私もそう思うんですけど、主人が……」

「ご主人が出張中だから、ちょうどいい機会じゃないの。まず仁美さんだけでも診てもらうのよ」

仁美がとまどっていると、佐川夫人はもう出かける支度をしながら、

「いいお医者様を知ってるの。さ、善は急げよ」

「でも……今からだなんて……」

「なに言ってるの、仁美さん。子供がいなくて年をとると、みじめよ。それでもいいの？……大丈夫、有名な先生だから」

佐川夫人に誘われるままに、仁美は席を立った。

佐川夫人の運転する車で、都心へ向かった。六本木のはずれにある雑居ビルに着くと、エレベーターで最上階の九階へあがる。

小さな広告会社や税理士事務所などが並ぶ廊下のはずれに、めざす医院があった。「ドリーム」という看板があるだけで、およそ医院らしくない。

「患者さんのプライバシーを守るために、ちょっとわからないようにしてあるのよ。それにここは、紹介者のある人専用なの」

小さな待合室で一人待たされた。仁美以外に患者の姿はない。奥で佐川夫人があいさつする声や笑い声がした。

「よかったわね、診てくださるそうよ。私はここで待ってますから」

待合室へ戻った佐川夫人は、はげますように仁美の手を握って、ニコリと微笑んだ。

仁美は内心早く帰りたかった。妊娠したことも婦人科系の病気になったこともない仁美は、婦人科で診てもらうのは初めてなのだ。だが、せっかくの佐川夫人の親切を断るわけにもいかないとも思った。

緊張した面持ちで仁美は診察室の戸をノックし、オズオズとなかへ入った。

(どうせ、いつかは診てもらうんだわ……結果がはっきりすれば、夫も喜ぶし)

自分自身に言い聞かせた。

白衣の男が仁美をふりかえった。年は六十のなかばぐらいか、でっぷりと太って貫禄があった。頭の後ろにわずかに髪が残るだけのハゲ頭で、鼻の下にチョビひげをたくわえている。

「院長の黒田です。さあ、ここへ座ってください」

黒田がにこやかに言った。その人のよさそうな笑顔とベテラン医らしい貫禄が、仁美をホッとさせる。

「朝倉仁美さん、二十七歳、結婚されて二年ということですが……」

黒田は余裕たっぷりで、冗談などをまじえて仁美の緊張をほぐしながらひと通り問診すると、聴診器を首にかけた。

「胸を開いてください、奥さん」

「は、はい……」

仁美は赤くなりながら、ベージュのシルクのブラウスのボタンをはずし、フロントホックのブラジャーをはずした。

「これは見事なおっぱいだ。赤ちゃんができたら、ミルクの心配はありませんな」

黒田は聴診器を仁美の胸もとや腹部に当てながら、豊満な乳房を見た。

仁美の乳房はまるで白桃のようなみずみずしさで、くっきりと形がよく、それでいて女の官能をあふれさせんばかりに、重たげにゆれていた。どう見ても八十七センチはある。

「乳ガンなどの場合、母体が受胎を拒むことがありましてね。しこりなどありませんか、奥さん」

黒田は手をのばすと、仁美の乳房をギュウと絞りこむようにして揉んだ。

「ああ……」

思わず仁美の口から声がこぼれた。夫以外に誰にも触らせたことのない乳房だった。

「あ、ありません」

仁美はあわてて答えた。

タプタプと揉みこまれる乳房が音をたてるようだった。しっとりと汗ばんできて、黒田の手に吸いつく。

「異状はないようですね、奥さん。はい、けっこうです」

黒田の手が離れると、仁美はあわててブラジャーのホックをはめ、ブラウスの前を合わせた。

仁美がブラウスのボタンをはめていると、

「それじゃあ全部脱いで、診察台にあがってください」

黒田は奥の婦人科用の内診台を指差した。仁美は真っ赤になって、黒田をすがるように見た。

「……全部ですか？」

「そうです。全部脱いでください、奥さん」

黒田ははっきりと言った。

婦人科で患者が全裸にされることはない。全裸になっても浴衣のようなものを着るか、下半身だけ裸になるのだ。

だが、婦人科が初めての仁美は、そんなことなど知るはずもなかった。

（なにを恥ずかしがっているの……お医者様に診てもらうのに……）

仁美は胸の内で言い聞かせた。相手が医者でなければ、とても耐えられないだろう。

仁美は後ろ向きになると、今つけたばかりのブラウスのボタンをはずし、白色のミニスカートを足に滑らせた。

内診台の横に置かれたカゴに、綺麗にたたんだブラウスとスカートを入れ、その間に下着をそっと隠した。

黒田の目が、一糸まとわぬ仁美の裸身を見つめながら、

「診察台にあがってください、奥さん」

「は、はい」

仁美は顔だけでなく、身体中が赤くなるような気分だった。前かがみになり、両手で乳房と股間を隠しながら、黒田に言われるままに内診台へあがった。

あお向けに横になると、黒田が仁美の両脚を足台に乗せ、膝のところを革ベルトでとめた。

「奥さん、ビーナスみたいに美しい裸身だった。

「奥さん、婦人科にかかるのは、初めてのようですね」

「初めてです……」

「もっとリラックスしてください。手術するわけじゃないんですからね。ご主人に身

体をゆだねるつもりでいればいいんです」

そう言われても、仁美の裸身は小さくふるえてこわばっていた。夫の目にしかさらしたことのない裸身。

内診台のハンドルのようなものがまわされ、キリキリ歯車が鳴って、仁美の両脚を乗せた足台が左右へ開きはじめた。

「あッ……あぁッ……」

仁美は狼狽の声をあげた。反射的に両膝に力をこめたが、足台は非情に仁美の両脚を左右へ割り開いていく。

「いや……ああ……」

「どうしました、奥さん」

「す、すみません……なんでもありませんわ……」

仁美は両ひじで乳房を隠すようにして、手で顔をおおった。火のように真っ赤になった顔を見られるのがいやだった。唇を嚙みしばって、声がもれるのを押し殺す。ジワジワと割られていく太腿、そして女としてもっとも秘めておきたい箇所を、医者とはいえ、男の目にさらされるのかと思うと、ひとりでに腰がよじれた。

ようやく足台の動きがとまった。もう仁美の両脚は限界に近くまで引きはだけられ、内腿の筋が浮きたってヒクヒクひきつっていた。

「洗浄します」

黒田がそう言い、次に生温かい洗浄液が長いゴム管の先のノズルから、仁美の膣内に浴びせかけられた。

「ああ……」

すすり泣くような声が、顔をおおった両手の隙間からもれた。仁美は手を顔から離すことができなかった。

婦人科では患者の羞恥を少しでもやわらげるため、必ず腹部のところにカーテンを引くのだが、仁美がなにも知らないのをいいことに、わざとしたのか、なんのおおいもなかった。そのうえ、黒田は婦人科の医者が必ず用いる薄いゴム手袋もしていない。看護婦がいないのも変だ。

素手で女の茂みをかきあげ、媚肉の合わせ目を押し開いて、洗浄していく。ピンクの肉襞のひとつひとつが洗い清められ、女芯の包皮が剝きあげられて肉芽までが洗浄されていく。

たまらず、仁美の腰がビクンとふるえてよじれた。とてもじっとしてはいられなかった。

「あ……あ、あ……」

「どうしたんです、奥さん。じっとして、動かないで!」

「ああ……す、すみません……」

仁美は今にも泣きださんばかりに、あやまるばかりだった。

洗浄は仁美の肛門にもおよんだ。まったく予想していなかっただけに、仁美は激しく狼狽して声をひきつらせた。

「そ、そんなッ……そんなところまで……」

「ここはとくに洗浄しておく必要があるんですよ。大腸菌が子宮にでも入りこんだら大変ですからね」

「あ……そんな……ああ……」

仁美の肛門に洗浄液が浴びせられ、黒田の指先がゆるゆると揉みこんでくる。必死にすぼめているのを揉みほぐすのだ。

仁美は歯を嚙みしばって耐えた。婦人科の医者に診てもらうことが、こんなにも恥ずかしいことだとは思ってもみなかった。身体中が羞恥の火にくるまれ、嫌悪感に胴ぶるいした。

2

洗浄がすむと、黒田はあらためて仁美の身体を見た。豊満な乳房に細い腰、そして成熟美あふれる双臀から太腿へかけての肉づき。開ききった媚肉は色といい形といい、まるで生娘みたいな初々しさで、肛門はキュッとすぼまっている。

医者といえども、まぶしいものでも見るように目が細くなった。数えきれないほど女体を見てきた黒田も、仁美ほどの美貌と見事な身体をした女性は初めてである。

「見事ですな。これで子供ができないなんて不思議だ」

黒田は低くうなるような声で言った。

それが聞こえているのかいないのか、仁美は両手で顔をおおったまま、ハアハアとあえいでいる。すすり泣いているようにも見えた。

「奥さん、もっとリラックスしてください。どうも顔を隠していると力んでいけませんなあ」

黒田は仁美の手を顔からどけさせ、左右のアームを握らせた。顔をさらされたことで、仁美はいっそう赤くなった。

「まず浣腸しましょう。これまで浣腸の経験はありますか、奥さん」

「……ありませんわ」

「初めてというわけですな。それじゃ薬は弱くしておきましょう」

そう言って黒田はガラス製の注射型浣腸器に、グリセリン液をキューと吸いあげた。弱くしておくと言いながら、グリセリン原液百五十ＣＣに水五十ＣＣの割合である。

浣腸器を見つめる仁美の目がおびえ、唇がワナワナとふるえた。

「あ、あの……先生……」

「なんですか、奥さん」

「それをどうしても、しなければいけないのでしょうか?」

「みなさんされますよ。なんといっても清潔にする必要がありますからね」

「でも……でも、私……」

仁美が狼狽している間にも、なにやらクリームみたいなものが仁美の肛門に塗りこめられた。

「あ、ああッ」

仁美はうわずった声をあげ、右に左にと顔を振った。おびえるように肛門がヒクヒクとふるえ、固くすぼまる。

「そんなにすぼめるとつらいですよ、奥さん。もっと力を抜いて、自分から尻の穴を開くようにするんです」

「そんな……ああ、先生……」

「ゆるめるんです、奥さん」

黒田は執拗に仁美の肛門を指先で揉みつづけた。指先が肛門の粘膜に吸いつく。

「あ……あ……ああ……」

仁美は抑えきれない声を、途切れ途切れにもらす。固くすぼめているのを揉みほぐされていく感覚がたまらなかった。一度も経験したことのない異様な感覚だ。

やがて仁美の肛門はふっくらと、柔らかくほぐれはじめる。

「入れますよ、奥さん。動くとガラスが折れますからね、じっとしてッ」

黒田の声と同時に、硬質な感覚がゆっくりと仁美の肛門を貫いてきた。

ひッと泣いて、仁美は顔をのけ反らせた。その表情は恍惚に昇りつめるようにも見えた。

「奥さんはお尻の穴が敏感なんですね」

「そ、そんな変なこと、おっしゃらないで……ああっ……」

「変なことじゃありませんよ。肛門は女性にとって立派な性感帯ですからね。肛門のほうが感じる人もけっこういるんです」

「私……違います。そんな女では、ありませんわ」

「これは失礼」

黒田は深く縫った嘴管で仁美の肛門を揉みこねるようにしつつ、ゆっくりとシリンダーを押しはじめた。

チュルチュルと冷たい薬液が流入する。

「こんな……ひッ……」

仁美は小さく喉を絞った。そのおぞましさをなにに例えればいいのだろうか。まるで長々と男の精を浴びせられているようだ。

「ああ……早く、すませてください……あ、あ……ハアッ」

「まったく敏感な尻の穴ですな」

黒田は一気に注入しようとはせず、ゆっくりと一寸刻みにシリンダーを押す。

それは仁美が思わず叫びだしたくなるほどののろさである。しかも、その間中ずっと仁美の肛門は嘴管でこねくりまわされている。

「……先生……早く、すませて」

仁美がすすり泣きだした。

一度でも婦人科にかかったことのある者なら、それが医者の行なう浣腸ではなく、浣腸でもてあそばれているにすぎないことに、すぐ気づいただろう。なにも知らぬ仁美は、それを診察と信じて疑わず、必死に耐えるばかりだった。

グリセリン液は肛門や腸壁の粘膜を刺激しつつ、次第に腸腔を満たし、圧迫感を生みだしていた。そしてようやく二百CCがすっかり注入され、嘴管が引き抜かれた時、仁美はハァハァと汗にまみれてあえぎ、息も絶えだえのていだった。

「十五分我慢してください、奥さん」

黒田はまたなにやらクリームを指にすくうと、仁美の肛門をゆるゆる揉みこみながら言った。ヒクヒクと仁美の肛門まであえぐ。

「その間にここの毛を剃りますからね」

と言って白い陶器の壺を取りあげ、刷毛でかきまぜてシャボンを泡立てる。

ハアハアとあえいでいることもゆるされず、また新たな狼狽が仁美を襲った。

「ああ……そんなことまで、するの……」

「盲腸の時に剃るでしょう。それと同じに考えればいいんですよ、奥さん」

「そ、それは……ああ、先生……」

股間の茂みにシャボンを刷毛で塗られながら、仁美は声をうわずらせた。そんなところを剃られるなど、思いもしなかった。

「綺麗な毛ですね。剃ってしまうにはもったいない気もしますよ、ハハハ、動かないでください。大事なところを傷つけてしまいますからね、奥さん」

シャボンにおおわれた仁美の柔らかな丘に、剃刀が滑る。

「あ……あ……」

繊毛が剃りとられ、ほんのりと色づいた丘が剝きだされていく感覚がたまらず、仁美は今にも気が遠くなりそうだった。

だが、仁美を懊悩させるのはそれだけではない。荒々しい便意がジワジワと押し寄せてきた。悪寒が身体中を走りだし、仁美は歯をカチカチ鳴らしてふるえだした。ジットリと脂汗が滲みでる。

「……せ、先生」

「どうしました」

「あ、あの……もう、もう我慢が……おトイレに行かせてください……」

「まだ五分もたってませんよ」

黒田は剃刀を使う手をとめなかった。すっかり剃りあげて恥丘を露わにしてしまうと、媚肉の両側へと剃刀を滑らせていく。

「あ……も、もう……」

唇を噛みしばったまま、仁美はかぶりを振った。もう片時もじっとしていられず、腰をふるわせながら、仁美は今にも爆ぜそうな肛門を必死に引きすぼめている。

「せ、先生ッ……もう、だめですッ……」

仁美の声がひきつった。

「もう少しですよ、奥さん」

黒田は一本も残さず綺麗に剃りあげてしまうと、再び洗浄液をかけた。スベスベした肌がすっかり剝きだしになり、媚肉をくっきりと浮きあがらせた。艶めかしく生々しい光景だった。

なにやらクリームがなすりこまれ、それは媚肉の合わせ目の奥にまで塗りこまれた。それを羞じらう余裕すら仁美にはなかった。もう限界へ迫った便意だけが、仁美の意識をジリジリと灼いた。

「先生ッ……は、早く、おトイレに……」

うめくように仁美は口走った。

「今すぐにさせてあげますよ、奥さん。よく我慢しましたね」

黒田は内診台の下から白い便器を取りだし、仁美の太腿の間に置いた。

仁美の瞳が驚愕にひきつり、ひッと息を呑んだ。信じられなかった。

「そんな……そんなこと……」

「便の状態を見るのも、大切なことですから。さ、遠慮せずにしてください」

黒田にそう言われると、仁美にかえす言葉はなかった。

だが、診察とはいえもっとも屈辱的な姿をさらさねばならぬのかと思うと、全身の血が逆流する。

「こ、ここでなんて……先生、おトイレで……おトイレに行かせて……」

「医者の言うことは素直に聞くもんですよ、奥さん」

「だって……」

仁美は我れを忘れて、両脚を足台に固定している革ベルトをはずそうとした。だが、手がふるえて思うようにいかない。

手ばかりか総身が痙攣し、ガタガタふるえだし、今からではとてもトイレに間に合う状態ではなかった。

「見ないでッ……」

悲痛な声とともにショボショボ漏れはじめた。荒々しく出口を求めてひしめき合う便意は、もう仁美の意志に関係なく次第に激しくほとばしった。

「ほう、状態はいいようですな。どんどん出てくるじゃないですか」

「……恥ずかしい……見ないで」

こらえきれずに仁美は泣きじゃくった。黒田の視線を痛いまでに感じて、仁美は真っ赤に灼けた。そのまま気が遠くなりそうで、目の前が墨を流したように暗くなった。

「ずいぶん派手にひりだしましたな。奥さん。便のほうは健康そのものですよ」

と、黒田が絞りきった蕾を洗浄液で洗い流しても、仁美はされるがままにシクシクとすすり泣くだけだった。

「それじゃいよいよ奥を調べさせてもらいますかな」

黒田は仁美の媚肉の合わせ目をつまむようにして、左右へくつろげた。繊細なピンクの肉襞が幾重にも織りこまれた肉の構造は、見事としか言いようがない。

まだ腫れぼったくふくれてヒクヒクとふるえる肛門につられるように、前方の秘肉までがヒクヒクとうごめいた。

黒田は肉襞のひとつひとつを確かめるように、丹念に指でまさぐった。人妻の妖しい色香が立ちこめる。

「綺麗なものだ。少しも型崩れしてませんな、奥さん」

黒田は膣拡張器を手にした。ゆっくりと秘肉に分け入らせる。

ビクッと仁美の腰がふるえ、よじるような動きを見せたが、もう声もなく唇を噛みしばって顔を横に伏せているだけだ。

綺麗に剃毛された無毛の丘を割るように、冷たい金属のくちばしが突き刺さっているさまは、ひどく淫らで生々しかった。ジワジワと女の最奥が押しひろげられる。

「う、うう……」

仁美は唇を嚙みしばったまま、低くうめいた。秘められた肉をあばかれる感覚が、まるで解剖されるような錯覚を生む。

ジワジワと押しひろげられるにつれ、肉襞の奥底にピンク色の嘴管が見えてきた。子宮口である。

「ほう、子宮口も綺麗ですな、奥さん。おりものもないようだし……」

黒田は食い入るように覗きこみながら、耳かきを大きくしたような、キューレットという器具を手に、生々しく押し開かれた仁美の最奥をまさぐりだした。

仁美は、なかば気を失っていた。

3

さんざんいじりまわされ、ようやく診察は終わった。黒田は最後に、親指ほどの座薬を仁美の膣と肛門に挿入した。

「明日、また来てください。それから座薬を用意しますから、五時間おきに膣と肛門に入れてください。いいですね、奥さん」

仁美は小さくうなずいた。

待合室へ戻った仁美は、手術を終えたあとみたいにフラフラだった。佐川夫人を見るなりしがみつき、その胸に顔を埋めるようにして、すすり泣きだした。

「恥ずかしかったのね、仁美さん。わかるわ……でも女はそうして母になっていくのよ。誰もが一度は経験することだわ」

佐川夫人は仁美の肩を抱いて、あやすように言った。

「でもここはお医者様一人だけだからまだいいのよ。大病院じゃ、何人ものお医者様や看護婦さんたちの前で調べられるんですものね、たまらないわよ」

と、ハンカチで仁美の涙をぬぐってやる。

そうして仁美を落ち着かせると、佐川夫人は黒田にあいさつしてくるからと仁美を一人残し、診察室へ入った。

仁美はハァッと大きく息を吐くと、待合室の横のトイレへ入った。手洗い場の鏡に向かい、化粧を直しはじめた。

「どうだったの、黒田」

佐川夫人がなにやらカルテを書いている黒田を呼び捨てにした。

「フフフ、あれほどの美人とは思いませんでしたよ。いい身体をしている……オマ×コも尻の穴も極上品ですな」

佐川夫人をふりかえって黒田はニンマリと笑った。

「とくに尻の穴はまだ手つかずの生娘、感度のほうもなかなかですよ、フフフ、少し仕込んだら相当なものになりますよ」

「ホホホ、私の思った通りだね。それじゃ仁美の亭主が出張から戻ってくるまでに、お尻を調教できるのね、黒田」

「まかせてください。かなりショックを受けたらしいですが、診察と信じきってますからね、フフフ、こっちの思い通りですよ」

黒田はカルテを見ながら、そう言って咥えた煙草に火をつけてフウッと煙を吐きだした。

「私が診た限りじゃ、あの奥さんはまったく異状がないですね。いつでも子供をつくれる身体だ」

「ということは、子供ができないのは仁美の亭主に原因があるわけね、ホホホ、それを仁美に原因があると思いこませて、治療という名目で調教する……計画通りだわね」

「そういうことです、フフフ、お蔭でこいつも素直に使わせることができましたよ」

黒田は親指ほどの座薬を見せて、ニヤニヤと笑った。

それは黒田がつくった媚薬だった。即効性はないが、ジワジワと少しずつ、本人にはわからない程度に効き目を表わす催淫剤である。

「こっちもいろいろやりやすくなるね。お前は本当に名医だわね、ホホホ」

「礼金のほうを忘れないでくださいよ」

「大丈夫、色をつけるわよ。それに、そのうち仁美の身体も味わわせてあげるわ」

そう言って佐川夫人は待合室へ戻っていった。

そんな恐ろしいことが話されていようとは夢にも思わない仁美は、ちょうど化粧を直して手洗い場から出てきたところだった。

「仁美さん、やっぱりお医者様に診ていただいてよかったわね。しばらく治療すれば、子供ができる身体になるそうよ」

佐川夫人はにこやかな笑顔をつくって、平然とウソをついた。

「ほ、本当ですか?」

「本当よ。その代わりお医者様の言いつけは、きちんと守るのよ」

「は、はい」

診察の結果をまだ聞かされていなかった仁美は、うれしそうにうなずいた。

(あなた、子供ができるのよ……ああ、恥ずかしい思いをしたかいがあったわ……)

なにも知らぬ仁美は、胸のなかで何度も言った。

夫が出張から戻るまでには、すっかり治るという。夫がどんな顔をするか……今からそんなことを思う仁美だった。

佐川夫人の車で帰る途中、仁美はデパートの前で車を停めてもらった。

「どうしたの、仁美さん」

「デパートに寄っていきたいの。ベビーコーナーでも見ようかと思って……ごめんなさい、わざわざ連れてきていただいたのに……」

「いいのよ、ホホホ、それにしても気の早い仁美さんだこと」

佐川夫人は一人で帰っていった。

仁美はエスカレーターで四階のベビーコーナーへ行く。ベビーウエアや乳母車など見てまわった。別に買うわけではないが、見たかったのだ。

(早く帰ってきて、あなた……)

夫の子供が欲しい、仁美は心から思った。

一時間ほどブラブラして、仁美が駅の改札口をくぐった時は、もう夕方のラッシュの最中だった。ホームは人の列で埋まり、大変な混雑だった。ちょうど信号故障が重なって電車が遅れているという。

仁美は若く美しく、服装はベージュのブラウスに白のミニスカートだ。そんな仁美を痴漢の常連たちが見逃すはずがなかった。たちまち三人、四人と仁美の後ろへ集まってきた。病的な目で、仁美の太腿や双臀のふくらみにさりげなく視線を注ぐ。

ラッシュに電車に乗るなどめったにない仁美は、痴漢には気づいていなかった。

そして、あふれんばかりに人を乗せた電車が入ってきた。仁美は一本待とうとしたが後ろからドッと押され、ギュウギュウづめの電車のなかへ押しこまれた。

「あっあッ」

仁美は狼狽した。

後ろから押してくる男の手が、仁美の双臀を撫でまわしてくる。一人ではない、まわり中から仁美の双臀を狙って手がのびてくる。

(ち、痴漢だわ……)

声を出そうとしても、頭の芯がカアッと灼けて声が出なかった。それでなくても美しい仁美は、いつも男たちの視線を集めている。それが仁美の声を奪った。

そしてさらなる狼狽が仁美を襲った。双臀を撫でまわされると、それでなくてもさっきからしびれるような感覚に見舞われていた肛門が、ツーンとうずいたのだ。

(こんな……こんなことって……)

仁美はあわてて唇を噛みしめた。

撫でられるたびに、肛門のうずきが大きくなっていく。前の女の部分までがうずきだす。

仁美は自分の身体の成りゆきが信じられなかった。夫のいないひとり寝の夜がもう五日、その切なさが浅ましく身体に表われるのだろうか。

座薬として挿入された媚薬が、ジワジワと効き目を表わしはじめたとは、仁美は思いもしない。

むず痒くひりつく感覚に仁美の肛門は熱を生み、それがうずきとなって女の最奥をしびれさせ、身体の芯を走った。黒田に肛門をまさぐられた時みたいだった。

(ああ、どうして、こんな……ど、どうしよう)

仁美はますます声が出せなくなって、次第にうなだれる顔をあげられなくなった。

それをよいことに、男たちの手は双臀だけでなく腰や下腹、ミニスカートから剝きだしの太腿にまでのびてきた。いったい何人の手がのびてきているのかもわからない。

腰をよじって避けることもできないすごい混雑だ。ドアがなかなか閉まらず、電車が発車できないほどだった。

ようやく電車が動きだし、ガタンとゆれた瞬間、前と後ろからほとんど同時に、仁美のミニスカートは、腰のあたりまでまくりあげられていた。

「あッ……」

思わず声をあげかけて、仁美はあわてて唇を噛みしばった。身体中の神経が触れられる下半身に集中した。それがかえって肛門の妖しいうずきを意識させる。

フフフ……男の一人が仁美の耳もとで低く笑った気がした。そして前と後ろからのびてくる手が、パンティストッキングとパンティの上から肛門と媚肉のあたりを指先でこすってきた。ゆっくりと前後になぞるようにこすっては、ググッと指先を押しつけてくる。

（あ、ああ、いや……）

媚薬がジワジワと効きはじめている熟れざかりの若妻の肉は、いくらつつしみ深くても、そんな指の動きに耐えられるはずはなかった。しかもこの五日間、夫のいない夜を悶々と送ってきた身体だ。

女の官能がゆさぶられ、今にもひとりでに腰がうごめきそうだ。

（いや……ああ、変なところに、さわらないでちょうだい……）

叫びたくとも声が出ない。なぜか気力が萎える。

男たちの手がパンストとパンティをひとまとめにして、後ろからクルリと剝きおろしても、仁美は声をあげることができなかった。

電車のなかでパンティまでずりさげられている自分が、仁美には信じられない。そして、悲鳴をあげない自分が信じられなかった。

（あ、ああ……）

身体の奥底でうずき、とろけだすものに仁美の身体が負けていく。フッと夫に愛されている錯覚に陥った。

下腹をまさぐる手が、あるべき茂みを剃りあげられた丘に気づき、一瞬ギョッとしたようにとまったが、すぐにまた動きだして、媚肉に指先を分け入らせてくる。

裸の双臀を撫でる手は、臀丘の谷間へ滑り、肛門をまさぐってきた。

さわられることで媚薬はジクジクと内から滲みでつつ、ますますその効き目を発揮する風情だ。

「う、うッ……ハァッ……」

仁美はこらえきれずに低いうめき声をもらし、あえいだ。小鼻がヒクヒク動き、首筋まで真っ赤に火照った。

太腿が撫でられ、媚肉の合わせ目に分け入った指が肉襞をまさぐる。後ろからは双臀を撫でられ、肛門が指先で揉みこまれた。

(あ……だめ……ああ……)

仁美は頭のなかがうつろになった。官能の妖しい霧が、ドロドロと渦巻く。

それからどうなったのか。仁美は口を激しく吸われてハッと我れにかえった。

いつの間にかどこかの駅で降ろされ、ホームの階段の裏へ連れこまれていた。痴漢の一人が仁美を抱いて首筋に唇を這わせながら、ブラウスの前をはだけてつかみだした乳房をいじりまわしていた。別の二人はしゃがみこんでミニスカートをまくり、媚肉に分け入らせた指を淫らに動かしながら、足首からパンストとパンティを抜き取るところだった。

「ああッ」

仁美は戦慄の声をあげた。

「フフフ、だいぶ飢えてるじゃねえか。俺たちがたっぷり可愛がってやるぜ」

「もうオマ×コはビチョビチョだぜ。欲しいんだろ、へへへ、好きな女だ」

男たちはニヤリと笑った。

「い、いやあッ」

仁美は無我夢中で男の手を振り払うと、あっけにとられる連中を後ろに、必死に逃げた。

4

入浴して身体を綺麗に洗った仁美は、ベッドに入ってもなかなか寝つけなかった。

電車のなかで痴漢に遭遇し、恥ずかしさにわけがわからなくなったとはいえ、さんざん身体をいじらせてしまった罪悪感にさいなまれた。もう少しで危うくとりかえしのつかない行為にまで陥るところだった。

「ああ……私、あんなことをゆるすなんて……どうしたのかしら……」

仁美は小さくつぶやいた。

だが、なかなか寝つかれない理由は、それだけではなかった。

身体が妖しく火照り、肛門がうずくような気がして、なぜかじっとしていられない。

黒田に言われた通り、五時間おきに座薬を前と後ろに挿入しても、少しも火照りはおさまらなかった。

もう時計は夜中の一時近くになっていた。仁美は窓を開け、夜風に当たった。汗ばむ肌に夜風が心地よい。

(あなた……早く帰ってきて、仁美を抱いて……)

知らずしらずのうちに、手がネグリジェの裾からパンティにのびていた。そっとパンティの上から火照る秘肉に指を這わせる。

「ああ……」

思わず声が出た。

仁美は夫のことを思いながら、手をパンティのなかへ滑らせた。だが次の瞬間、仁美は無毛の丘の感触にハッとさせられた。

(いけない……だめよ……み、みじめになるだけだわ……)

仁美はあわてて手を引いた。

翌日、また佐川夫人が、黒田のところまで送ってあげると車で迎えに来た。佐川夫人はひと目見るなり、仁美が悶々として一夜をすごしたことがわかった。

(どうやら昨日は、オナニーもしなかったようね。まったくお上品なんだから、ホホホ、でもいつまでもつかしらね)

腹のなかでそんなことを言いながらも、そんなそぶりはまったく見せず、

「仁美さん、昨日はうれしくて眠れなかったようね。わかるわ、赤ちゃんが欲しくてしようがなかった仁美さんですものね」

と、仁美と喜びをわかち合うかのようだった。

佐川夫人は途中、ドライブインに寄った。

「お昼までしょう、仁美さん。まだ時間があるから、ここで食べていきましょうよ。私がごちそうするわ」

「ええ……」

気乗りのしない仁美の返事だった。空腹感はあったが、もし今日も黒田に浣腸されることになったらと思うと、素直に食べる気にはなれない。

だが、そんなことを佐川夫人に言えるわけはなかった。

誘われるままにドライブインへ行った。佐川夫人にごちそうになる以上、食べないわけにはいかなかった。

「今日は一人で大丈夫よね、仁美さん。私、ちょっと用事があって」

六本木のはずれのビルの前までくると、佐川夫人は車を降りずに言った。

仁美は一人、エレベーターに乗りながら、

（今日はどんなことを、されるのかしら……また、あんな恥ずかしいことを……）

身体が無意識にこわばり、膝がふるえた。

ドアをノックして診察室へ入った仁美を、黒田はふりかえってジロッと見た。仁美はブルーのチェック模様のワンピースを着て、白のパンストをはいていた。その美しさは、悶々とすごしたひとり寝の切なさをただよわせ、まぶしいばかりだった。

「奥さん、ちゃんと五時間おきに座薬を使ったでしょうね？」

「はい……」

「それはけっこう。今が大事な時です。私がいいと言うまでは、使いつづけてくださいよ、奥さん。それじゃ診察しましょう」

全部脱いで内診台へあがるよう黒田は言った。

仁美は後ろを向いてワンピースを脱ぎながら、恥ずかしげな様子で、

「あの、先生……昨日から身体の調子が少し変なんです……」

と、身体がやたらとうずくことを訴えた。

黒田はうなずきつつ聞いていた。その間も次第に裸になっていく仁美の後ろ姿を、目を細めて見ている。

「心配ありませんよ。奥さんは赤ちゃんができる身体になるというので、本能的に女

の性がご主人を求めているんですな。動物でいうと牝の発情期と同じようなもので、健全な反応ですよ」

黒田は平然とウソぶいて、もっともらしく言った。

一糸まとわぬ全裸になった仁美が内診台に乗ると、黒田は両脚を足台に乗せて固定し、左右へいっぱいに開いた。

「あ、ああ……」

仁美は昨日とまったく同じ反応を見せた。

黒田はさらに別のハンドルをまわし、仁美の上体を後ろへ倒し、下半身よりも低く、のけ反る格好にした。

「ああ、先生……こわい……」

「大丈夫。なにもこわいことはしませんよ」

「だって……だって、こんな格好……」

仁美はおびえて身体をふるわせた。

その仁美の目にわざと見えるようにして、黒田はガラス製の浣腸器を手にして、薬液をキィ、キキーと吸いあげた。昨日と同じ二百ＣＣである。

仁美の美貌がこわばった。

「先生……きょ、今日も、それをするのですか……そ、それを……」

「そうですよ。今日もね、奥さん。初めてじゃないんだから、もう馴れたでしょう」

「馴れるなんて、そんな……」

仁美は真っ赤になって、ブルブルふるえだした。

黒田が覗きこんだ仁美の肛門は、媚薬の効き目で前から溢れた蜜に濡れ、ややふくらみ気味にヒクヒクうごめいていた。

「よほどご主人が恋しいと見えて、もうびっしょりだ。これじゃ潤滑クリームを塗る必要もありませんな、奥さん」

「ああ……恥ずかしい……」

「いいですね、入れますよ、奥さん」

嘴管をそっとあてがうと、仁美の肛門がビクッとすくむ。ズブリと突き立て、グリグリとえぐった。

「あ、ああ……」

仁美は声をうわずらせた。

ズンと流入してくる薬液……昨日はただ恥ずかしくおぞましいばかりだったのに、むず痒くうずくく肛門に得体の知れない快美が妖しく走った。

悶々として満たされなかったものが、ようやく満たされる感じ……それが仁美をいっそう狼狽させる。腰がひとりでにうごめきだした。

「あ、あむ……先生ッ、たまんないッ……」

よがり声とも思える声をあげ、仁美は顔を振りたて、爪先を内へそらした。

黒田はゆっくりとシリンダーを押しながら、仁美の肛門がヒクヒクあえぎ、媚肉がますます濡れてくるのを見た。

(媚薬の効き目はたいしたものだ、フフフ、浣腸で一気に堰を切ったというところか。それにしても二度目の浣腸でこうなるとは、たいした敏感さだな)

腹のなかで笑いながら、黒田はシリンダーを押しきって二百CCを注入した。

ひッ……仁美はまるでアクメに達したように、高くすすり泣いた。

黒田は嘴管を引き抜かず、そのまま仁美の肛門をグリグリとえぐって抽送をつづけた。それが仁美をいっそう悩乱させ、便意を急速にふくれあがらせた。

「あ、あ……先生、おトイレに……」

「ここでしてもらいますよ。便の状態が見たいのでね、奥さん」

「そ、そんな……」

昨日と同じやりとりが繰りかえされる。

黒田は十五分間、仁美に耐えさせた。もう脂汗に総身をヌラヌラ光らせている。

「も、もう、だめですッ……うむ、ううむ、先生、お願いッ……」

「さすがにいいお尻をしてるだけあって、よく我慢しましたね。奥さん。今度は思いっきり尻の穴を開いて、出すんですぞ」

「は、早くッ……」

黒田のからかいに反発する余裕もなく、仁美は便器をあてがわれるやドッと噴きこぼした。

それをニヤニヤながめながら、黒田は空になった浣腸器に再び薬液を吸いあげる。

「今日はもう一度浣腸しますからね」

と、仁美が絞りきるや洗浄もせずに嘴管を突き刺していった。

「そんな……待って……」

仁美が哀願する余裕もなかった。

一度目よりずっとつらい。排泄の直後とあって、ただれた肛門や腸壁にグリセリンがしみて、灼かれるようだった。

そのくせ、その刺激がむず痒くうずく身体に心地よく、それがまた仁美にはたまらなかった。

「あ、ううッ……あむ……」

仁美は右に左にと顔を伏せながら、うめきあえいだ。下半身のほうが上体より高くなっているので、ずっと奥まで入っていくように感じる。

すっかり注入してしまうと、今度は五分ももたなかった。仁美は屈辱に、ひッ、ひッと泣いた。

「これでお腹のなかはすっかり綺麗になりましたな、奥さん」

排泄のあとを洗浄液で洗い清めると、黒田は仁美に見えないように捻じり棒を手にした。

捻じりの入ったパーティ用のろうそくに似た、女の肛門を責める道具で、もうたっぷりと媚薬クリームと肛門弛緩剤を塗りこんである。

いくら仁美でも、それを見れば医療器具でないことくらい、すぐにわかるはずだ。仁美に見せるわけにはいかない。

「それじゃ治療をはじめますよ」

黒田は平然とウソぶき、捻じり棒の先端を仁美の肛門にあてがった。

二度にわたる浣腸の直後とあって、仁美の肛門はまだふっくらとしてヒクヒクうごめいている。それを縫うようにジワリと捻じりこんだ。

「ああッ、な、なにをしているの……あ、ひッ、ひッ……」

仁美は顔をのけ反らせ、喉を絞って腰をよじった。ジワジワと肛門の粘膜を押しひろげながら、得体の知れないものが入ってくる感覚が仁美をおびえさせる。

「せ、先生ッ……」

「じっとして、奥さん。これも赤ちゃんができる身体になるため。すべてを私にまかせるんですよ」

「だ、だって……ああ、たまらないんです」

のけ反る喉から泣き声が噴きこぼれ、仁美の腰がよじれつつ、ひきつった。

押しひろげられた肛門の粘膜が、ジワジワと捻じり棒に巻きこまれ、押し入ってくるものが次第に太くなってくる。むず痒いうずきは癒されたが、代わって気も遠くなるような刺激がふくれあがった。

「案外、気持ちいいもんでしょう」

聞いても仁美の返事はひッ、ひッと泣くばかり。

黒田は深く捻じりこんだ。もう仁美の肛門は裂けそうに拡張され、ぴっちりと捻じり棒を咥えこんでピクリピクリとひきつっていた。

5

黒田は捻じり棒を咥えこませたまま、診察にかこつけて仁美の秘肉をいじりまわした。

「ほう、だいぶ座薬が効いてきたようですな。この分なら思ったより早く治りそうだ」

もっともらしいことを言って、黒田はじっくりと仁美の肉の感触を堪能した。なかは熱くとろけるようだった。ジクジクと溢れでる蜜が、肛門の捻じり棒にまでしたたり流れている。

「ああ……は、恥ずかしい……」

恥ずかしい反応を知られ、仁美は血の色が昇った美貌を弱々しく振ってすすり泣いた。

「恥ずかしがることはありませんよ。これも女として、まったく正常な反応ですからね、奥さん。それにしてもビチョビチョだ」

「す、すみません……ああ……」

「ご主人が出張中で、これだけいい身体の奥さんが放っておかれては、フフフ、まあ、こうなるのも当然でしょうな」

黒田は女の最奥へ埋めこんだ指二本で、薄い粘膜をへだてて肛門の捻じり棒をこすってやった。

「ああッ、そんなにされたら……先生ッ……」

今にも昇りつめんばかりに、仁美は腰をはねあがらせて泣き声をうわずらせた。

昨日と違って、上体を後ろへ低く倒されているために、黒田がなにをしているかまったく見えない。それだけに神経が股間に集中して、黒田の指の動きをビンビン感じた。

(も、もっと……して……)

思わずそう叫びたくなるほどだった。

そんな行為を一時間にわたってつづけられた。仁美にしてみれば、なかばしか与えられず、焦らされつづけたのと同じだった。もし黒田がいなければ、仁美は我れを忘れて自分の手で慰めていただろう。

それでも仁美は、それを治療と信じた。婦人科とはこういうものと思いこんで、疑わなかった。昨日からの媚薬の効き目が、仁美の判断を狂わせたのだろうか。

「今日はこのくらいにしておきましょう。今度は五日後に来てください」

黒田は捻じり棒を抜き取り、そのあとに媚薬クリームを塗りこみながら言った。

「特別の薬を塗りましたから、パンティやパンストといった下着類はいっさいはかないでください、奥さん。ズボンもいけませんよ。できればミニスカートがいい」

仁美は汗まみれの顔をあげ、うつろな瞳で小さくうなずいた。

そんな仁美をじっと見る二対の目があった。診察室の壁には大きな鏡がはめこまれ、マジックミラーになっていて、向こうの部屋から覗ける仕掛けだった。

一人は佐川夫人、もう一人はパンチパーマにサングラス、シマのスーツと、ひと目でヤクザとわかる若い男だった。

「若、あの女が誰か、見ればわかるでしょ」

佐川夫人が言うと、ヤクザはサングラスをはずして、ギラリと目を光らせた。

「仁美、間違いなく仁美じゃねえか」

「そうよ、若が高校で番をはっていた時から、ずっと狙っていた仁美よ。結婚して姓も変わってるし、さがすのに苦労したわよ」

「佐川姐、ようさがしてくれた、フフフ、今じゃ仁美も人妻か……また一段とムチムチと色っぽくなりよって」

ニヤリと笑った顔には、頰の横に切り傷の縫い跡がある。

男の名は竜二、年は二十七歳、暴力団竜登会三代目の孫である。女ぐせが悪く、いい女と見るや獣の欲情を剝きだしに襲いかかるので手に負えない。

　そんな竜二が美しい仁美を見逃すはずはなく、しつこくつきまとってなんとかモノにしようとした。だが、シャブやバクチに手を出している竜二は、少年院から刑務所と何回も服役し、仁美を襲う機会もないままに、昨日、出所したばかりだった。

「出所祝いのプレゼントよ、ホホホ、どう、気に入った？」

「気に入るも入らんも、佐川姐。長いムショ暮らしで女が抱きたくてしようがなかったんじゃ。それが仁美とは、フフフ、ついとるのう」

　すぐにでも診察室へ入っていこうとする竜二を、佐川夫人はとめた。

「まだよ、若」

　竜二はムッとしたが、佐川夫人は竜登会三代目の情婦で、竜二にとっては母親みたいな存在である。さすがの竜二も一目置いていた。

「せっかくのごちそうは、ガツガツ食べるもんじゃないよ。仁美はもう若のものなんだから、じっくり楽しみながら味わうものよ」

「わかった、わかった」

　竜二はうるさそうに言った。

　いずれ竜登会を背負って立つ男が、いつまでもチンピラの真似をしているんじゃない……それが佐川夫人の竜二への口ぐせだった。

「フフフ、佐川姐の言う通りにすりゃいいんだろう。どれ、仁美を責める道具でもそろえるとするか」

竜二はニヤリと笑った。

佐川夫人の親切の裏には、そんな恐ろしい罠が隠されていようとは思いもしない仁美は、まだうつろな表情で、鏡に向かいながらワンピースを身につけ、化粧を直した。

医院を出て駅に向かったが、仁美は足もとがフラついて何度も思わずしゃがみこみたくなり、近くの公園のベンチで休むことにした。

ワンピースの下はノーパンである。下着をつけないことが、こんなにも心細いとは思ってもみなかった。休んでいても、仁美は人の目が気になってスカートの裾を押さえて離せなかった。

だが、それよりもまだ肛門になにか入っているような拡張感が残っているのがたまらなかった。そしてむず痒くヒリつくようなうずきが、股間をさいなむ。

(あなた……)

夫に抱かれたい。夫を自分のなかにしっかりと感じ取りたい……これほど強く思ったことはなかった。すぐにでも夫にしがみついていきたい心境だ。

だが夫はいない……二カ月しないと出張から戻ってはこないのだ。

(そんなに待てないわ。ああ、もう誰でもいい……仁美を抱いて……)

悪魔のささやきが仁美を誘惑する。

仁美はあわててかぶりを振った。そんな恐ろしいことを一瞬であれ考えた自分の浅ましさが情けなかった。

しかしそんな思いも腹の底でジリジリ灼ける官能に負けそうになる。頭のなかがうつろになり、ひとりでに腰がうごめいてしまう。

(あ、あなたがいないのがいけないんだわ……たまらない、誰かして……)

しつこく悪魔がささやきかけた。

仁美はこらえきれず、公園の林のなかの公衆トイレへ入った。男女共用で汚く、鍵のこわれていないものはひとつしかなかった。スカートをまくって裸の下半身を丸出しにすると仁美はしゃがんだ。

男女の結合部のラクガキや、オマ×コしたいなどという猥褻な言葉がまわり中に書かれていた。

仁美は両膝を開き、パンティをつけていない股間へ手を這わせた。

(いけない……みじめになるだけだわ……ああ、こんなこと……)

そう思いながら、指先を媚肉の合わせ目へ分け入らせた。自分でも驚くほど熱くヌルヌルとたぎっていた。

自分で肉襞をまさぐりつつ女芯をいじり、もう一方の手で乳房を剝きだして愛撫した。

「あ……あ、あ……ハアッ……」

身体の芯にふるえがとめどもなく走り、鼻声が切なく噴きこぼれた。

「あなた……ハアッ、もっと、あなた……」

自らをさらに昂らせようと夫の名を口にして、仁美は壁の淫らなラクガキを見た。はじめは気づかなかったのだが、壁に一円玉ほどの穴がいくつも空いていた。そして、その穴の向こうに血走った目が光っていた。二人や三人ではない。

（ああ、覗かれている……痴漢だわ……いや、見ないで……いや、いやよう……）

そう思っても、仁美は声をあげられず、手の動きをとめることはできなかった。それどころか、覗かれていると思うと、かえって情感が昂った。

「あ、うう……あうッ……」

抑えきれない声が出て、仁美は自ら乳房をいじりまわし、二本の指で女の最奥をえぐり、女芯を撫でまわす。

見知らぬ男たちに覗かれながら、そんな浅ましい行為に没頭する自分が信じられなかった。が、それを顧みる余裕はなかった。

「あ、ああ……」

仁美は頭をのけ反らせ、腰をせりだすようにゆすりながら、物足りないままに昇りつめた。それをおぎなうようにいくら指を使っても、夫に愛される時のようにはいかなかった。

仁美はしばらく放心の体で、ハアハアとあえいでいた。あたりは不気味なほど静かだった。男たちがまだ覗いているのかもしれない。

急にこわくなって、仁美はあわててワンピースの乱れを直すと立ちあがった。なんということをしてしまったのかという後悔の念がふくれあがった。

恐るおそる鍵をはずしてドアを開けると、そこに七、八人の男たちがニヤニヤと笑って立っていた。

「ああ……」

仁美はめまいを覚えてフラッとした。

たちまち男たちに取り囲まれてしまう。

「すげえ美人だな。こんな美人が便所でオナニーとはよ、へへへ」

「男が欲しくてしようがねえらしいな。俺たちと仲よくしようぜ」

「楽しいことしようじゃねえか、へへへ」

仁美は声が出なかった。総身を硬直させたまま、唇をふるわせるばかり。

公衆トイレの裏へ連れていかれた。男たちはジャンケンをして順番を決めている。

「い、いやあッ……」

仁美は反射的に逃げようとした。

だが、たちまちつかまってしまい、草の上へ押し倒された。四方から手脚を押さえつけられ、口には汚いタオルが押しこまれた。

「フフフ、可愛がってやるぜ」

ジャンケンに勝った最初の男が、仁美のワンピースの裾をまくりあげた。汗に妖しくヌラヌラと光る下半身が、男たちの目に剝きだしになった。剃毛された無毛の丘が生々しい。

その丘を撫でて、男は指で媚肉を割った。

「うむ、ううむッ」

「ジタバタするなよ。男を咥えこみたいくせに」

「いや、うむッ……いやッ、たすけてッ」

仁美がいくら叫んでも、口にタオルを押しこまれていては、くぐもったうめき声にしかならない。

男がゆっくりとのしかかってくる。

「うむ、うむッ」

仁美は悲痛なうめき声をあげ、頭を狂おしく振りたくった。腰をよじって矛先をそらそうとする。

それをあざ笑うように、男は荒々しく押し入ってきた。

「うむ……うむむッ、うむッ……」

仁美ははらわたを絞るようなうめき声を噴きこぼし、大きくのけ反った。

(あなた、あなたあッ……ゆるして……)

夫の面影が脳裡をよぎった。それすら、深く貫いてくるものに打ち砕かれた。

「ちくしょうッ……いいオマ×コしてやがるぜ。たまらねえ……」

男はうなるように言って、荒々しく腰を突き動かしはじめた。

仁美はタオルを押しこまれた口で泣き叫び、逃れようと狂ったようにもがきのたうつ。

6

犯される仁美を佐川夫人と竜二が、木の陰から見ていた。

「痴漢が八人とは、とんだハプニングだったわね。若、このまま犯らせておく気？」

「フフフ、なかなかおもしれえながめじゃねえかよ。犯される仁美ってえのもいいもんだぜ。ゾクゾクさせやがる」

竜二は舌なめずりをして、ニヤニヤと笑った。しばらくながめてから、

「だが、仁美はもう俺のもんだ。あんなザコどもの勝手にさせるわけにはいかん」

竜二は咥え煙草を落とし、靴で踏みつぶした。それから指の関節をボキボキと鳴らした。

男は夢中になって腰を仁美に打ちこんでいた。仁美の手脚を押さえつけている男たちも、目を血走らせて見とれ、後ろから竜二が近づいてくるのも気づかなかった。

「おい、まだか。早くしろ」

二番目の男が順番待ちに焦れて催促した次の瞬間、竜二の鋭いパンチが男の顔面に入り、男はあお向けにひっくりかえった。つづけざま、仁美の上にのしかかっている男の体が蹴りあげられて吹っ飛んだ。

「てめえら、こんな真似するのは十年はええぜ。ザコどもがッ」

竜二のドスのきいた声が低く響きわたった。

それだけで男たちは一瞬たじろいだ。それほど竜二にはすごみがあった。

だが、それでも男の一人がへっぴり腰ですごんでみせた。

「なんだ、おめえは。いいところをジャマしやがってッ」

と、竜二につっかかっていこうとしたが、竜二のスーツの金バッジに気づくと、
腰を抜かさんばかりにズーッとあとずさる。わあっと男たちは一目散に逃げだした。

「あわわわ……りゅ、竜登会だ……」

「さすがね、若、ホホホ」

笑いながら佐川夫人がゆっくりと姿を現わした。

仁美は大きく割り開かれた太腿を閉じ合わせようともせず、なかば気を失っていた。

剝きだしの媚肉はしとどに濡れてまだヒクヒクとうごめき、ジクジクと蜜を溢れさせている。

「若はまだ仁美に正体を見せないほうがいいわね。ここは私にまかせなさいな」

そう言って佐川夫人は仁美の上体を抱き起こした。

「しっかりして、仁美さん、仁美さんッ」

仁美の身体をゆさぶり、頬を軽くたたいた。仁美が低くうめいた。

「仁美さん、もう大丈夫よ。痴漢は追い払ったわ」

「ああ……」

うつろに目を開いた仁美は、佐川夫人に気づくとホッとしたのか、そのままスーッとまた気が遠くなった。完全な失神であった。

「フフフ、まったくいいオマ×コしてやがる。ちょうど食べごろじゃねえか」

「さわるだけよ、若。今すぐ死んだ人形を抱いてもつまんないでしょ」

「わかってる」

竜二がかがみこんで開ききった媚肉に指を這わせた。熱くたぎってヌラヌラと指までとろける。

肉襞がヒクヒクと指に反応を見せて、妖しくからみついてくる。意識を失っていても、身体は反応してしまうらしい。

竜二は蜜にまみれた指を、仁美の肛門へ滑らせた。

「う、うむッ……」

仁美は触れられただけで、意識のないままビクビクとふるえてのけ反った。

「こいつは……えらく敏感な尻だ」

「そうよ、ホホホ、女の尻の穴に目のない若が狙った仁美だけあって、相当なものよ。黒田の保証つきよ」

「俺の目に狂いはなかったわけか、フフフ、楽しみじゃねえかよ」

「でも、いきなり若のたくましいので貫かれちゃ、いくら仁美がいいお尻の穴をしてても裂けちゃうわ。だから調教中というわけよ」

「念が入ってやがるぜ、佐川姐、フフフ」

佐川夫人に言われたからというわけではないが、竜二は今すぐ仁美の肛門を責める気はなかった。佐川夫人が仁美をどう調教するのか見きわめてからでも遅くない。

佐川夫人と竜二はグッタリと気を失っている仁美を車に乗せ、仁美の自宅へと運んだ。ワンピースを脱がせ、全裸にしてベッドに横たえた。

「仁美が目を覚ます前に、これを入れてやってちょうだい、若」

佐川夫人は座薬の媚薬を竜二に手渡した。親指ほどの大きさで、竜二はそれを仁美の膣肉へ沈めると、子宮口に押し当たるまで深く挿入した。さらにもうひとつ、仁美の肛門へ押し入れる。

そのうえ、仁美の肛門にはこれまでより少し効き目の強い媚薬クリームをたっぷりと塗りこんだ。

「まったくいい尻の穴しやがって。犯るのが楽しみだ」

竜二はうれしそうに言った。

それからどのくらいの時間がたったのだろうか。仁美は意識が戻ると、しばらくうつろな瞳を宙に向けていたが、公園の公衆トイレでのことがよみがえってくると、あッと声をあげて上体を起こした。

仁美の前に佐川夫人が心配そうな顔をしてつき添っていた。もちろん竜二の姿はなかった。

「気がついたのね、仁美さん。もう大丈夫なのよ」

「あ、ああ……」

仁美は佐川夫人の胸に顔を埋めるようにして泣きだした。仁美にしてみれば、佐川夫人が姉か母親のようにたのもしく思えた。

うつつながらも佐川夫人に救われたことを思いだす。もし佐川夫人が現われなかったら、八人もの痴漢に……そう思うと仁美は生きた心地もしなかった。

「でも運よく私が通りかかって、本当によかった。じゃなかったら、ご主人のいない間に大変なことになっているところだったわ」

「で、でも、私……ああ……」

「気にしないことよ、仁美さん。最後まで犯られちゃったわけじゃないし、入れられただけなんて、犯されたうちに入らないわよ」

佐川夫人は仁美を慰めつつ、腹の底でペロリと舌を出していた。

「心配ないとは思うんだけど、黒田先生に往診をお願いしたわ。仁美さん、これから赤ちゃんをつくる大事な身体ですものね」

そう言っている間に玄関のチャイムが鳴った。

「奥さん、とんだ災難でしたな」

大きな診察カバンを手に、黒田が入ってきたのだ。

「さっそく診てみましょう。佐川夫人、看護婦代わりにお手伝い願えますかな」

黒田は布団を剝いで仁美の全裸をさらけだす。仁美の腰の下に枕を二つ押しこんでから、両膝を立てさせて左右へ大きく開いた。

ハァッ……と仁美はあえいだ。佐川夫人がいることで仁美は首筋まで真っ赤になった。

パックリと剝きだされた仁美の秘肉はしとどに濡れそぼったまま。その生々しさにさすがの黒田も目を見張った。指でつまんで左右へ押し開くと、ジクジクと蜜が溢れでる。

（これじゃ公園のトイレでオナニーもしたくなるわけだ、フフフ、痴漢に犯されかけながらも、しっかり感じてたというわけか……）

（媚薬の効き目はたいしたものよ、黒田。驚くほどこっちの思い通りになってくれるわ、ホホホ）

（この分じゃ、仕上がるのも早くなりそうですな、佐川夫人）

黒田と佐川夫人は目と目で話し合った。

「あ……あ……」

仁美は小さく声をあげて腰をふるわせていた。なにひとつ疑える精神状態ではなく、黒田の手に身体をゆだねきっていた。

指が媚肉をかき分け、まさぐるたびに、妖しい快感が身体の芯を走り、ひろがった。頭のなかまでしびれる。

（もっと、いじって……ああ、もっと、奥まで……し、して……）

そんな叫びが出そうになって、仁美はキリキリと唇を噛んだ。たとえ黒田の指の動きが愛撫であっても、黒田が医者で診察という名目が、仁美に浅ましい反応をさらけだすことをためらわせる。

膣拡張器を挿入して押し開くと、仁美はそれだけで今にも昇りつめそうになった。

「あ、あ……ハアッ……あう……」

「別に異状はないようですな、奥さん。裂傷もないし、男の精液が射精された形跡もありませんね」

覗きこみながら黒田は言った。

濡れそぼった肉襞がヒクヒクとうごめき、妖しい女の色香がムッと鼻をつく。子宮口のあたりで媚薬の座薬が、少しずつとろけているのが見えて、それが仁美の性を狂わせていた。

（もっと……もっと、して……）

仁美は黒田の指の動きが焦れったくすら思えた。わずかに残った理性で、時折り自分の浅ましさを諌めようとするがだめだった。

ひとりでに女芯が包皮を剝いて肉芽をとがらせ、ピクピクとうごめかせだした。そして仁美の肛門は、前から溢れでた蜜にまみれつつ、今にもふくらみそうにふるえていた。まるで黒田の指を求めているようだ。

それは診察の間、ずっと仁美の手を握っていた佐川夫人にもわかった。仁美の身体が昂ると、ギュッと握りかえしてくる。

「安心なさい、奥さん。どこにも問題はありませんよ。八人もの男に輪姦されれば、そうはいかなかったでしょうが……佐川夫人に感謝するんですな」

「よかったわね、仁美さん。あんなことで万が一にも仁美さんが子供のできない身体になったらと思うと、ヒヤヒヤさせられたわ」

黒田と佐川夫人はわざとらしく言った。

仁美は小さくうなずいただけで、上気した顔を右に左にと伏せながら、ハァハァと熱い息を吐いていた。

黒田はゆっくりと膣拡張器を引き抜いた。

「いや……ああ……」

離すまいと仁美はキリキリと媚肉を絞った。

ここでやめられては焦らされるのも同じだった。とくにたっぷりと媚薬クリームまで塗られた肛門は、狂いそうなまでにうずいている。なぜか黒田は仁美の肛門には、まったく触れてこなかった。

「せ、先生ッ……」

仁美は黒田が帰り支度をするのを見ると、声をひきつらせた。

「なんですかな、奥さん」

「……お、お尻は……診察しないのですか」

口にしてしまってから、仁美はカアッと真っ赤に灼けた。どうしてそんなことを口にしてしまったのか……。

「今日は肛門を診る必要はないでしょう」

黒田は冷たく言った。

仁美は唇をワナワナとふるわせて黒田を見た。まだ両脚を大きく開いた姿勢を崩そうとはしなかった。期待感がそうさせているのだ。

「で、でも……」

言いかけて仁美はやめた。それ以上はとても自分の口からは言えなかった。

（ホホホ、いよいよアヌスの性感が芽生えてきたようね。もっとたまらなくしてやるわよ。お尻の穴をいじって欲しくてしようがなくなるように）

佐川夫人は黒田を見てニヤリと笑った。仁美が落ちるのはもう二日もあれば充分だと思った。

だが、そんなことはおくびにも出さず、

「もう、お休みなさい、仁美さん。今夜は私がついていてあげますからね」

あやすように言った。

7

それから二日間、仁美はなにをしても落ち着かなかった。台所で洗い物をしていても、スーパーへ買い物に出ても、意識はずっとうずきつづける股間にあった。下半身が気怠く、犯されているみたいで、しばしばスカートの上から前と双臀を押さえてしゃがみこみたくなった。

(ああ、どうしてこんな身体に……なんて淫らに)

それが五時間おきに挿入する座薬のせいだとは、気づける状態ではない。ノーパンでミニスカートでいることも、意識をそこに集中させ、うずきをとめどなくしているようだ。

(あなた、抱いて……)

姿なき夫を求めて泣きそうになる。

昼食もそこそこに、仁美はなにかを思いつめたように入浴して身体を清めると、鏡台へ向かった。髪にウエーブをかけてセットし、綺麗に化粧する。

ブラジャーをつけて、ノースリーブのブラックのサマーセーターを着ると、下にはノーパンで赤色のミニスカートをつけた。

「た、たまらないわ……」

ミニスカートの裾から手を入れ、ティッシュペーパーで股間のしたたりをぬぐった。拭いても拭いてもジワジワと滲みでる。このままでは本当にただれてしまいそうだった。

家を出ると、ひとりでに足が六本木へ向かっていた。気がつくとあの医院の前に立っていた。

（ああ、なにをしようとしているの……だめよ、だめ……で、でも……）

仁美はドアを押してなかへ入った。

黒田は診察室にはいなかったが、すぐに戻ってきて仁美に気づくと驚いたように、

「奥さん、どうしたんですか。今度の診察は明後日のはずですよ」

「は、はい……それが……」

仁美はうつ向き加減になって、唇をわななかせた。

「こ、この二日ほど……お通じがないんです……それで……」

「それでどうしました、奥さん」

仁美がウソをついているのはすぐにわかったし、なにを言いたいのかもわかった。

だが、黒田はわざと意地悪く聞いた。

仁美はベソをかかんばかりの表情で、

「す、すみません……」

逃げ帰るように出ていこうとしたが、すぐにまた戻ってきた。

「……先生……か、浣腸をしてください」

仁美は消え入るような声で言って、カアッと美貌を火にした。

黒田はニヤリと笑ったが、うなだれている仁美には見えない。

(落ちたな、フフフ)

そう思いながら、黒田はわざととぼけた。

「誰になにをして欲しいのかな、奥さん。よく聞こえなかったんで、もう一度言ってください」

「か、浣腸してください……」

仁美はそう言ってから、あわててお通じがないのでと弁解した。

「浣腸ですか……とにかく診てみましょう」

もったいぶった言い方をして、黒田は仁美にレザー張りの診察台に四つん這いになるよう言った。

「す、すみません……」

仁美が診察台にあがり、両手と両膝をついて四つん這いになると、黒田は上体を低くさせて双臀を高くもたげさせた。

それだけでミニスカートの裾から、今にも双臀がのぞきそうになる。

「お尻ですから、裸になることもないでしょう。では拝見」

黒田は後ろからミニスカートの裾をまくって、下着をつけない裸の双臀を剝きだしにした。

九十センチはあろうかと思われる見事な双臀は、白くムチッと張って、まぶしいばかりだった。シミひとつなく剝き卵のようだ。すでにじっとりと汗ばんでいた。

「ああ……先生……」

仁美は見られていると思うだけで声をうわずらせてあえいだ。

（お尻の穴をいじって欲しい……か、浣腸してください……）

仁美は今、この二日間身体がなにを求めていたのか、その正体を、はっきりと感じ取っていた。おぞましいと思うのに、仁美は双臀が待ち焦がれるようにふるえるのを、どうしようもなかった。

臀丘に黒田の指がくいこみ、左右に割り開かれて、仁美の肛門があばきだされる。

仁美の肛門は、切なさを訴えかけるように腫れぼったくふくれ、ヒクついていた。

「ほう、これはこれは……」

「ああ……先生、見ないで……」

「どうやら奥さんにはアナルコイタスの素質が、充分におありのようですな、フフフ」

黒田はからかいながら仁美の肛門にさわった。一瞬おびえるようにキュウと引きすぼまったが、黒田が揉みこむように指を動かすと、たちまちヒクヒクとゆるむ。

「あ、ううッ……先生ッ、ああ……」

仁美は息をするのも苦しいほどに昂り、腰をうねらせた。前から溢れでた蜜が、ツーと内腿をしたたり流れる。

それは黒田が予想していたよりも、ずっと鋭敏な反応だった。仁美自身も気づかなかった秘められたA感覚が、この数日間で芽を吹きはじめたらしい。浣腸まで求めるとは、黒田にも予想外だった。

「穴のなかも診ますからね。指を入れますよ、奥さん」

黒田はわざと知らせた。仁美の肛門を縫うように人差し指を押し入れる。

「ああッ……ああッ……」

たちまち毒を呑んだような汚辱感に犯され、仁美はブルブルふるえながら顔をのけ反らせた。

「ほら、もう指の付け根まで入りましたよ」

「いや……ああ、ゆるして……」

「お尻の穴を診て欲しいと言ったのは、奥さんでしょう。恥ずかしくても我慢するんですよ、フフフ」

黒田はキリキリと締めつけてくる仁美の肛門のきつい感触を味わっていた。しっかりと食いしめ、ヒクヒクおののく感じに、仁美の秘められたA感覚の素晴らしさを垣間見る思いだった。

「どうです、奥さん。尻の穴が気持ちいいんでしょう」

「…………」

仁美は唇を噛んでかぶりを振った。

「なんとか言いなさい、奥さん」

「……き、気持ちいいなんて……ああ、先生、もう……浣腸をしてください……」

「そんなに浣腸して欲しいんですか。しようがない奥さんですな」

どうやら仁美は本能的に、媚薬のうずきから逃れるには浣腸が一番なのを感じ取っているらしい。

黒田は浣腸器を手にすると、キューと薬液を吸いあげた。容量五百CCの一升瓶ほどの長大な浣腸器である。

「ああ、そんな……いや……」

仁美は浣腸器の大きさにおびえた。おびえながら身体がめくるめくのを感じた。

「刺激が強いほうがいいだろうと思いまして、量も多くして薬も強くしましたよ」

黒田は薬液の充満した浣腸器を仁美にわざと見せつけた。まだ二度しか浣腸を経験していない仁美には、信じられない大きさだ。

「いや、先生……やっぱり浣腸はいや、いやです」

「自分からねだっておいて、今度はいやですか。だいぶ混乱しているようですな」

「だって……ああ、だって……」

なにを言いたいのか、仁美はシクシクとすすり泣きだした。それでも四つん這いで、双臀を高くもたげた姿勢を崩そうとしない。

黒田はゆっくりとえぐるように嘴管をズブリと突き刺した。根元まで埋めこみ、次には引き抜いて埋めるということを何度も繰りかえした。

「あぁッ……うむ……」

仁美は舌をもつれさせながら泣き声をあげた。嘴管でもてあそばれる仁美の肛門は、それをしっかりとらえ、味わおうとするようにキリキリと引きすぼまった。

（なんて尻の穴だ、フフフ、この分じゃ一回ぐらいの浣腸で満足できるかな）

黒田はジワッとシリンダーを押しこんだ。

ドクドクと入ってくる薬液が仁美の肉を妖しく蝕んだ。

「あ、ああ……いやあ……あん……」

「どうしたんです、奥さん。そんな悩ましい声を出して。まるでよがり声だ」

黒田はわざと強く弱く、速く遅く、少しずつ区切ってと、様々に変化をつけて注入した。仁美はそのたびに、四つん這いの身体を揉むようにして、ひッと喉を絞り、あからさまな泣き声をもらした。

（も、もう、だめ……たまらないわ……）

仁美はめくるめく官能の渦に巻きこまれていく自分を感じた。おぞましく恐ろしくて、そして暗い背徳の官能。

突然、肛門から腸管を経て背筋、そして脳へと電流が走った。あまりに突然で、仁美は一瞬どうなったのかわからないままに、官能の絶頂へと昇りつめていた。

「ひッ、ひいッ……あむむッ……」

激しく弓なりにのけ反って、仁美は総身を痙攣させ、嘴管をキリキリと締めつけた。

追い討ちをかけるように黒田が残りの薬液を一気に注入した。

「ひぃッ……ひぃッ……」

仁美は喉を絞り、そのまま死んだようになった。だがそれも、すぐに荒々しい便意にさいなまれ、仁美は美貌を蒼白にして脂汗を噴きこぼしはじめた。

「ううっ、おトイレに……先生……」

「その前に聞いておきたいことがあるんですよ、奥さん。ここまできてしまったら、ウソはつけないはずですからね」

黒田は仁美の顔を覗きこんで言った。

「お通じがないなんてウソですね。浣腸されて気をやりたかったんでしょう、奥さん」

仁美は声もなく小さくうなずいた。

黒田はまだ仁美が四つん這いの姿勢を崩すことをゆるさなかった。指先で仁美の肛門をゆるゆると揉みつづけている。

しばらく考えるふりをしてから、

「奥さんの場合、特別の治療が必要のようですね。それをしないと、赤ちゃんができる身体には……」

「ど、どういうことですの……」

仁美は不安げに聞いた。

黒田はおもむろに説明しはじめた。仁美の場合、潜在意識に肛門への強い被虐願望があり、それが満たされないことから生殖器が受精拒否反応を見せるという。

もちろん黒田のデマカセで、仁美の肛門を今後いっそう調教するための罠である。

「ですから一度、奥さんのお尻の穴を徹底的に責める……そういう特別治療をしないと……」

「そ、そんな……私がそんな願望を持っているなんて……」

「現に奥さんは、浣腸をして欲しくてここへ来て気をおやりになったじゃないですか」

「仁美さん、先生のおっしゃる通りよ」

突然、佐川夫人が入ってきた。

「心配で仁美さんのあとをつけてきたの。お話は聞いたわ。でも先生のおっしゃる通り……」

佐川夫人はそこで言いにくそうな顔つきをした。なかなか芸が細かい。

「先日、仁美さんの所へ泊まったでしょう。その時、仁美さんは寝言を言ってうなされてたわよ。お尻をいじめてとか、お尻にうんと恥ずかしいことをしてとか……」

「やはりそうですか、佐川夫人。これで私の診断にも自信が持てる」

信頼している佐川夫人と黒田医師にそう言われると、仁美はきっぱりと否定できなかった。頭のなかが混乱してくる。

そして、荒々しく駆けくだろうとする便意の苦痛が、仁美の正常な思考をさまたげていた。二人の言う通りなのだろうか……。

「ああ……仁美、わからない……」

「それじゃ先生におまかせなさい、仁美さん。お尻の穴じゃなにをしても、ご主人を裏切ることにはならないわよ」

「ど、どうにでもしてください……」

無意識のうちにそんな言葉が出た。

黒田と佐川夫人は、目を見合わせてニヤッと笑った。

黒田は仁美を診察台からおろして立たせると、いきなり両手を背中へ捻じあげて縄を巻きつけた。

「ああ、なにをなさるの……」

「これも特別治療のひとつですよ、奥さん。すべて医者である私にまかせる約束でしょう」

「ああ、待ってッ……そ、その前に、おトイレに行かせてください……も、もう、我慢が……お願い」

「特別治療でさせてあげますから、それまで我慢しなさい、奥さん」

黒田は仁美を後ろ手に縛りあげると、黒色のサマーセーターの上から乳房の上下にも縄をくいこませた。

「それじゃ行きましょうか、奥さん」

「ああ……」

仁美はおびえた目で、すがるように佐川夫人を見た。縄で縛られて引きたてられる……まるで罪人ではないか。

「大丈夫よ、仁美さん。私もつき添ってあげるわ。それに特別治療には、女性の肛門を責めるのがとても上手なお医者様がいるそうよ。きっと仁美さんの希望にこたえてくれるはずだわ、ホホホ」

佐川夫人は仁美を抱き支えるようにして言った。

女性の肛門を責めるのがうまいお医者様とは、言うまでもなく竜二のことである。竜二は今ごろ、竜登会の横浜港倉庫の地下拷問室で、仁美を責めるありとあらゆる淫具をそろえて、首を長くして待っているはずだ。

だが、仁美はまだそのことを知らなかった。仁美を乗せた佐川夫人の車は、もう二度と戻らぬ道を地獄へ向けて、まっすぐに走っていった。

第二章　輪姦倉庫

1

仁美は、黒のノースリーブのサマーセーターに真っ赤なミニスカートをつけた身体を、後ろ手に縄で縛られていた。これも治療のためと言われたが、どんな治療をされるのだろうか。

仁美の不安はひろがったが、佐川夫人と黒田医師を信じるしかなかった。それでなくても浣腸されて、まだトイレに行くことをゆるされていない仁美は、駆けくだる便意にさいなまれ、また、下半身をおおう妖しいうずきに正常な判断をくだす余裕を失っていた。

「ああ……」

仁美は歯を噛み鳴らしつつ、身ぶるいを抑えようと懸命だった。仁美の腹部はグルグル鳴って、腰がひとりでに動いた。

「せ、先生……ああ、もう……」

脂汗を滲ませながら、仁美はすがるように黒田を見た。

「車を停めて……お、おトイレに、行かせてください……」

「着くまで我慢するんですよ、奥さん。こんなところにトイレはないですからね」

「そんな……」

仁美は弱々しくかぶりを振った。今にもベソをかかんばかりだ。

佐川夫人が車を運転し、仁美は黒田と後ろの座席に座らされているのだが、道は渋滞してノロノロ運転がつづいた。

脂汗がブラウスの下で仁美の肌をツーと流れた。美貌は蒼ざめて、唇がワナワナとふるえた。

「く、くるしいんです……ああ、このままでは……せ、先生ッ、もう我慢が……」

「しようのない奥さんだ。どれ、どんな具合か診てあげましょうか」

黒田は仁美を中腰にさせ、腰を浮かせると、横へずれて自分の膝をまたがせた。それから仁美の上体を前へ乗りださせるようにして、助手席の背もたれの上に腹部を乗せさせた。ハイヒールをはいた両脚をピンと張らせ、上体をさらに助手席へ倒す。

「あ……あ……こんなところで……」

仁美は小さく声をあげただけで、黒田にされるがままだった。少しでもいやがるそぶりを見せると、

「仁美さん、じっとしているのよ。すべて先生におまかせする約束でしょう」

と、佐川夫人が運転しながら、いつになくきつい口調で言った。

真っ赤なミニスカートからはちきれんばかりの豊満な双臀のふくらみが、黒田の目の前に突きでていた。それをニヤニヤとながめながら、黒田はミニスカートを後ろからまくりあげた。スカートの下はノーパンである。ムチッと官能美あふれる仁美の双臀が、まぶしいばかりの白さで露わに剝きだされた。

仁美の双臀は汗に妖しく光って、ブルブルとふるえていた。

「ああ、先生……おトイレに……」

仁美はふるえ声で言った。

「診察してからですよ。奥さんのお尻の穴は締まりがいいから我慢できるはずです」

黒田は仁美の臀丘に指先をくいこませ、うれしそうに左右へ割り開いた。すでに何度となく見た仁美の肛門だったが、何度覗いてもゾクゾクした。

割り開いた臀丘の谷間の底に、仁美の肛門が妖美にのぞけていた。必死に引きすぼめてヒクヒクふるえ、駆けくだろうとする便意をこらえている。

「み、見ないでください、ああ……」

今にも便意が爆ぜんばかりになっているだけに、おぞましい排泄器官を覗かれる羞恥はひときわだった。

黒田はまぶしいものでも見るように目を細め、食い入るように覗きながら、

「道がこんでて時間がかかりそうですね、奥さん。この際、じっくりと診察してあげましょう。そのほうが気もまぎれるでしょう」

「それがいいわね。ここで粗相されては、こっちも仁美さんも困りますものね」

と、佐川夫人も相槌を打った。

黒田は診察カバンを引き寄せ、なかからガラス棒を取りだした。小指ほどの太さで長さは二十センチほど、しかもイボイボがたくさんついている。仁美に気づかれないように、媚薬クリームをたっぷりと塗りこんだ。

「それでは、便意がどのくらい高まっているか診ますからね、奥さん。漏らさないようにしてくださいよ」

黒田はガラス棒の先を仁美の肛門にあてがい、突き立てた。仁美はひいっと顔をの

け反らせ、腰を硬直させた。必死にすぼめているのを、ジワジワ貫かれるのがたまらない。

「いやッ……ああ、先生、そんなッ……」

「我慢できない割りには、ずいぶん楽に入っていきますよ、奥さん」

「あ……ああ、そんなにされたら……」

仁美はかぶりを振りながら泣き声をあげた。ガラス棒を深く押しこまれ、イボイボが肛門の粘膜にこすれるたびに激しい便意におそわれ、いやでも声が出た。

キリキリと歯を嚙みしばって仁美は耐えた。今にもドッとほとばしりそうで、必死に引きすぼめているのがやっとだった。

「ううッ……も、漏れてしまいますッ……かんにんして……」

「上品な奥さんがそんなことを言うもんじゃないですよ、フフフ、そうそう、その調子でクイクイ締めつけるんです」

「ううむ……かんにんして、ああ……」

黒田のもう一方の手が、前の媚肉にものびてきた。媚肉の合わせ目に指が分け入り、肉襞をまさぐる。

仁美の媚肉は熱くしとどに濡れていた。肉襞がざわめいて、黒田の指にからみつく。

「感じてますね、奥さん」

と黒田が言うと、佐川夫人は横目で助手席へ上体を倒している仁美を見て、

「おトイレに行きたくて苦しみながら感じてるなんて、仁美さんは本当に敏感なのね。お尻って、そんなにいいものかしらね」

「ち、違います……恥ずかしい……」

仁美はすすり泣きだした。佐川夫人がいることが、羞恥をいっそう大きくした。

しかし、羞恥と便意の苦痛の底で、妖しいうずきがふくれあがり、胸が昂るのを仁美はどうしようもなかった。

どうしてこんなに淫らな身体になってしまったのか。自分から浣腸して欲しくて黒田のところへ行ってしまったことを後悔しても、今さら遅い。

「後ろも前もキリキリからみつかせてきますね、奥さん」

「ああ、そんな恥ずかしいこと……おっしゃらないで、先生……」

仁美がかぶりを振る間にも、黒田は指で媚肉をまさぐり、女芯をいじりつつ、肛門のガラス棒をクルクルと回転させはじめた。薄い粘膜をへだてて指とガラス棒がこすれ合う。

「ああッ……や、やめてッ……」

顔をのけ反らせて、仁美はひッ、ひッと喉を絞った。その顔は白目を剝いていた。

「先生ッ……あぁッ、漏れちゃうッ……」

「大丈夫、これだけよく締まっていれば、まだまだもつはずですよ、奥さん」

「だって、だって……あぁッ……」

「気持ちよさそうに腰を振って、だってもないですぞ、フフフ」

黒田はガラス棒を回転させながら、ゆっくりと抽送した。ガラスのイボイボが肛門の粘膜や腸壁にこすれる。それが便意にさいなまれる女体にどんなにたまらないか、医者の黒田にはわかりきっていた。

腸をかきむしられるような便意が激しくふくれあがり、そのくせ浣腸と媚薬にただれた肛門をえぐるガラス棒が、うつろになるほどの快美を生む。それは苦悶の入り混じった暗く昏迷した快感だった。

「あぁ……あぁッ、たまらないッ……」

仁美は眦をひきつらせ、唇を嚙みしばって、腰をブルブルふるわせつつ、振りたてた。もう片時もじっとしていられない。

「も、もう、ゆるして……動かさないで、漏れてしまうッ……」

「我慢するんです。これも治療のうちですからね、奥さん」

黒田はもっともらしく言い、ガラス棒をあやつりつつ、媚肉をまさぐりつづけた。

仁美は泣きながら腰をよじった。それを佐川夫人が薄笑いを浮かべてチラチラと見る。

(まだまだ、本当に泣くのはこれからだよ。そんなに綺麗な顔をしていることを、たっぷりと後悔させてあげるからね、ホホホ)

そんな佐川夫人の胸の内も知らず、仁美はすがるように佐川夫人を見て、パクパクと口をあえがせた。まともに息さえできなくなったようだ。

「がんばるのよ、仁美さん。これもすべて可愛い赤ちゃんのためよ」

佐川夫人は腹のなかでペロリと舌を出しながら、仁美をはげます。

それが聞こえているのかいないのか、仁美は息も絶えだえにあえぎ、腰をくねらせている。そんな仁美の姿は、女の佐川夫人でさえ見ていて変な気持ちになるほど、エロチックだった。

(まったくたいした奥さんだ。並みの女ならとっくに漏らしてますよ。それにこの苦悶する顔の色っぽいこと、フフフ)

黒田がバックミラーのなかの佐川夫人に向かって目で言った。仁美には気づかれていないので、黒田は欲情を剝きだしにしてニヤニヤと笑い、舌なめずりしていた。

（ホホホ、これから肉の奴隷にされるとも知らずに、いい気なもんだわ）

佐川夫人もまた、バックミラーのなかでニンマリと笑った。

「うむッ……うむむ……」

なにも知らぬ仁美ひとり、白目を剥いてうめき、悶えていた。このまま死ぬのではないかとさえ思った。

2

船の汽笛が聞こえてきた。潮の香りもする。どうやら港へ向かっているらしかった。

そして横浜港の倉庫街へ入って、ひとつの倉庫の前にようやく車が停まった時、仁美はなかば気を失いかけていた。耐える限界に達した便意だけが、失神寸前の仁美の意識をジリジリ灼いている。

「さ、着いたわよ、仁美さん」

「しっかりするんです。すぐにウンチをさせてあげますからね、フフフ、それにしてもよく耐えましたな、奥さん」

ほとんど黒田に抱き支えられるようにして、仁美は倉庫のなかへ連れこまれた。そこがおよそ病院などとはほど遠いにもかかわらず、仁美は疑問を感じる余裕さえ失っていた。

「は、早く……おトイレに……」

仁美は息も絶えんばかり。まだガラス棒を突き立てられたままの双臀が、痙攣するようにブルブルとふるえ、へっぴり腰でくねった。

倉庫のなかに積みあげられた船荷の間を通って、奥の地下室へ連れていかれる。レンガの壁と天井からは鎖や縄が垂れさがり、拘束具のついたベッドや柱、木馬にはりつけ台みたいなものまであって、まるで中世の城の拷問室である。

壁の一方には鉄の檻がはめこまれてあり、棚には女を責めるためのありとあらゆる道具が何段にも並べられている。

これらに気づいたら、仁美は恐怖の悲鳴をあげたにちがいない。だが幸か不幸か、苦悶にのたうつ仁美は、そこがどんな部屋かまるで気づいていなかった。

「若、プレゼントを持ってきたわよ、ホホホ」

佐川夫人が突然、そんなことを言った。

誰に向かってなにを言っているのか、仁美にはわからなかった。

黒田もペコペコと頭をさげている。それから仁美を黒い革を張ったベッドの上へうつ伏せに乗せた。上半身は縄で後ろ手に縛ってあるので、左右の足首だけをそれぞれ革のベルトで固定した。

「どうして、こんなところに乗るの……ああ、おトイレに行かせてください……」

仁美は狼狽の声をあげた。今にも気が遠くなりそうななかでも、なにかただならぬ気配を感じ取った。

「せ、先生、おトイレへ……」

「ここでするんですよ、奥さん。オマルをあてがってあげますからね、フフフ」

黒田がベッドの足もとのハンドルをまわすと、ベッドの下半身の部分だけが左右に開きはじめた。Yの字の逆さの形にベッドが変形して、仁美の両脚を割り開く。

「ああ、いやッ……先生、ここではいや、いやですッ……」

いくら泣き声をあげても、仁美の両脚は左右いっぱいに開かされてしまった。

先日、黒田の目の前で排泄させられた時の恥ずかしさがよみがえった。それをもう一度、しかも佐川夫人の前で再演させられるのかと思うと、目の前が暗くなった。

「用意はいいようね、ホホホ、朝倉仁美が私からのプレゼントよ。受け取ってちょうだいな、若」

佐川夫人が言うと、ソファに腰をおろしてビールを飲みながらニヤニヤと笑っていた男が、ムックリと体を起こした。

それまで薄暗い影のなかではっきり見えなかったが、広域暴力団の竜登会の竜二である。ダークスーツに身をかため、パンチパーマの精悍な面構えだ。

竜二は上衣を脱ぎ、ネクタイをゆるめてワイシャツの袖をまくると、ガラス製の浣腸器を取りあげた。一升瓶ほどの巨大な注射型のもので、すでにたっぷりと薬液が充満していた。

「久しぶりだな、仁美」

竜二はゆっくりと仁美に近づいた。いきなり仁美の黒髪をつかんで顔を覗きこむ。

「人妻になりやがって、一段と色っぽくなったじゃねえか、仁美」

仁美はハッとした。どうしてこんなヤクザみたいな男がこんなところに……。だが、その低い声には聞き覚えがあり、顔も見覚えがあった。恐ろしい不安がふくれあがったが、便意の苦悶が思考をさまたげる。

「ホホホ、仁美さんをさんざん追いまわした番長の竜二と言えば、わかるでしょう。今じゃ立派なヤクザよ」

佐川夫人の言葉に、仁美の美貌が一瞬凍りついた。

十一年前、まだ女子高生だった仁美を狙って三年間も追いまわした番長……仁美ははっきりと思いだした。今ではパンチパーマをかけてヤクザのすごみが増したものの、まぎれもなくあの竜二だった。

仁美にとっては虫酸の走るほど嫌いな男であった。思いだすのもいやで、結婚してからはすっかり忘れていた。

「…………」

仁美は驚きと衝撃とに唇をワナワナふるわせ、すぐには声も出なかった。荒れ狂う便意さえどこかへ消し飛んでしまった。

「フフフ、ムショでも仁美のことは忘れたことはねえぜ。仁美、とうとう俺のものになる時が来たな」

竜二は低く笑うと、仁美のミニスカートを大きくまくりあげた。

「い、いやあッ」

悲鳴をあげて仁美はのけ反った。

「フフフ、いい尻しやがって」

仁美の裸の双臀が、うつ伏せのために上を向いて、ムチッとさらけだされた。まるで剝き卵みたいに白く形のよい双臀が、その谷間にガラス棒を突き立てている姿は、さすがの竜二も思わず生唾を呑むほどの色っぽさだった。

「いや、いやあッ……た、たすけてッ……」

仁美は佐川夫人や黒田を見て泣き叫び、救いを求めた。

だが、佐川夫人と黒田はせせら笑って、

「泣くのはまだ早いわよ、仁美さん。これからいやでもいろいろな方法で、若が仁美さんを泣かせてくれるわ、ホホホ」

「女の尻を責める若の腕は、奥さんの特別治療にはぴったりですよ、フフフ、まあ、せいぜい可愛がってもらうんですな」

信じられない二人の言葉だった。仁美の顔が恐怖にひきつった。

「だ、だましたのね……卑怯だわッ、はじめからこうするつもりで……」

「うるせえッ、ガタガタ言うんじゃねえ」

竜二がどなるなり、仁美の肛門のガラス棒が引き抜かれ、またすぐに押しこまれた。少なくとも仁美はそう思った。

だが、後ろをふりかえった仁美は、なにをされようとしているのかを知って、悲鳴をあげた。自分の双臀に巨大な浣腸器が突き立てられていたのである。

「やめてッ……そ、そんなこと、いや、いやあッ」

仁美の総身が硬直し、総毛立った。再び荒々しい便意がドッと押し寄せてきた。このうえ、さらに浣腸しようというのか。それも虫酸が走るほど嫌いな竜二の手によってである。それだけは絶対にいやだ。

「いやあッ……たすけてッ……」

「フフフ、俺の責めはまず浣腸責めからと決まってんだ、仁美」

「ああッ……いやよッ、そんなこと、いやッ」

拒む仁美の双臀がむなしくうごめき、よじりたてられた。

「ホホホ、気どらないのよ、仁美さん。黒田に浣腸をねだったくせして、本当はうれしいんでしょう」

佐川夫人が仁美の顔を覗きこんでからかった。

「うれしいだなんて、誰が……ああ、やめて、しないでッ……」

「若は仁美さんに浣腸したくてしようがなかったのよ、ホホホ、若の浣腸はきついけど、仁美さんにはぴったりだわ」

「そんなッ……」

佐川夫人と黒田に罵をかけられ、竜二に浣腸される屈辱と恐ろしさに、仁美は泣きながら黒髪を振りたてた。

「入れるぜ、仁美」

竜二がそう言うなり、シリンダーが押されて、薬液がズーンと仁美のなかへ流入しはじめた。

「あ……ああッ……いやあッ……」

仁美はひいッと喉を絞りたててのけ反り、双臀をブルブルとふるわせた。歯がガチガチ鳴りだした。

竜二の浣腸は荒っぽかった。グイグイとシリンダーを押し、一気にドッと入れるやり方だ。駆けくだろうとする便意を押し戻し、逆流させる。

「あ……うむ、ううむ……入れないでッ……」

「フフフ、五百CC一滴残らず呑めよ、仁美。ほれ、ほれ」

「いやあ……ひいッ、ひッ、ううむ……く、くるしいッ……」

仁美はのけ反り、総身を揉み絞って泣きわめいた。脂汗がドッと滲みでて、黒髪までも湿らせる。

「で、出ちゃうッ……ひッ、ひッ……」

仁美は目の前が墨を流したように暗くなり、頭の芯が白く灼けた。出口を求めて駆けくだる便意は、もう自分の意志ではどうしようもなかった。

シリンダーが押しきられ、嘴管が引き抜かれると同時に、ドッとほとばしる。黒田があわてて便器をあてがった。

「い、いやあ……」

号泣が仁美の喉をかきむしる。排泄という秘められた行為を、よりによって竜二の目の前でさらさねばならない。だが、いったん堰を切ったものはもう、押しとどめようがなかった。

「派手にひりだしますな、奥さん。次から次へと出てくる、フフフ、こりゃ健康美人のウンチだ」

「人前でよくそんな浅ましい真似ができるわね、仁美さん。いやらしくお尻の穴を開いちゃって、ホホホ」

黒田と佐川夫人がからかっても、仁美は反発する気力もなく号泣を噴きあげるばかりだった。ブルッ、ブルルッと双臀がふるえるたびに薬液とともにうねうねと出た。

それを竜二がニヤニヤながめている。仁美の双臀を撫でまわし、排泄する肛門の周辺にまで指先を這わせた。

「いい尻しやがって。おおいに気に入ったぜ、フフフ、味もよさそうだ」

竜二は嗜虐の欲情に目をギラリと光らせた。しぶきが飛ぶのもかまわず、竜二は食い入るように見つづけた。それが仁美のものと思うと、ひりでてくるものの匂いも気にならない。むしろ竜二の欲情を刺激するだけだ。

「ホホホ、これで仁美さんはご主人にも見せたことのない姿を、若に見せてしまったわけよ。もう逃げられないわね」

佐川夫人は声高に笑った。美しい仁美がみじめで無残な姿をさらしているのが、愉快でならないようだ。仁美の美しさに対する女の嫉妬というものだろう。

「仁美さんはお綺麗だから、汚しがいがあるわ、ホホホ、でもこんなのは序の口。もっとひどい目に若があわせてくれるから、楽しみにしてるのね、仁美さん」

3

もう仁美の号泣も途切れて、口からもれるのは魂に滲み入るようなすすり泣きだ。

「フフフ、ずいぶんとひりだしましたな、奥さん。ここ数日間、薬で便秘状態にしておいたかいがありましたな」

「こいつは乾燥させて、記念にとっといてやるぜ、仁美」

黒田と竜二は便器を覗きこんでせせら笑った。それから仁美の肛門に目を移した。

仁美の肛門はしとどに濡れて、まだ生々しく口を開いたまま、内襞を見せてヒクヒクとふるえている。

「フフフ、そそられるぜ」

竜二が舌なめずりをした。

その竜二の目の前に、佐川夫人が冷たく光る金属の器具を差しだした。

「これを使うんでしょう、若」

「俺の考えてることがわかるとは、さすがに佐川姐、フフフ」

「ホホホ」

佐川夫人はハンカチで口を押さえて笑うと、仁美の黒髪をつかんで後ろの竜二のほうへ向けた。

「仁美さん、若が手に持っているのがなにかわかるかしら。肛門拡張器といってお尻の穴を開くものなのよ」

見せつけられたもののおぞましさに、仁美は佐川夫人に恨み言を言うのも忘れて、泣き濡れた美貌をひきつらせた。

「それで仁美さんのお尻の穴を開くのよ、ホホホ、どのくらい開くかしらね」

「そんな……そんなひどいことは、いやッ……や、やめてください」

激しく狼狽する仁美の目の前で、竜二は人差し指と親指でつくった輪のなかへ、長さ二十センチもある鶴のくちばしのような部分を入れ、パクパクと開いて見せた。

「どう使うかはわかったでしょう、奥さん。これは普通のより長いから奥まで開けるんですよ、フフフ」

黒田も一緒になって、仁美をおびえさせてせせら笑う。

仁美はひきつった顔を弱々しく振った。

「いや……そんなものは、いやですッ……」

「ホホホ、いやでも仁美さんのお尻を開く必要があるのよ、どうしてかは今にわかるわ、仁美さん」

仁美は目の前が暗くなった。浣腸だけでは飽きたらず、おぞましい排泄器官をさらにいたぶる気なのだ。

「ど、どうしてなの……ああ、佐川さん、姉みたいに信じていたのに……」

「決まってるでしょう。仁美さんの身体を若にプレゼントするためじゃないの、ホホホ、そうとも知らないで、お嬢さま育ちの仁美さんをだますのは楽だったわよ」

「ひ、ひどい……」

すすり泣く仁美の双臀を、竜二はパシッと平手で打った。

「余計なことは考えねえで、俺に責められてひいひい泣いてりゃいいんだよ、仁美」

竜二は、肛門拡張器にも媚薬クリームをベッタリと塗りたくった。

冷たい金属の先が、仁美の肛門に突き立てられてジワリと入ってきた。

「や、やめてッ……そんなことだけはッ」

仁美は上体をのけ反らせて、ずりあがろうともがいた。だが、両手は後ろ手に縛られ、足首はベルトでベッドに固定されている。逃れられるはずもない。

浣腸でただれた腸壁をまさぐるように、それは深く入ってきた。

「付け根まで入っちまったぜ、仁美、フフフ、それじゃ開くからな」

「ああッ……い、いやあッ、ひッ、ひッ……」

仁美のなかで金属のくちばしがジワジワと開きはじめた。肛門が内から押し開かれていく感覚に、仁美は狂った。

いやッ、いやッ、とうわずった悲鳴をあげてはひいッと喉を絞る。のけ反ったまま、狂おしげに腰をガクガクゆさぶりたてた。

「さ、裂けちゃう……ひッ、ひいーッ」

「フフフ、このまま裂いてみてえほどいい尻してるぜ、仁美。もっと開いてやるからな」

竜二は仁美をたっぷりとおびえさせ、屈辱感を与えて泣かせるために、わざとゆっくりと押し開いた。

「だいぶ開いてきたぜ。どうだ、仁美」

聞いても仁美はうめき、時折り耐えきれないようにひぃーッと悲鳴をあげて、喉をピクピクふるわせるだけだ。

もう仁美の肛門はパックリと口を開いて、奥の腸腔を生々しくのぞかせていた。妖しく濡れた腸壁が、ヒクヒクとうごめいているのが見えた。夫にさえ見せたことのない禁断のひろがり。

竜二は鋭い目を細めて、食い入るように覗きこんだ。懐中電灯で奥まで照らしだして、さかんに舌なめずりした。

「最初でそこまで開けば上出来ですな、フフフ、奥さんの尻の穴は締まりもいいが、よく開きもするようだ」

と黒田が言えば、佐川夫人も加わって覗きこみ、

「まあ、いやだ、ホホホ、そんなところを開いちゃって、よく恥ずかしくないわね、仁美さん。こっちが恥ずかしくなるわ」

「あ……あむむ、かんにん……」

「なあにその声は。お尻の穴を開かれているのが、よっぽどいいようね」

佐川夫人はあざ笑って、仁美の臀丘をつねりあげた。

仁美はひいッと喉を絞った。おぞましい排泄器官をいっぱいに拡張されて、仁美はもう満足に口をきくこともできなかった。のけ反らせた口をパクパクあえがせる。

「フフフ、仁美の奴、感じてやがる」

竜二が仁美の媚肉を指差して言った。

押し開かれた肛門のわずか下、仁美の媚肉は貝のようにうごめきつつジクジクと蜜を溢れさせていた。

「あきれたわね、ホホホ、お尻の穴を開かれながら感じるなんて、仁美さんって本当に淫乱なのね」

佐川夫人がおおげさに笑った。

「この分なら思ったより早くできそうだ」

なにができるというのか、竜二は筆を手に取ると媚薬クリームをべったりとすくい取り、肛門拡張器の間から挿入して、腸壁へ塗りこみはじめた。

「ああッ、あむむ……」

おびえるように仁美の腰がはねあがり、のけ反った喉からうめき声が出た。

張り裂けんばかりに拡張された肛門、筆の穂先でまさぐられる腸壁……カアッと灼けてズキズキとうずきだす。

いったいどうしたというのだろう。虫酸の走る竜二にもてあそばれているというのに。

(もっとお尻を開いて、仁美のお尻をいじって……こ、こねくりまわして)

ふっとそんな気持ちにさえ駆られる。

媚薬クリームを使われているとは知らぬ仁美は、自分の身体の成りゆきが信じられなかった。

あわててかぶりを振って、自分を取り戻すと、

「いやッ……ああ、いやですッ……」

仁美は悲鳴をあげて腰をゆすりたてた。

「も、もう、ゆるして……」

「冗談言うなよ、仁美。俺のものになるってことがどういうことか、この尻にたっぷり思い知らせてやるぜ、フフフ」

竜二が黒田に目配せすると、黒田はニンマリと笑ってうなずき、仁美にわからぬように再び巨大な浣腸器にグリセリン液をたっぷりと吸いあげた。先ほどよりもひとまわり大きい浣腸器で、容量は二千CCもあった。ガラス筒の太さだけでも、仁美のウ

エストほどもある。

「若、準備できました、フフフ」

黒田が言うと、竜二はゆっくりと肛門拡張器を引き抜いた。まるで腸襞がめくりだされるみたいで、仁美はひいッと泣いた。

「仁美、今度は二千CC呑ませてやるぜ」

黒田にも手伝わせ、二人がかりでズッシリと重い巨大な浣腸器を、仁美の肛門に突き刺した。

「ひいッ、いや、いやあッ」

再び浣腸されると知って、仁美は戦慄の悲鳴をあげた。

「いやあッ……か、浣腸はいや、もう、もう、いやッ、ああッ……」

「何度でも浣腸して、仁美を浣腸なしではいられねえ身体にしてやるぜ、フフフ」

「そんな……そんなこと、いやあッ……」

いくら泣き叫んでもだめだった。泣き叫べば叫ぶほど、竜二を喜ばせるだけだった。嘴管でグリグリとえぐりこまれた。

自分の双臀に突き立てられた浣腸器の巨大さが、仁美をいっそうおびえさせた。

「仁美さんが浣腸なしではいられない身体につくり替えられるなんて、ホホホ、考えるだけでも愉快だわ。私も協力してあげるわね、仁美さん」

佐川夫人が仁美をからかい、竜二が巨大なシリンダーを押しはじめる。キイ、キキーッとガラスが鳴って、薬液が不気味に渦巻いた。

「ひいーッ、も、もう、いやあ……ああ、あむッ」

「フフフ、いい声で泣くじゃねえか、仁美」

「ああ……け、けだものッ、ああッ……」

ドクドクと入ってくる薬液に、仁美は喉を絞った。

一度目の浣腸と媚薬にただれた肛門と腸襞に、薬液がしみて灼けるようだ。そのうえ竜二の注入のしかたは黒田よりずっと荒っぽい。一気におびただしく、ドッと注入する。

ひいッ……ひいーッ……仁美は今にも絶息せんばかりに喉を絞り、のけ反った身体を痙攣させた。流れこんでくる薬液は内臓を焼きつくし、こねくりまわすみたいで、たちまち重苦しい圧迫感とともに猛烈な便意を呼んだ。

「く、くるしいッ……ううむ、お、お腹が裂けちゃう……ああ、つらいッ……」

その苦しさは一度目の浣腸の比ではなかった。総身に噴きだした脂汗に、ブラウスも濡れ、ポトポトとしたたり落ちた。

「うむ、ううむ……も、もう、入れないでッ……ひッ、ひッ……死んじゃう……」

「たった二千CCで音をあげてちゃしようがねえぞ、仁美。俺のものになったからには、四千CCは呑めるようにならなくちゃな」

竜二はせせら笑って、グイグイとシリンダーを押して、ズズッと音をたてて底まで押しきった。

ひいーッと仁美はアクメに達したみたいに高く泣いた。そのままグッタリとする余裕もなく、

「ああッ、だめ、出ちゃうッ……」

ブルブルとふるえを走らせ、泣きながら便器を求めた。

「あら、もう降参なの、仁美さん、ホホホ、だらしないわね」

佐川夫人がわざとらしく言って笑い、

「というより見られたいのね。一度ウンチをするところを見られてくせになったみたいね、仁美さん」

からかわれても言葉をかえす気力も余裕もなく、仁美は絶望の悲鳴とともにドッと噴きこぼしていた。あとからあとから、黄色に濁った薬液をしぶかせる。

「もっと思いきり尻の穴を開いてひりだすんだ、仁美」

興奮に声をうわずらせながら、竜二は肛門拡張器を手にパクパク鳴らした。

「今度はさっきよりも仁美の尻の穴を開いてやるぜ、フフフ」

肛門拡張器の金属が媚薬クリームにまみれ、にぶく不気味に光った。

4

仁美はなかば気を失っていた。それでも、うむ、うむむッ、と苦悶のうめき声をあげてブルブルと双臀をふるわせた。

いったい何度浣腸されたのだろう。二千CC注入されては排泄させられ、肛門拡張器で押し開かれることを繰りかえされた。しかも、繰りかえされるごとに、仁美の肛門は少しずつ大きく拡張された。

「ううッ、つらい……か、浣腸で責め殺される……つらいわ……」

仁美はうめくように言った。

もう腹のなかは空っぽで、注入された薬液がそのまま出てくる感じだ。内臓まで引きだされるようだ。

「ずいぶんと尻の穴も開くようになりましたしね。若、そろそろ使えそうですぞ」

「ホホホ、そうね。これ以上浣腸してのびてしまってはおもしろくないわ。ちょうど犯りごろね」

黒田と佐川夫人がそう言っても、竜二はまだ物足りなさそうだった。すでに仁美への浣腸は十三回を数え、用意した薬液をすべて使い果たしていた。

「こんなことなら、もっとグリセリンを買っておくんだったたな」

竜二はピシッと仁美の双臀をはたいた。

渋々と仁美の足首のベルトをはずし、後ろ手に縛った縄を解く。仁美は本能的に起きあがって逃げようとしたが、腰が抜けたように力が入らなかった。

「た、たすけて……」

「素っ裸にしてやるぜ、仁美」

竜二は馴れた手つきで仁美の真っ赤なミニスカートを剝き、黒のブラウスを脱がしてブラジャーをむしり取った。

「ああ……」

仁美はハイヒールをはいただけの、文字通り一糸まとわぬ全裸にされた。凄絶な連続浣腸責めのあとを物語るように、仁美の裸身は脂汗にまみれ、油でも塗ったようにヌラヌラと光っていた。

「いい身体してるな、仁美。ムチムチと人妻の色気があふれてやがる、フフフ、もう俺のものだぜ」

竜二は仁美の裸身を撫で、まさぐりながら抱き起こすと、四つん這いにさせた。

そして、指先にたっぷりと媚薬クリームをすくい取り、仁美の肛門を指で縫うようにして塗りこむ。仁美の肛門はすぼまるのが麻痺してしまったみたいに、開ききったままだった。

「あ……ああ、いや……お、お尻はいやです……」

仁美は気力も体力も萎え、されるがままだった。そのくせ熱いうずきがこみあげてならない。得体の知れぬ感覚が、快美に仁美の腰をおおう。

ハアッ……仁美は熱い吐息を吐いてあえぎ、ブルッと胴ぶるいした。浣腸と肛門拡張の苦悶の底で、媚薬クリームがその威力を確実に発揮しはじめていた。

「あ……ああ……ハアッ」

竜二の指が仁美の肛門を出入りするたびに、こらえきれずに声が出た。

「気持ちいいのね、仁美さん、ホホホ、そんな姿を見たら、ご主人はなんと言うかしら」

「いやッ……」

仁美はハッとして、あわてて唇を噛み、声を押し殺した。が、それも長くはつづかない。

「浅ましいわね。それでも妻なの？　仁美さん、よくも愛する人の赤ちゃんが欲しいなんて言えたものね」

佐川夫人は仁美を見おろして、声高にせせら笑った。

竜二が服を脱ぎはじめた。日焼けした体はたくましく、背中から腕と太腿にかけて、一面に昇り竜と雲の入れ墨が彫られていた。

「ひッ……」

仁美は一瞬、息を呑んで裸身を硬直させた。

竜二は腹にサラシを巻き、その下にたくましい肉塊を黒々と、天を突かんばかりにそそり勃たせていた。仁美はその長大さが信じられず、目がくらんだ。

グロテスクなものが、ところどころボコボコしているのは、真珠を埋めこんでいるためだろう。

「い、いやあッ」

仁美は悲鳴をあげて、弾けんばかりに逃げようとした。

「どこへ行こうってんだ、仁美」

竜二が仁美の足首をつかんで、ズルズルと引き戻す。そのまま抱き寄せて、両手で乳房をわしづかみにして揉みしだく。

豊満な仁美の乳房はタプタプと音をたてんばかり。

「いやあッ」

「ホホホ、若にたっぷりと可愛がっていただいて、何度も気をやらせてもらうのね、仁美さん。若は疲れ知らずだから、せいぜいがんばらないと、身がもたないかもね」

「いやッ、いやです……それだけはッ……」

犯される恐怖に仁美は泣き叫んだ。

それをあざ笑うように、竜二は仁美の乳房を揉み、乳首をつまみあげ、双臀を撫でまわした。竜二の愛撫は荒っぽかった。そのくせ憎いまでに女の弱点をついてくる。

「ひッ……いやあ……」

仁美はたくましい肉塊の先を太腿や双臀にこすりつけられ、死にそうな悲鳴をあげた。

佐川夫人と黒田は覗きこみながら、

「仁美さんと若がつながるところを、はっきりと見せてもらうわね、ホホホ、いくらあばれても無駄よ。若が喜ぶだけ」

「フフフ、生娘じゃあるまいし、ジタバタしないで若に入れてもらうんですな、奥さん」

黒田があざ笑うと、竜二は仁美の双臀を撫でまわし、

「この仁美の尻は正真正銘の生娘だぜ」

その言葉がなにを意味するか、仁美には考える余裕もなかった。狂ったようにもがき逃げようと手脚をバタつかせる。

それを楽しみつつさんざん仁美をおびえさせ、悲鳴をあげさせてから、竜二は仁美を四つん這いにした。上体を低く伏せさせ、双臀を高くもたげさせる。

「いや、いやッ……それだけはッ……た、たすけてッ」

振りたてる仁美の双臀を、黒田が腰を横から抱くようにして押さえつけ、臀丘の谷間を両手で引きはだけた。

「いいですぞ、若」

「フフフ、仁美、いよいよ俺のものだ」

竜二の声が心なしかうわずった。仁美の腰に手をやって後ろからおおいかぶさっていく。

「ああッ、やめてッ……それだけは、いやッ……あなた、あなたッ」

仁美は恐怖と絶望の悲鳴をあげて、夫の名を呼んだ。やさしい夫の面影が仁美の脳裡をよぎった。

どんなに泣き叫んでもがいても、逃れられないと知った時、仁美は号泣を噴きあげた。夫しか知らず、夫に愛されるためにだけあると信じていた自分の身体が、けだものの竜二にもてあそばれようとしている。

「あなたッ、あなたあッ」

「泣け、仁美。もっと泣くんだ、フフフ」

「いやあッ……あ、ああッ、そこはッ……」

竜二の肉塊はまったく思いもしなかった箇所に押しつけられてきた。それはまだゆるんだままの肛門にジワジワと押し入る気配を見せた。

「そこは、そこはッ……」

「ここでいい。仁美の尻の穴でよ」

「いやあッ」

おぞましい排泄器官を犯されるなど、正常な夫婦生活しか知らぬ仁美には、信じられないことだった。

押しつけられてくるものに、仁美の肛門の粘膜がジワジワと拡張されていく。

「ひいーッ」

仁美は背筋を硬直させてのけ反った。

「口で息をして、腹の力を抜くんですよ、奥さん。若のは大きいけど大丈夫。入るように何度も浣腸して、肛門拡張をしてきたんですからね」

黒田にそう言われても、仁美にはもう聞こえない。唇を噛みしばって苦悶のうめき声をあげた。

「お、お尻でなんて、狂ってるわッ……いた、いたッ……ひいッ……」

「オマ×コのほうがいいってのか」

答えられるわけがなかった。噛みしばった唇から、ひいーッ、ひいッと悲鳴が絞りだされた。たちまち総身が脂汗にまみれた。

肛門の粘膜がズルズルと押し開かれて、内へめりこまされ、ミシミシときしんで裂けそうだった。

「うむッ、ううむッ……たすけて……」

「これが俺のものになるってことだ。よく覚えておけよ、仁美」

「ひッ、ひいーッ……裂けちゃうッ……」

ジワジワと押しこまれるごとに、仁美は目の前に苦痛の火花を見て、喉を絞りつづけた。

仁美の肛門は限界まで引きはだけられて、灼熱の肉塊の頭を呑みこみ、あとはズルズル根元まで押しこまれた。

「ホホホ、すごいわね。若の大きいのが、お尻の穴に入ってしまうんですものね」

さすがの佐川夫人も目を細めて食い入るように覗きこむ。

仁美の肛門は弾けんばかりに拡張を強いられて、ドス黒い竜二の肉塊をキリキリとくいしめていた。まるで杭を打ちこまれているみたいで、その酸鼻な光景に圧倒される。

「しっかりつながってるわ、仁美さん。お尻の穴で男性を咥えこんだ気分はどう？」

「う、ううむ……」

「よくって返事もできないのね、ホホホ」

佐川夫人は何度も覗きこんではゲラゲラと笑った。

仁美は今にも気を失わんばかりに、悶えうめき、両手でベッドの上をかきむしり、たたいた。腹の底までびっしり埋めこまれ、胃が押しあげられるみたいでキリキリと唇を嚙んで耐えた。それでも癒えぬ苦痛に、口をパクパクさせ、背筋を痙攣させる。

「いい尻の穴だ、仁美。灼けるように熱いぜ、そのうえヒクヒク締めつけてきやがる」

竜二が後ろから乳房をつかんで覗きこんだ仁美の顔は、血の気を失って白目さえ剝いて苦悶にゆがんでいた。

「フフフ、痛いのは最初のうちだけだ。すぐにズーンとよくなってくる。そのうち、俺のが忘れられなくなるぜ」

竜二は余裕さえ見せて、仁美をあやすように言って、ゆっくりと腰を突きあげはじめた。

たちまち仁美は悲鳴をあげた。

「ひッ、ひッ、死んじゃう……ひいーッ」

「そうやって泣かれると、たまらねえぜ」

「動かないでッ……ううむッ……」

腸管がミシミシきしむ。竜二の突きあげを拒む術はない。肛門から身体を引き裂かれていく灼熱が、身体中にひろがっていく。

そのまま灼けただれさせられながら、わけがわからなくなりそうだった。苦痛にさいなまれつつ、その奥底から妖しいしびれが生じだすのを感じた。

ハアハアッと息もつまるようなあえぎが、仁美の口からせりあがった。

「ああッ……あ、あ……」

「フフフ、仁美、感じてきやがったな」

いつしか、のけ反った仁美の美貌に、苦痛とからまりもつれ合った快美の色が、明らかにきざしはじめるのを、竜二は勝ち誇ったように見ていた。

「ああッ……ああッ……」

仁美の泣き声が昂ったかと思うと、まるで電気にでも打たれたみたいに激しくのけ反った。肛門から背筋、そして脳へと火が走った。

「あ……う、うむ……」

あまりに急激で、仁美にもわけがわからぬうちに昇りつめ、なす術もなくのたうつ快美に喉を絞りたてた。

そのまま汗まみれの裸身が、恐ろしいまでにキリキリと収縮した。

5

仁美は何度、失神しそうになったかわからなかった。どれだけの時間がたったのかもわからない。

そしてまた、苦悶と快美のなかにのたうちつつ、喉を絞りたてて、

「あァッ……も、もう、だめ……あああ、イキますッ……」

何度そう叫んで、総身をキリキリと収縮させたことだろう。

竜二は仁美の肛門を深く貫いたまま、腰を打ちこむように激しく責めてきて、仁美の身体は揉みゆさぶられ、苦痛と愉悦の炎のなかに灼かれつづけた。

仁美が昇りつめるたびに、竜二は次々と体位を変えた。ある時は四つん這いで、またある時はあぐらを組んだ竜二の上に前向きに乗せあげられ、次にはうつ伏せで後ろからといった具合である。

「気が、気が狂ってしまいます……ああ、少し、休ませて」

いくら哀願しても、竜二はニヤニヤと笑って、

「まだはじまったばかりじゃねえかよ」

「ああ……仁美のお尻、こわれちゃう……」

「本当にこわれるか試すのもおもしれえな。仁美の尻の穴がこわれるのが先か、俺がたっぷり出して満足するのが先か、勝負ってわけだな、仁美」

竜二は片時も仁美を休ませようとはせず、抱えこんだ双臀を突きまくった。

「あきらめるんだ、奥さん。若のスタミナは黒人並み、フフフ、ご主人とは較べものになりませんよ」

「気を失ったって若はやめないわよ、仁美さん。今夜は一睡もできないから、覚悟しておくのね、ホホホ」

そんなことを言って、黒田と佐川夫人はビールを飲みながら見物している。

実際、竜二は余裕たっぷりで息さえ乱していなかった。

「仁美、もっと気分出さねえか」

と仁美を叱咤し、腰を抱くように起きあがる。立ち姿で後ろから仁美の肛門でつながっている。

そのままで仁美を押しだすようにして、一歩一歩、前へ進む。

「こんなッ……やめて……ああ、いやッ……」

歩くたびに仁美の肛門のなかで太い竜二の肉塊が位置をずらし、真珠を埋めこんだ突起が肛門の粘膜にこすれた。それが仁美を混迷へ落としこみ、気が狂いそうになった。

「ほれ、さっさと歩かねえか、フフフ」

「さすがに若ね。仁美の亭主じゃそんな芸当はできっこないわ、ホホホ、仁美さんたら気持ちよさそうな顔して」

「ああ……け、けだものだわ……」

仁美はのけ反らせた顔をグラグラさせ、今にも崩れそうにして、竜二にあやつられるままに部屋のなかを歩かされた。

「あ……う、うむッ……また、また……」

仁美は一種凄惨な表情をさらし、急速にこみあげてきた官能を訴えるかのように、双臀をブルブルふるわせた。

「またイクのか、仁美。好きだな」

「ああ、また……あァッ……」

「よしよし、何度でも気をやりな」

満足して早くすませて……だが、仁美は言えなかった。今では肛門を引き裂かれるような苦痛さえ、気も遠くなるような快美に変わっていた。

「あ、あああ……ひッ、ひッ……イクッ……」

歯をキリキリ噛みしばり、白目を剝いて仁美はグッとそりかえった。両脚が突っ張り、痙攣が走った。

「また気をやったのね、ホホホ、いったい何回イケば気がすむのかしらね」

「自分ばかり楽しんでないで、少しは若の精を絞りだすことを考えるんですな、奥さん」

佐川夫人と黒田がゲラゲラと笑った。

それも聞こえないようにグッタリと崩れ落ちようとする仁美を抱き支え、竜二は仁美の上体を今度はベッドの上へ乗せた。それから仁美の左脚を上へ持ちあげ、さらに右脚と貫いている肛門を軸にして、仁美をうつ伏せからあお向けへと回転させる。

仁美の両脚が竜二の肩にかつぎあげられた。

「ああ、待って……まだ、まだ、つづけようというのですか……」

「当たり前のことを聞くな。俺はまだ一発も出しちゃいねえんだ」

「かんにんして……ああ、こわれちゃうッ」

仁美は悲鳴をあげ、黒髪をかきむしった。

肉をむさぼられ、骨までしゃぶられるみたいだ。異常なまでの竜二の変質性を、仁美は骨の髄まで思い知らされた。

それから先のことは、もうよくわからなかった。幾度となく官能の絶頂を極めさせられ、仁美は気を失ってしまった。さらに失神から起こされてまで責めたてられた。

昼も夜もわからなくなって、竜二の超人的精力でとめどなく肛姦で責められた。

執拗なまでに肛姦だけをいどんでくるのだ。

そのようにして、仁美は最後には口の端から泡を噴いて完全に気を失ってしまった。

もういくらゆり動かしても、死体と同じで身動きひとつしなかった。

気を失ってもなお、仁美は竜二の悪夢にうなされた。後ろから竜二が巨大な浣腸器を手に迫ってくる。

(たすけてッ……あなた、あなたッ……)

前を歩いている夫にいくら救いを求めても、夫はどんどん遠ざかっていってしまう。

(あなたあ、こっちを見てッ……たすけてくださいッ)

(フフフ、仁美、亭主のことなんか忘れさせてやるぜ。ほれ、また浣腸だ)

(いやあ……)

たちまち竜二につかまってしまう。荒々しく突き立てられてくる浣腸器……まわりにたくさんの人がいるのに、誰もたすけてくれようとはせず、ニヤニヤ笑って見ているだけだ。

(た、たすけてッ)

仁美はそこでハッと目を覚ました。

いつの間にか鉄の檻のなかへ一人、寝かされていた。ハイヒールをはいただけの全裸で、後ろ手に縛られていた。

仁美はうつろな瞳であたりを見まわした。檻の向こうに並ぶ恐ろしい責め具の数々と、壁や天井から垂れさがった鎖。そこは仁美が竜二に嬲りぬかれた部屋だった。現実がドッとよみがえってきて、仁美はひッと小さな悲鳴をあげた。

「いやッ……」

あわてて恐ろしい竜二や佐川夫人をさがしたが、姿はなく静まりかえっていた。仁美はブルブルとふるえだしたかと思うと、わあッと泣き崩れた。

虫酸が走るほどいやな竜二に、幾度となく浣腸され、昼も夜もわからないまでに肛門を犯された。無理やりとはいえ、夫に言いわけのできない身体にされてしまったことを、まだズキズキする肛門がいやでも思い知らせる。

(あなた……ゆるして……)

おぞましい肛姦に、媚薬を使われたとはいえ反応し、何度も昇りつめてしまった。女の部分を犯されなかったのは、唯一の救いだったが……。仁美は泣きながら夫にゆるしを乞うた。

そこへ竜二が黒田を連れてやってきた。

「目が覚めたのか、仁美、フフフ」

と檻のなかを覗く。

仁美はひッと裸身を硬直させて、奥へあとずさり、うずくまった。

「何度気をやったか覚えてるかな、奥さん。まったくすごかった、フフフ」

「お蔭で俺も九発も犯っちまったぜ。いい味してたぜ。仁美の尻の穴はよ」

「……や、やめて」

仁美はすすり泣きながらかぶりを振った。

「俺に尻の穴を掘られる味を知って、また一段と色っぽくなったようだぜ。仁美はアナル責めが合ってるのかな」

「そんな……お、お尻でなんて……ああ、けだものだわ」

仁美はそう言うのが精いっぱい。まともに竜二の顔を見ることが、できなかった。

檻の鍵が開けられ、仁美は引きずりだされた。後ろ手に縛られた裸身をベッドの上へ運ばれる。両膝をついて上体を前へ倒し、双臀を高くもたげる姿勢をとらされた。

「いや……も、もう、お尻はいや……」

腰が抜けたように力が入らず、仁美のあらがいは弱々しかった。

竜二と黒田は後ろから頭を寄せ合うようにして、仁美の肛門を覗きこむ。竜二の長大なもので犯しまくったのがウソみたいに、仁美の肛門は妖しくすぼまっていた。ただ、ズキズキするうずきを訴えるように、時折りヒクヒクとうごめいては、またキュウとすぼまった。

竜二は黒田と顔を見合わせ、ニヤリと笑った。

黒田の差しだす瓶から媚薬クリームを指先にすくい取り、仁美の肛門に塗りこみはじめる。

「ああ……お尻はいや……もう、いや……」

「ただれてしまうといけないのでね。若が親切に薬を塗ってくれるんじゃないですか」

「あ……ああ……」

塗りこめられているのが媚薬クリームで、仁美の肛門をいつも発情状態にしておこうという魂胆があるなど、仁美は知るはずもない。竜二の指で揉みこまれ、貫かれてすすり泣くばかりだった。

「ああ、も、もう、帰して……」

「なんだ、ここから帰れるとでも思ってんのか。仁美は俺のものだぜ、フフフ、この尻の穴までよ」

「ああ……あれだけひどいことをしておいて、まだ物足りないというのですか……」

そういうことだと、竜二は笑った。

仁美は目の前が暗くなった。ここに監禁されて、さらにもてあそばれるのかと思うと、気が遠くなる。

「……けだもの」

「フフフ、どうやら俺のものになったということが、まだよくわかってねえようだな」

竜二はパシッと仁美の双臀をはたいた。

これまで竜二がもてあそんだ女たちは、一度肛門を犯られてしまうと、あとはほとんど服従した。

仁美はそこが違う。ショックに撃ちのめされてはいるものの、まだ言いなりにはならない。

それが竜二にはたまらなかった。嗜虐の欲情がメラメラとかきたてられる。

「だ、誰が、あなたなんかのものに……」

「言ったな、仁美。あとで後悔しても遅いってもんだ、フフフ」

竜二は黒田に手伝わせ、左右から仁美の腕を取って起こすと歩かせた。

仁美は腰に力が入らず、ハイヒールの足をガクガクさせた。

そのまま地下から倉庫の外へ連れだす。外はすっかり夜の帳に包まれ、潮風が仁美の黒髪を撫でた。

6

どこへ連れていかれるのか、仁美の美貌が不安にひきつっている。

夜の港の倉庫街は人影もなく、ゴーストタウンと化していた。そのなかを仁美はハイヒールをはいただけの全裸で後ろ手に縛られ、口には猿轡を嚙まされて引きたてられた。

（ああ、こんな格好で……）

街灯が仁美の白い裸身を照らしだし、それが仁美の羞恥と屈辱を誘った。

こんな姿を誰かに見られたら……たすけを求めようと思うより、羞恥のほうが大きかった。

しばらく行くと、大きな冷凍倉庫の横に十人近い男たちがいるのが見えた。手配師や港湾の労働者たちで車座になって酒を飲んでいる。

「どこかに女はいねえか。女のいねえ酒はうまくねえ」

「バカ野郎、仕事にあぶれて金もないくせに」

そんなことを言って騒いでいる。

竜二は仁美の顔を見てニヤリと笑うと、

「どうだ、仁美、奴らの酒の肴に裸を見せてやるか。仁美は尻の穴でも男を楽しませられますってよ、フフフ」

仁美はおびえ、いやいやとかぶりを振った。

だが竜二と黒田は、仁美が足を突っ張らせて行くまいとするのを、有無を言わさずに引きたてた。

裸身に気づいた男たちがいっせいに仁美を見た。一瞬、男たちのすべての動きがとまった。だが、突然現われた全裸の美女が幻でないとわかると、ニヤニヤと表情を崩す。

（あぁッ、いやッ……いやッ……）

仁美は男たちの視線に生きた心地もせず、猿轡の下で泣き声をあげた。この男たちに救いを求めても無駄なことは、そのギラギラした淫らな目を見ればわかった。今にも飢えた狼みたいに飛びかからんばかりだったが、全裸の美女を連れているのが竜登会とわかると、ただニヤニヤながめるだけだった。まして仁美をたすけようと考える者などいるはずもない。

「いい身体してやがるな。ちくしょう……たまんねえや」

「あんな女と一度でいいからオマ×コしてみてえ。竜登会はいい女をかっさらってくるもんだ」

「これからあのヤクザにこってりと……ちくしょう、うらやましいぜ」

そんな男たちのささやきと下品な笑い声が、仁美にまで聞こえた。

仁美は前かがみになって、少しでも男たちの目から肌を隠そうとしている。それを竜二はわざと仁美の上体を起こさせ、見せつけるように双臀を撫でまわした。

「どうだ、仁美。また浣腸して欲しくて、尻の穴がうずくんじゃねえのか」

竜二はわざと大きな声で言った。

「それとも放っておかれたオマ×コがさびしいのか、仁美。オマ×コにもして欲しそうじゃねえか」

（い、いやあッ……い、言わないでッ……）

猿轡からくぐもったうめき声をあげ、仁美は激しくかぶりを振った。

「若、なにもこんなところで楽しまなくても、今夜は……フフフ、急ぎましょう」

黒田がそう言ってせかさなければ、竜二はなかなかその場を動こうとはしなかった。

そこから先は、再び人影はなくなった。引きたてられながら、仁美は猿轡の下でシクシクと泣きだした。

「あれくらいで泣くんじゃねえ、仁美。いやでもこれから泣かなくちゃならなくなる」

「今夜の責めはきついですぞ、奥さん。女に生まれたことを後悔することになるかな。フフフ、まあ、若のこわさがよくわかるでしょう」

竜二と黒田は仁美を引きたてながらゲラゲラと笑った。

仁美が連れていかれたのは、倉庫街のはずれにある竜登会の事務所だった。三階建ての古いビルだ。

「なにをしていたの、遅かったわね、若。もうみんなそろっているわよ」

と、佐川夫人が待ち受けていた。

「ここまで歩くと若が言うもんですからね」

「ホホホ、さっそく牝の散歩をさせられたわけね、仁美さん」

仁美はすぐに佐川夫人の手で入浴させられた。猿轡ははずされても、後ろ手に縛った縄はそのままに身体を洗い清められる。

「ああ……お願い、たすけてください……ここからたすけて……」

仁美は身体を洗われながら、泣かんばかりに佐川夫人に哀願した。佐川夫人によって罠に堕とされ、竜二のところへ連れこまれたとはいえ、今の仁美には佐川夫人しかすがる相手はいなかった。

「お願いです……今までのことは、なかったことにしますから……たすけて……」

「ホホホ、たすけてだなんて。仁美さんだって、若とお尻の穴でつながって、ひいひい悦んでたじゃないの。今さら、ご主人のところへ帰れると思ってるの」

「…………」

仁美は唇をワナワナとふるわせた。

「ひ、ひどい……こんな、仁美をこんな身体にしておいて……」

「とことん堕としてあげるわよ、仁美さん。これからは男を喜ばすためにだけ、肉の奴隷として生きるのよ、ホホホ」

「ああ……恨むわ……一生、あなたを恨むわ……ああ……」

「恨むなら、これだけいい身体をしている自分を恨むのね、ホホホ」

湯に温められ、石けんでみがかれた仁美の身体は、ピンクに色づいていた。それはどんな男の欲情をも駆りたてずにはおかない、成熟した人妻の妖しさに輝いていた。

浴室から出ると、洗い髪をブローしてセットされ、綺麗に化粧もされた。

「綺麗だわ、仁美さん。女の私まで変な気持ちになりそう、ホホホ、その美しさをめちゃくちゃにして、ひいひい泣かせてやりたくなる、というところね」

佐川夫人は仁美の足に真っ赤なハイヒールをはかせた。パールのイヤリングとネックレスもつける。

「これでいいわ。それじゃあ行きましょう、仁美さん」

「ああ、どこへ行くの……」

「ホホホ、若の女としてお披露目よ。というより牝としてのデビューね、仁美さん」

「そ、そんな……」

仁美はふるえが背筋に走り、膝がガクガクしはじめた。

(お披露目、牝デビュー……)

その言葉が仁美の胸に鋭く突き刺さった。

「行くのよ、仁美さん」

佐川夫人が手にした鞭が、鋭く仁美の双臀に鳴った。

三階の大広間では、ちょうど竜二の出所祝いの儀式も終わって、酒宴に入っていた。竜二はまだ二十七歳の若さにもかかわらず、次代組長になるのが確実視されているため、竜登会の幹部が五十人近くも集まっていた。

羽織袴や黒の礼服、パンチパーマにサングラスと異様な雰囲気だ。

その真んなかに畳二枚ほどの広さの舞台が、高さ三十センチにつくられた。天井からは鎖がさがっていた。

仁美はカーテンの間から大広間のなかがチラッと見えるなり、恐怖に総身を凍りつかせた。五十人近い男たちとそのなかの舞台……そんなところで責められるというのだろうか……。

「こ、こんな……いやッ……ひ、ひどすぎます」

言い終わらぬうちに、仁美の双臀に鞭が飛んだ。

ひッ……鞭に追われて大広間へよろめきつつ押しだされた。ヤクザたちからどよめきが起こり、待ちかねたと言わんばかりに口笛や奇声が飛んだ。

「いやあ……」

「とっととお歩き、仁美」

佐川夫人は口調までガラリと変わった。

「か、かんにんしてッ……いや、いやですッ」

その場へうずくまろうとするのを、黒田に縄尻を取られ、佐川夫人の鞭に追いたてられて、仁美は舞台の上へあがらされた。

待ちかまえていたように天井から鎖がおりてきて、仁美を後ろ手に縛った縄尻につながれる。キリキリと鎖が巻きあがった。

「い、いやですッ……ああ……」

膝が引きのばされ、上体を引き起こされてまっすぐ立ち姿に吊られた。

身体の前も後ろも、仁美はまわり中からヤクザたちの食い入るような視線を感じた。背筋がさらに凍りつき、次には頭の芯がカアッと灼けた。

「こりゃすげえ上玉だ。若が自慢するのも当然だ、フフフ」

「顔もいいし身体もいい。ビデオでもショウでも、客をとらせても金のなる木になるぜ。竜登会が押さえている女のなかでも、文句なく最高クラスだ」

「さすがに若。これほどの上玉を手に入れてたとはな、フフフ」

ヤクザたちは酒をあおりながら、口々に騒いだ。さすがのヤクザたちも仁美の美しさに目を奪われている。皆、竜登会の幹部だけに女を品定めする目は確かである。

竜二が黒いスーツに身を包んで舞台へあがると、佐川夫人が仁美披露の口上を述べはじめる。

仁美は目の前が暗くなってブルブルとふるえ、佐川夫人の口上もまともに聞こえなかった。なにを言っているのか、「二十七歳の人妻」とか、「肛門が敏感」とかいう言葉が断片的に聞こえた。

その間、竜二は自慢げに仁美の腰を撫で、乳房をすくいあげてゆさぶり、タプタプと揉みこんでみせた。

「人妻とはな。どうりで色気がすげえわけだ。娘にしては色っぽすぎると思ったぜ」

そんな声がヤクザたちから出た。

「いや……いや……」

仁美は右に左にとかぶりを振りつづけている。

佐川夫人の口上がすむと、竜二はニヤリと笑って顔を覗きこんだ。

「仁美、股をおっぴろげてみんなにあいさつしな」

「いやッ」

「牝のあいさつはオマ×コと尻の穴ですると決まってんだよ」

「そんなこと……できません……」

竜二はパシッと仁美の双臀をはたいた。そのまま仁美の足もとにかがみこんで、右足首をつかむ。左足首は黒田がつかんだ。

左右へ開かせはじめた。

「ああッ、いやッ……た、たすけてッ……」

仁美は絶叫して、必死に両脚に力をこめた。だが、後ろ手に縛られ、思うように腰に力の入らない身体では拒めるわけはない。

あらがいに波打つ両脚が、メリメリと生木を裂くように左右へ開かれた。

「いやあッ……ああッ……」

内腿の筋が浮きたってヒクヒクひきつるまで、いっぱいに両脚を開かされ、舞台の左右に打ちこまれた鎖に足首をつながれた。

「ああッ、ああッ」

仁美は狂ったように頭を振りたてて泣いた。開ききった太腿の間に外気とともにヤクザたちの熱い視線が、前から後ろから突き刺さってくるのが痛いまでに感じられた。

「ほれ、あいさつだぜ、仁美」

竜二は仁美の股間へ手をのばすと、露わにのぞいている媚肉の合わせ目に指をかけ、左右にくつろげた。

ヤクザたちは身を乗りだして覗きこんだ。

「やめてッ……み、見ちゃ、いやあッ……」

仁美は我れを忘れて泣き叫び、ガタガタと腰をゆさぶりたてた。

7

前につづいて今度は臀丘が割られ、仁美の肛門がさらされた。

「尻の穴もいいいな、フフフ」

「もうとろけて、ヒクヒクさせてやがる」

ヤクザたちの淫らな声が飛ぶ。

仁美の肛門は塗りこまれた媚薬クリームが充分にその効力を発揮して、ふっくらと盛りあがるようにほぐれ、切なげにひくついていた。

それは前の媚肉まで連動して、妖しく色づいた肉層を濡れそぼらせていた。

「見られるだけでこんなになるなんて、ホホホ、もうびっしょりじゃないの、仁美」

佐川夫人がわざとらしく大きな声で言って、せせら笑った。

仁美はもうなにも言わなかった。唇を噛みしめ、両目を閉じている。石になろうと決意した。泣き叫べば男たちを喜ばせ、自分がみじめになるだけだ。

「ホホホ、そんなことをしても、どこまでもつかしらね。すぐに牝の本性が出るくせに」

佐川夫人がそう言えば、酒をあおりながら見物するヤクザたちは、一分、五分、あるいは十分だのと口々に叫び、賭けをはじめた。

竜二は仁美の後ろへかがみこみ、ゆっくりと双臀を撫でまわしていたが、おもむろに臀丘の谷間に指先をすべりこませた。

「うッ、ううッ……」

肛門をまさぐられ、仁美は背筋をおののかせてうめき声をあげた。竜二はまた、仁美の排泄器官をもてあそぶというのか。そう思うと、石になろうとする決意もゆらいだ。

（いやッ……ああ、お尻は、いやッ……）

噴きあがろうとする泣き声を、仁美は唇を噛みしばってこらえた。

竜二の指が仁美の肛門を縫って、深く沈んだ。ゆっくりと肛門をこねくりまわすように指は動いた。

仁美の肛門から目を離す者は、誰もいない。身を乗りだすようにして、竜二の指が出入りするのをながめている。

「う、うむ……」

仁美は右に左にと頭を振るようにして、うめいた。指が出入りを繰りかえすごとに、仁美は肛門が熱くうずき、ヒクヒクとうごめくのを感じた。

じっと石のように耐えようと思えば思うほど、かえって身体中の神経が肛門に集中して、指を感じ取ってしまう。そして、媚薬クリームがますます、その効き目を表わしだした。

ツーン、ツーンと官能が湧きあがり、腰全体が火にくるまれていく。たちまち仁美は胴ぶるいがとまらなくなって、息をするのも苦しいほどに昂っていく。

（あぁッ、いやッ……あ、ああ、たまらないわッ）

竜二の指でググッと深くえぐりこまれると、今にも果てそうな感覚がせりあがった。

「あッ、あああ……」

こらえきれずに、仁美は泣き声をこぼした。一度声をあげてしまうと、もうとめようがなかった。堰を切ったように舌をもつれさせて、あられもなく声を放った。

「ああッ……あむッ……」

仁美は竜二の指をいっそうしっかり咥えこもうとするように、腰をゆすりたてて指をキリキリ食いしめた。

「どうやら尻を責められる味を覚えたようだな、仁美」

竜二が上目遣いに仁美の顔を覗きこんでニヤリと笑った。

「あ……ああ……お願い……」

仁美はなにかを訴えるように竜二を見た。

なにを訴えたいのか、竜二はわかっていたが、わざととぼけた。

「あら、いやねえ。仁美ったら若にお尻の穴をいじられて、こんなに溢れさせてるわ、ホホホ」

代わりに佐川夫人が仁美の媚肉を指差しておおげさに笑った。

「なるほど、洪水だぜこいつは、フフフ」

「見事に発情してやがる。なにか入れて欲しくてしようがねえようだ」

「クリちゃんまでピクピクさせやがってよう、フフフ、好きな女だぜ」

ヤクザたちも目を細めて覗きこんでは、あれこれと批評した。

媚薬クリームで肛門を燃えさせられ、肝心な女の部分はずっと放っておかれ、成熟した人妻の性が満たされるはずはない。肛門だけでは、出口のない官能の炎が身体のなかでやるせなく渦巻きつづけるのだ。

（ああ、前にも、して……）

仁美の身体がその最奥から訴えるようにうねった。

このままでは生煮えのままに追いあげられるようなものだった。

男たちは皆、仁美のひと言を待った。仁美の屈服はもう、時間の問題だった。仁美がすすり泣きながら、またなにかを訴えるかのように唇をわななかせた。

「どうした、仁美、フフフ」

竜二が聞いても、仁美は思い直したように返事はなかった。

そんなことが二度三度と繰りかえされて、ついに仁美は屈服した。

「ああ、お尻はいや……もう、もう、いや……かんにんして、仁美は女なのよ……」

「それがどうした、フフフ」

「お願い……お尻はいや……い、いじるなら、前を……ああ、前にも、して……」

仁美は息も絶えだえに言うと、わあッと泣き声を高くした。そんな浅ましいことを口にしてしまった後悔に身を揉むようだ。

「ホホホ、やっぱり牝の本性を現わしたわね、仁美。お尻だけじゃ物足りないだなんて。よくそんなことが言えるわね」

佐川夫人がゲラゲラ笑い、ヤクザたちもゲラゲラ笑った。

「前でして、か、フフフ、黒田、聞こえたろ。仁美はオマ×コでしてえとよ」

仁美の肛門をなおも指でえぐりながら、竜二は黒田を呼んだ。すべてが竜二の筋書き通りに進んでいた。

黒田はニンマリとうなずくと、ヤクザたちに向かって口上を述べはじめた。

「この朝倉仁美は子供をつくりたがってましてね。私の診察では今が一番できやすい時なんですが、ご存知の通り、若は女の肛門しか興味がない。そこで、フフフ」

仁美はハッと顔をあげて黒田を見た。黒田は確か、「今が一番できやすい時」と言ったのだが、仁美は自分の耳を疑った。

「聞いての通りよ。仁美さんの身体は健康そのもので、いつでも妊娠できるそうよ、ホホホ、これまで子供ができなかったのは、ご主人に問題があるということね」

佐川夫人が仁美の耳もとであざ笑いながらささやいた。

「そこでですな。これは若の提案なんですが、みなさん方で仁美を孕ませるというのは、どうです、フフフ」

つづけざまに聞こえてきた黒田の声に、仁美の美貌が恐怖に凍りついた。

「フフフ、種つけ合戦か。誰があのべっぴんを孕ませるか勝負ってのはおもしれえな」

「さすがに若は話せるぜ。おもしれえ遊びを考えつきなさる。こっちにすりゃ、さっそくあの人妻とオマ×コを楽しめるってわけだ」

「こうなりゃ負けねえぜ、フフフ、たっぷり可愛がって孕ませてやるとするか」

ヤクザたちは歓声をあげて、早くも仁美を犯す順番を決めるクジ引きをはじめた。

「ひッ、ひいーッ……いやあッ」

のけ反った仁美の喉から絶叫が噴きあがった。佐川夫人がその黒髪をつかんで、意地悪く顔を覗きこんだ。

「よかったわね、仁美さん。待望の赤ちゃんができるのよ、ホホホ」

「いやッ、いやあッ」

仁美は泣き叫んだ。ヤクザの子を孕まされるなど、女としてこれほど恐ろしいことがあろうか。

「赤ちゃんが欲しいと、前にして欲しいと言ったのは仁美さんよ、ホホホ、男は五十人、せいぜいがんばって腰を振り、妊娠することだわ、仁美さん」

佐川夫人がそう言えば、黒田も寄ってきて、

「フフフ、私も奥さんの担当医として、見事妊娠するよう最後まで面倒見てあげますよ」

「いやあッ……そんなこと、絶対にいやあッ……たすけてッ」

仁美は狂おしく泣き叫んでのたうった。逃れられるはずはないとわかっていても、そうせずにはいられなかった。

「たすけてッ……どんなことでもしますから、それだけはッ……」

「あきらめな、仁美。これが俺のやり方だ」

竜二は下から仁美を見あげて、冷たく言い放った。仁美の恐怖がどれほど大きいか、食いちぎらんばかりに指を締めつけてくる仁美の肛門からも、はっきりわかった。

「俺は仁美の尻の穴さえあればいい。孕んだって、ここは使えるからよ」

竜二は低く感情のこもった声で言った。その声が仁美には、悪魔の声に思えた。

「たすけてッ……誰か、たすけてえッ」

いくら泣き叫んでも、ヤクザたちはゲラゲラ笑うばかりだった。クジで仁美を犯す順番が決まったらしく、サラシを巻いただけの、裸になった三人が舞台へあがってきた。

「フフフ、若、楽しませてもらいますぜ」

と竜二に向かってペコリと頭をさげてから、仁美の正面に立った。

「そばで見れば見るほど、いい女だぜ」

「い、いやッ、いやですッ」

「フフフ、泣き声もそそられるぜ、奥さん。見ろや、もうビンビンで早く入りたくてしようがねえって言ってやがる」

「ひいーッ」

絶叫に喉を絞り、半狂乱の体で仁美は黒髪を振りたくり、腰をゆすりたてて開かれた両脚をうねらせた。だが、逃れることは不可能だ。

「今からそんなにあばれちゃ、身がもたねえぞ、仁美。さっきも言ったけど、五十人も相手しなきゃならねえんだからよ、フフフ、これは見物だぜ」

竜二はニヤニヤと笑いはじめると、ヤクザに向かって言った。

ニヤリとうなずいたヤクザは、舌なめずりをして仁美にまとわりついた。悲鳴をあげてのけ反る首筋に唇を這わせ、乳房をいじりまわして揉みこむ。

「いやあッ……たすけてッ、ああ、やめてくださいッ……」

「へへへ、俺が一発で孕ませてやるからな」

「いやッ、妊娠なんてッ……それだけはッ」

仁美が泣き叫ぶ間に、もう一人のヤクザは仁美の右足の鎖をはずす。そして天井の縄を引きおろすと右膝に巻きつけて、再び引きあげた。

仁美の右肢は膝から吊りあげられ、膝が乳房に接するばかりになって、股間がパックリと開いた。待ちかねたようにヤクザの手が仁美の腰に巻きつき、抱き寄せる。

「やめてッ……ひぃッ、いやですッ」

「立ったままなんてのは、素人の奥さんには初めてらしいな、へへへ」

ヤクザは開ききった媚肉をなぞるように、肉棒で二度三度とこすりあげてから、グイと力を入れた。

「ああッ……ひッ、ひッ、いやあッ……」

「ジタバタするなよ、奥さん。すぐに極楽行きだからよ」

「あ、うむ、ううむッ……ひぃーッ」

重く押し入ってくるものに、仁美は吊りあげられた片脚をキリキリよじってのけ反った。乳房や腹部をひッ、ひッとあえがせ、たちまち総身を玉の汗まみれにしていく。肉棒の先端が子宮口に達したところで、仁美はひいーッと喉を絞った。

「よく締まるいいオマ×コしてるじゃねえか、奥さん」

ヤクザは仁美の腰をしっかり抱きこんで、ゆっくりと腰を動かしはじめた。

「あ、あああッ……かんにんかんにんしてッ」

「かんにんしねえぜ、奥さん」

二番クジ、三番クジを引いたヤクザが、左右から仁美に手をのばして、肌をまさぐり、唇を這わせだす。

そして後ろには竜二が……四人がかりでいたぶられているのも同じだった。

竜二は仁美の媚肉がたくましいものに串刺しにされているのを、その目で確かめてから仁美の肛門の指を抜いた。

「どれ、尻の穴のほうも孕ませてやるか」

と、その鋭い目に嗜虐の色を濃く滲ませた。巨大なガラスの浣腸器を引き寄せ、キキーとグリセリン液を吸いあげる。二千CCで満タンだった。

「仁美、この前よりもたっぷりとグリセリンを用意したからよ。何度でも孕ませてやれるぜ、フフフ」

「いやッ……か、浣腸はいやッ、もう、いやです」

いくら逃げようとしても、仁美の腰は媚肉を貫いているもので、くさびのようにつなぎとめられている。

前からは仁美を孕ませようとヤクザが女の最奥を突きあげ、後ろからは巨大なガラスの筒が……仁美は進退きわまった。そのくせ、肉は心とは裏腹に快美にざわめき、えぐりあげてくるものをむさぼってしまう。

「ああ……いや、いやッ……あうッ、あああ……あんッ」

「フフフ、尻の穴は浣腸されたがってるぜ、仁美。早く入れてとよ」

竜二がせせら笑えば、前でヤクザも、

「オマ×コのほうは孕みたがってるぜ、へへへ、奥さん、からみついてくるじゃねえか」

「そいつはいいや、フフフ、仁美、孕め。前も後ろも孕むんだ」

竜二は叫びながら、グイグイと巨大な浣腸器のシリンダーを押しこみはじめた。

「ひぃーッ……あわわわ……ひッ、ひぃッ」

仁美は死なんばかりの悲鳴をあげて、ガクガクと腰をはねあげた。

だがそれは、次第に恍惚のなかに肉を灼きつくす凄惨なまでのよがり声に変わっていった。

第三章　種付け調教

1

　ヤクザに次から次へと子宮を押しあげられるほどえぐりこまれ、後ろからは竜二におびただしい量の薬液を浣腸されて、仁美はその恐ろしさに気が遠くなる。だが、それ以上に恐ろしいのは妊娠させられるという不安だった。

「孕め、へへへ、ほれ、妊娠するんだぜ」

　と、ヤクザたちは容赦なく仁美を責めたて、どっぷりと白濁の精を浴びせる。

　もう何人の精を浴びせられたことか、何度浣腸と排泄を繰りかえさせられたことか。

　仁美は錯乱のなかにうめき、泣き、悲鳴をあげてのたうった。

「ほれ、仁美を休ませるんじゃねえ。どんどん犯るんだ」

竜二はヤクザたちを煽り、片時も仁美を休ませようとはせず、仁美が排泄する時でさえ責めさせた。

「ひッ、ひぃーッ、狂っちゃうわッ、あ、あわわわ、ひッ、ひッ……」

仁美は白目を剝きっぱなしで、口の端からは涎れを流した。

妊娠させられる恐怖に死にたいと思うはしから、仁美の成熟した女の性は、この世ならぬ愉悦に蹂躙され、ドロドロにただれさせられている。

「死ぬッ……ひッ、ひぃッ、死んじゃうッ」

気を失うことすらゆるされず容赦なく責めたてられた。

声も出ず、満足に息さえできなくなって、仁美はひぃッ、ひぃーッと喉を絞るばかりだった。

ひと休みして戻ってきた佐川夫人が、

「あら、まだつづけてるの、ホホホ、よくつづくものね、仁美さん。娼婦でもそんなにはしないわよ」

さすがにあきれるていだ。

仁美は半分死んだ状態で、責められる媚肉と肛門だけがまるで別の生きものみたいに、ビクンビクンと反応する。ヤクザだけに、女の身体への手加減というものがまるでない。

「薬でなんとか気を失わないようにもたせているんですがね……」

医者の黒田がそう言いながら苦笑いした。

「ここらが仁美の限界みたいですよ、若。少し休ませたほうが」

「心配ねえ。仁美はこれだけいい身体をしてるんだ、フフフ、それより仁美の反応がにぶってきたぞ。もっと薬を射つんだ」

竜二は長大な浣腸器を仁美の肛門に突っこみ、グイグイとシリンダーを押しながら言う。

黒田はまた苦笑いし、それでも仁美の腕に静脈注射をした。

「あ、あううッ……ゆるして、ううむッ、もう、死んじゃうッ……」

にわかに仁美の反応がはっきりして、また激しく官能の絶頂へと昇りつめる。

「そうだ、もっと泣け、仁美。そうやって泣いてくれなきゃ、責めがいがねえからよ」

竜二はうれしそうにゲラゲラと笑った。

ヤクザたちもまた、仁美に夢中でむさぼりついていた。とことん楽しむといった感じで、驚くほどのたくましさで仁美を突きあげては、ドッと精をしぶかせる。

「若、この仁美って女、まったくいい味してますぜ。これなら客をとらせても、ショウに出しても、大受けですぜ、へへへ」

「それをいきなり妊娠させようってんだから、もったいねえ気もしますぜ」

そんなことを言いながら、仁美を責めあげる。仁美の腰骨がギシギシときしむ荒々しさだった。

順番待ちに焦れて目の色が変わっている者、すでに仁美の身体を楽しんだにもかかわらず、まだ仁美のまわりをうろつく者と、大広間はすごい熱気だった。それに仁美の色香と男たちの汗と精、酒の匂いが入り混じり、むせかえっている。

「とにかくおめえたちは仁美を孕ませりゃいいんだ。仁美をどうするかは、この俺が決めることだ」

竜二がニンマリと笑った。佐川夫人も尻馬に乗って言う。

「そうよ。女は妊娠するともっと色っぽくなるのよ、ホホホ、この仁美をてっとりばやく牝にするには、妊娠させるのが一番」

「大の男が五十人もかかって、女一人孕ませられなきゃ、竜登会の名が泣くぜ」

とヤクザたちを煽っておいてから、竜二は仁美の姿勢を変えることにした。いつまでも同じ姿勢で犯させても、面白味がないというものだ。

2

竜二は後ろ手に縛った仁美を、今度は天井から逆さに吊った。足首をそれぞれ縛り、Yの字に両脚を開いた格好のむごい逆さ吊りである。

「ホホホ、いい格好ね、仁美さん。なにもかも剝きだしじゃないの」

佐川夫人が上から覗きこむ。

大きく引きはだけられた仁美の股間は、剃毛された無毛の丘から媚肉を赤くひろがらせ、しとどに注がれた白濁を溢れさせていた。肛門も生々しく口を開いたままで、腸襞をのぞかせて、ヒクヒクあえいでいた。

「う、ううっ」

仁美は低くうめくだけで、声も出ない。時々、ブルルッと逆さ吊りの裸身が、発作でも起こしたようにふるえた。

「若、逆さに吊ったままで仁美を犯させる気なのね、ホホホ」

「そのほうがせっかくぶちこんだ精が漏れなくていいからよ、フフフ、それに精子も子宮のなかへ入りやすいだろう」

「ホホホ、それはいい考えだわ」

佐川夫人は高い声でケタケタと笑った。ヤクザたちもゲラゲラ笑った。

「フフフ、どれ、精子が奥まで入るように少しゆさぶってやるか」

竜二は鞭を取りあげて、仁美の後ろへまわった。ニヤリと舌なめずりして、

「仁美、妊娠しやすいように尻を振らせてやるぜ、フフフ」

そう言うなり、鞭を振りあげて仁美の白い双臀をピシッと打った。

「ひいッ……」

仁美の裸身が弾け、のけ反り、双臀がブルブルとふるえた。おどろにほぐれた黒髪が床に躍りうねった。

つづいてもうひと打ち、鞭が仁美の双臀に弾け、小気味よい音をたて、玉の汗が飛び散った。

「ひいーッ……」

「フフフ、いい声で泣くじゃねえか、仁美。もっと尻を振ってみな」

ひと打ちごとに竜二の鞭は、間隔が短くなって、勢いが強くなった。皮が裂けるほどではないが、仁美の白い双臀に一本、また一本と鞭痕が印されていく。

その苦痛がうつろだった仁美の意識に、生気をよみがえらせていく。

「か、かんにんして……」

仁美はあえぐように言った。

「フフフ、仁美がたっぷりと精子を迎え入れて、見事に妊娠したらな」

「いやッ……ああ、妊娠なんて、こわい」

「仁美を妊娠させることは、もう決まってんだ。フフフ、ほうれ、孕みやがれ」

からかっておいて、竜二は鞭をふるった。

ムチッと張った臀丘に弾ける音と仁美の悲鳴、そしてブルルッとふるえる様子。すべてが男たちを喜ばすばかりだった。

次第に双臀が火のように熱く火照ってきた。それがさんざん荒らしまくられた媚肉や肛門までも、再び熱くうずかせる。

「ホホホ、仁美さん、いいお尻をしているだけあって、鞭がいい音ね。せいぜいうんと打ってもらって、早く受精することだわ」

「いや、かんにんしてッ……ひいッ……」

また非情な鞭がはちきれんばかりの仁美の双臀に、ピシッと鋭く鳴った。吊りあげられた仁美の両脚がよじれ、双臀が痙攣を見せて打ち振られた。

もう仁美の真っ白な臀丘には鞭痕が無数に交錯していた。それが苦痛にうごめく姿は、逆さ吊りだけに妖しいエロチシズムをあふれさせる。

「フフフ、これくらいでいいだろう。また精を補充してやるか。おい、つづきだ。たっぷりと可愛がってやんな」

竜二が言うなり、待ちかねていたヤクザたちはペコリと頭をさげてから、たちまち仁美にまとわりついていく。

Yの字に逆さ吊りにされている仁美を、ほとんど真上から杭でも打ちこむように、自慢の肉棒で串刺しにしていく。

「い、いやッ……ああッ。もう、いやですッ……あ、あッ……」

熱くたくましいものが媚肉に分け入ってくる感覚に、仁美は目の前が暗くなった。うむ、ううむッと逆さ吊りの総身を揉み絞った。

「あきれちゃうわね、仁美さんたら、ホホホ、いくら妊娠したいからって、逆さに男性を咥えこむなんて。牝でなければ、そんな真似はできないわね」

佐川夫人が上から覗きこみながら、意地悪くからかった。

仁美の媚肉はいっぱいにヤクザを呑みこんで、おびただしい白濁を溢れさせていた。よくそれだけ注がれていたと驚くほどの量だ。

それだけではない。ヤクザがゆっくりとえぐりこみはじめると、蜜までがしとどに溢れてきた。それは肛門と無毛の丘まで溢れ、ツーと背中や腹へしたたり落ちた。

「う、ううッ……あ、ううッ……か、かんにんしてッ……」

荒々しくゆさぶられ、仁美は両脚をうねらせつつ、キリキリと唇を噛みしばった。

「フフフ、仁美の奴、感じてやがる」

「ほんと、よっぽど妊娠したいらしいわね、ホホホ、いったい何人の男を咥えこめば、気がすむのかしらね、仁美さん」

「五十人までは相手させてやるからな、仁美。気分を出して一人一人たっぷり精を絞らねえと、いつ終わるかわからねえぜ」

佐川夫人と竜二がからかっても仁美の返事はなく、激しく黒髪を振りたてるばかりだ。

「どれ、もっと可愛がってやるか、フフフ、仁美のおっぱいを揉んでやれ。クリちゃんにもさわってやりな」

順番を待つヤクザたちに命じると、竜二は服を脱いだ。腹にサラシを巻いただけで、背中に昇り竜の入れ墨が見事だった。

ヤクザの手が仁美の乳房を揉みしだき、溢れる蜜のなかの女芯をつまみ、肉芽を剝いていじりまわすのに目をやりながら、

「フフフ、仁美、わかるな。俺は仁美のここさえありゃいいんだ」

と、仁美の肛門に手をのばした。幾度となく大量浣腸でさいなまれた仁美の肛門は、まだ奥の腸腔さえのぞかせ、肉襞を妖しくあえがせていた。

「ひッ……そ、そこは、いやです。……もう、お尻はいやあッ……」

指で縫うように肛門をえぐられ、仁美は泣き声をひきつらせて双臀を振りたてた。

だが、媚肉を深く貫いているものが、くさびのように仁美の動きを封じてしまう。

「俺は女の尻の穴にしか入れねえんだぜ」

「そ、そんな……い、いやあッ……」

肛門まで同時に犯されると知って、仁美は恐怖に泣き叫んだ。

前と後ろを同時に埋められるなど信じられない。

「い、いやあッ」

両脚をうねらせ、腰をよじりたてようとすると、ヤクザが前から女の部分をグイグイ突きあげてきた。それでも仁美はもがかずにはいられなかった。

「いやッ……ああ、いやあッ……」

仁美の泣き声は途中で悲鳴に変わった。逆さ吊りの裸身がビクンと硬直した。

「う、ううむッ……ひいッ……」

「フフフ、尻の穴をこんなに開いて、いやもねえもんだ。ほれ、ほれ」

「ひいーッ」

引き裂かれていく感覚が、仁美の口からいやおうなく悲鳴を絞った。苦痛よりも、膣腔を貫かれた我が身がさらに肛門まで貫かれ、サンドイッチにされる恐ろしさに、仁美は気が狂いそうだった。

「ううむッ……た、たすけて……」

仁美は肛門をいっぱいに押し開かれて、目の前に火花を見た。

ジワジワと押し入り、それが薄い粘膜をへだてて媚肉に押し入っているものとこすれ合う感覚に、火花が走った。

「フフフ、仁美、すっかり入ったじゃねえか。オマ×コと尻の穴とサンドイッチだぜ」

「た、たすけて……うむむ、ひッ……ひッ……どうかなっちゃうっ」

逆さ吊りの裸身をしとどの脂汗と蜜にまみれさせつつ、半狂乱の仁美は泣きわめいてのたうった。

3

竜二とヤクザとにサンドイッチにされ、逆さ吊りの仁美の肉体は揉みつぶされるようにギシギシと鳴った。仁美は声も出ず息もできず、ひいッ、ひーッ、と喉を絞るばかり。

それもやがて絶息せんばかりの低いうめき声をもらすだけになった。

「大丈夫?」

さすがの佐川夫人も少し気になったらしい。なにしろ精力的なヤクザが五十人、次から次へと仁美につながっていくのだ。

「心配ねえよ、佐川姐、フフフ、これだけの上玉を殺すわけねえだろ。そのために黒田がついてるんだぜ」

「薬でなんとかもたせますがね、若。このあと二、三日は腰が抜けっぱなしで使いものにはなりませんよ」

黒田が仁美の内腿に一種の興奮剤を射つ。気を失うことさえゆるさない。

「いやあ……も、もう、いやッ……ひッ、ひッ、いっそ、殺してッ……」

泣きわめきながら、仁美は前と後ろからグイグイえぐりこまれ、なすすべもなく官能の火に灼かれていく。

そのようにして、仁美は五十人ものヤクザに昼も夜もなく犯されつづけた。

「これまではご主人しか知らない貞淑な妻だったけれど、これで淫乱な牝になったわけね、仁美さん、ホホホ」

「そういうことだ。亭主以外の男を五十人も咥えこんだ人妻なんて、仁美のほかにはまずいねえだろうぜ」

佐川夫人と竜二がせせら笑っても、もう仁美には聞こえなかった。すでに逆さ吊りからは解放されていたが、口の端から泡を噴いて完全に気を失っていた。

その裸身はおびただしい汗と蜜と、そしてヤクザたちに浴びせられた白濁にまみれ、まるで死体だった。

再び倉庫の奥の拷問部屋へ連れ戻された仁美は、後ろ手に縛られたままの裸身をベッドの上にうつ伏せに横たえられた。

両脚を左右へいっぱいに開き、ベッドの端の縄で縛られる。

「フフフ、いい尻してのびてやがる」

竜二は缶ビールをあおりながら、汗の光る仁美の双臀をピタピタとたたき、ねっとりと撫でまわした。

臀丘を割って、征服しつくした仁美の肛門を勝ち誇ったようにニヤニヤ覗きこんだ。

「仁美のこの尻の穴はもう俺のものだぜ、これだけいい尻の穴をした女は、ちょっといねえや」

竜二は、さっき食いちぎらんばかりに締めつけてきた仁美の肛門の感触を思いかえしながら、目を細めた。

「若、まだ仁美のお尻を責める気なの、ホホホ、あせらなくても仁美は逃げないわよ」

佐川夫人が眠い目をこすりつつ、あきれたように言った。竜二の驚くべきスタミナだった。

「仁美は少し休ませないと、本当にガタガタにしちゃうわよ」

「それ以上は、若。そんな仁美を責めても、人形みたいでおもしろくありませんよ」

と、佐川夫人と黒田がとめなければ、竜二はまだなにかしかける気配だった。竜二にしてみれば、仁美を責め殺してみたい気持ちもあったが、それでは元も子もない。

「しようがねえ、少し休ませるか、フフフ、だが、ただでは休ませねえぜ」

「ほどほどにするのよ、若。妊娠する前に狂わせちゃ、おもしろさも半減するよ」

「せっかくこれだけ尻の穴が開いてんだ。もったいねえってもんだぜ」

竜二はニヤリと笑った。

ベッドの足もとにはマジックハンドのようなアームがとりつけてあり、その先端の張型を仁美の肛門にあてがい、ジワジワと埋めこみにかかった。

仁美の肛門はさらに押しひろげられつつ、その張型を少しずつ呑みこんでいく。もう十五センチもおさまっただろうか、仁美の肛門は三センチ近く拡張されて、びっちりと張型を咥えこんだ。

「これでいいぜ。あとは三分おきに張型のバイブが、スイッチを入れたり切ったりして、仁美の尻の穴をほぐしつづけるってわけだ」

竜二はそう言って、うまそうにビールを飲み干した。

その間にもバイブのスイッチが入り、仁美の肛門のなかで張型が振動し、うねり、ゆっくりと回転しはじめた。いっぱいに押し開いた仁美の肛門を、ゆっくりとこねくりまわしていく。

そうされても仁美は気を失ったまま、死んだように動かなかった。

それからどのくらいの時間がたったのだろうか。仁美の肛門に埋めこまれたままの張型は、正確に三分おきに作動と停止を繰りかえし、仁美を責めつづけた。

「う、ううッ……」

仁美は右に左にと顔を振るようにして低くうめき、深い眠りからふっと目を開いた。うつろな瞳であたりをぼんやりと見まわした。

恐ろしい責め具の並ぶ部屋のなかで、一糸まとわぬ全裸を後ろ手に縛られ、ベッドにうつ伏せにされている自分に気づき、仁美はハッとした。

「ひッ……」

気を失うまでの現実がドッとよみがえってきた。あわてて起きあがろうとしても、両脚は大きく開かれ、縛られている。

妊娠させられる……その恐怖がはっきりとよみがえって、仁美の胸を突き刺した。だが次の瞬間、仁美の腰がビクンと硬直した。肛門の張型がまた、ブーンと動きはじめたのである。

「い、いやあ……」

後ろをふりかえった仁美の目に、なにやらアームみたいなものが自分の双臀にのび、その臀丘の谷間に割り入っているのが見えた。

「そ、そんな……あ、ああッ、いやッ……」

仁美は美貌をひきつらせて、悲鳴をあげた。

いくら腰をよじって避けようとしてもだめだった。肛門を締めると張型の形とバイブの動きをいっそう感じさせられ、かといってゆるめればどこまでも入ってきそうな恐怖にとらわれた。

「ああッ……い、いや……」

竜二に犯されている錯覚に陥る。仁美はわあっと泣きだした。それまでのことが一度にドス黒い渦となって、仁美をおおいつくす。

その号泣が聞こえたのか、そこへ佐川夫人が入ってきた。

「あら、ようやく目が覚めたようね」

佐川夫人は仁美を見ると、ニヤッと金歯を剝いて笑った。あとから竜二と黒田も入ってくる。

「ああ、いやッ……こ、こないでッ……」

仁美はおびえ、裸身を硬直させた。もう張型の動きはとまっていたが、それにも気づかない。

「ホホホ、すっかり元気になったのね、仁美さん。五十人もの男性を次から次へと相手にしたというのに」

「孕ませてもらえるのがうれしいんだろうぜ。ひいひいよがってやがったからな」

佐川夫人と竜二は仁美の顔を覗きこんで、ニヤニヤと笑った。

「け、けだものッ……」

仁美はいっそうおびえ、激しくかぶりを振った。

「いい身体をしているだけあって、回復も早い、フフフ、どうかな、妊娠した気がするんじゃないのかな、奥さん」

仁美の体温や脈、血圧を診ながら、黒田も意地悪く言った。

「いやッ……いやッ……」

仁美は泣き声をひきつらせた。

「仁美さんが妊娠しそうかどうか、ちょっと診てあげたらどう、黒田、ホホホ」

「孕みそうもねえようなら、人工授精も考えとかねえとよ、フフフ」

佐川夫人と竜二に言われ、黒田はニンマリとうなずいた。

「それじゃ、若。ちょいと手を貸してください。奥さんをあお向けにしますから」

「待て、黒田。ただ診察するだけじゃおもしろくねえ。ここは変わった方法でいこうじゃねえか」

「フフフ、若も好きですな」

黒田は竜二の考えていることがわかるらしく、アームをあやつってゆっくりと張型を仁美の肛門から引き抜きにかかった。

引き抜かれる瞬間、仁美はひいッとまるで昇りつめるみたいに高く泣いて、上体をのけ反らせた。

長時間にわたって拡張を強いられた仁美の肛門は、生々しく口を開いたままですぼまるのを忘れたようだ。ヒクヒクとうごめく濡れた腸襞が妖しく、男の欲情をそそった。その腸腔へ、黒田はたっぷり媚薬クリームを塗りこむ。

「ああ、いやです……もう、もう変なことは、しないでッ……」

おびえた声をあげる仁美を佐川夫人はせせら笑って、

「そんなにお尻の穴を開いて、変なことをしないでと言うほうが無理よ、仁美さん、ホホホ、見ているこっちが恥ずかしくなるわ。よくもそんなに開いていられるわね」

「か、かんにんして……けだものッ……」

泣き声をあげる仁美の上に、裸になった竜二がのしかかってきた。

「そそられるぜ、仁美、フフフ」

竜二の声とともに、灼熱の肉棒が開ききった肛門に押しつけられ、ジワリと入ってきた。

驚くほどの柔らかさで受け入れていくにもかかわらず、引き裂かれる感覚は変わらない。

「やめてッ……お、お尻は、いやッ……ひいッ、ひッ、裂けちゃうッ」

「裂けそうな割りには楽に呑みこんでいくじゃねえかよ、仁美。初めてじゃあるまいし、もう味を覚えてもいいはずだぞ」

「あむッ……い、いや、ううッ……」

歯を噛みしばり、次にのけ反らせた口をパクパクさせて、仁美は狂おしく腰をゆさぶりたてた。

「ほんと、ずいぶん楽に入ったわね、ホホホ、おいしそうに咥えこんでるわよ、仁美さん」

覗きこんでは、佐川夫人は意地悪く言ってケタケタ笑った。

仁美は反発する余裕もなく、ひいひいと喉を絞った。背筋が灼けただれ、息がつまった。

そして、初めて肛門を犯され、ただ苦痛と恐ろしさばかりの時とは違って、苦痛とともに愉悦がふくれあがる。

竜二はすぐに動きだそうとはせず、

「仁美、いい感じだぜ。俺のがとろけそうだ。そのうえ、そんないい声で泣かれると、ゾクゾクするぜ」

うなるように言い、黒田が仁美の足首の縄をほどくのを待って、仁美の腰を後ろから両手でつかみ、徐々に上体を起こした。

「い、いやあッ……あ、ああッ……う、ううむッ」

「フフフ、あばれるんじゃねえ、仁美」

竜二は仁美の上体を起こし、あぐらを組んだ膝の上に前向きに乗せあげた。結合がさらに深くなった。

「あぁッ……うむ、ううむッ……」

泣き顔をのけ反らせて、仁美は絶息せんばかりのうめき声をあげて裸身を絞った。

「いいのか、仁美、フフフ」

耳もとでささやきながら、竜二は膝の上に仁美を抱いたまま、後ろへ倒れた。

「い、いやあッ、そんな……」

竜二の上であお向けにされ、もがこうとする仁美の足首をすばやく黒田と佐川夫人が左右からつかんで開き、天井から垂れた縄で恥ずかしいところを吊る。

「すごいわね、ホホホ、本当に串刺しね。そんな格好で恥ずかしいところを診察してもらうなんて、仁美さんにぴったりじゃないの」

「フフフ、うれしいらしくて、クイクイ締めつけてきやがる。黒田、この分なら診察中に気をやるかもな」

「何度イカせてもかまいませんよ、若」

黒田はニヤニヤと覗きこみながら、膣拡張器を取りあげた。

剃毛された仁美の股間は、媚肉の奥まで濡れた肉をさらけだして、淫らにあえいでいた。

「いやッ、いやあッ……」

それをあざ笑うように冷たい膣拡張器が、媚肉を割って沈んできた。同時に竜二が下から、ゆっくりと仁美の肛門を突きあげはじめた。

4

もう昼も夜も仁美にはわからなかった。執拗なまでの竜二の責めにクタクタになり、ほとんど気を失うように檻のなかで眠り、目を覚ましては入浴と食事をして、また責められるということが、何度となく繰りかえされた。

しかも竜二が責めてくるのは仁美の肛門ばかりだ。

「フフフ、俺は仁美の尻の穴さえありゃいいんだ」

竜二はそうはっきりと言っている。

浣腸に捻じり棒と肛門拡張器を使っての肛門責め、そして肛交というコースが、何度繰りかえされたことだろう。

「いやッ、もう、もう、いや……お尻は、かんにんしてッ」

「フフフ、まだ序の口だぜ、これだけいい尻の穴をしていることを後悔するんだな、仁美」

「ああッ……お尻は、もう、いやあッ……」

いくら泣き叫んでも無駄だった。竜二は仁美の肛門にとりつかれ、肛門だけを責めようとする。

「仁美は、仁美は女です……ああ、責めるなら、前を……前にしてくださいッ」

耐えきれなくなって、ついにはそう叫ぶ仁美だった。

「オマ×コにもして欲しいか、フフフ、そのうちたっぷりオマ×コを責めてやるぜ。だが、今は尻の穴を覚えるのが先だ」

竜二は捻じこみながら笑った。後ろ手縛りで全裸の仁美をレザー張りのベッドの上にあお向けに横たえ、両膝を立たせて開かせ、その間に顔を埋めるようにして捻じり棒をあやつる。

「どうだ、仁美。気持ちいいか」

「ああ……い、いやらしいだけです……」

「まだそんなことを言ってるのか」

竜二はさらに捻じり棒を深く巻きこんだ。仁美の腰がせりあがるようにして、ブルブルとふるえた。

「あッ……あッ……もう、やめてッ……う、うむッ……」

もう息もつけない。仁美はハアハアと脇腹を波打たせ、双臀をよじりたてた。肛門の粘膜がいっぱいに拡張されていく感覚がたまらない。

「よくなってきただろ、仁美、フフフ、いいはずだぜ。ほれ、ほれ」

竜二は捻じり棒を巻きこんでは巻き戻し、また巻きこんでゆさぶる。

このところ佐川夫人や黒田の姿はなく、竜二と仁美の二人だけの異様な世界だった。そのせいだろうか。仁美は意識さえも狂ってしまいそうだった。

身体だけでなく、仁美ははじめはいやでならなかった肛門へのいたぶりが、妖しい肉の愉悦を呼び、仁美の官能をとろかす。

「た、たまんない……」

「フフフ、やっぱりよくなってきやがった。もうオマ×コはビチョビチョじゃねえか」

「あ、ああ……ああッ、ゆるして……」

からかわれても反発する気力もなく、白目を剥いてのけ反った。股間だけでなく、内臓までが火になって、ただれそうだ。

「ああ、こんな……こんなことって、どうかしてるわ……」

仁美の声がふるえた。

今日はまだ浣腸もされていないし、媚薬も使われていない。なのに捻じり棒による肛門への責めだけで、おびただしく反応してしまう。自分の身体が仁美には信じられず、恐ろしかった。

「仁美、ここらで一度浣腸してやろうか」

竜二がからかうように言った時、拷問部屋の入口のほうで声がした。

「若」

サングラスをかけ、黒いスーツに身を包んだ後藤である。竜二のボディガードをしている男だ。

「後藤か、誰もここへは来るなと言っておいたはずだぜ。人の楽しみのジャマをするんじゃねえ」

「すみません。佐川姐から連絡が入ったもんですから。例の準備のほうはできたそうで」

「そうか、思ったより早かったな」

と竜二はうなずいた。

なんの準備ができたというのか、おびえた顔で仁美は竜二を見た。

竜二がニタッと笑って舌なめずりをした。

「仁美、ショウに出してやるぜ、フフフ」

「……ショ、ショウって?」

「カタギの人妻の仁美を、組の秘密ショウのスターにしてやろうというんだ、フフフ、今日はデビューだからな、浣腸ショウからはじめてやるぜ」

竜二の言葉に仁美は総身が凍りついた。唇がワナワナふるえて、すぐには声も出ない。

いかがわしいショウに出される女たちがいることは、週刊誌などで見たことはある。が、まさか自分がそうなろうとは……。

「……い、いやあッ……そんなこと、いやッ、いやですッ……」

仁美は悲鳴をあげて、発作的に逃げようとした。だが、たちまちつかまってしまう。

「そ、そんなひどいことは、しないでッ……お願いですッ」

「助平な客が鼻の下を長くして待ってるだろうぜ、仁美。泣くのは客の前でだ」

「いやあ……た、たすけてッ……」

「世話を焼かせるんじゃねえよ、仁美」

いきなり竜二の平手打ちが仁美の頰を張った。二回、三回と打った。

ああッ、と仁美はのけ反り、あらがいもそこまでだった。あとはガックリとうなだれて、すすり泣くばかり。

ハイヒールをはかされ、後ろ手に縛られた裸身には肩にコートがかけられる。首には赤色の大型犬用の首輪がはめられ、その鎖を竜二が持った。

「フフフ、行くぜ、仁美。朝倉仁美の浣腸ショウへな」

竜二はせせら笑って首輪の鎖を引き、仁美を引きたてた。

外はもう夕暮れ時。海が夕日に茜色に染まっていた。その海に汽笛が哀しげに流れた。

サングラスの後藤が黒の高級車で待っていた。竜二は仁美とともに後ろの座席へ乗りこんだ。後藤は助手席に入った。

さらに後ろにもう一台、竜二のガードマン役だろうか、ひと目でヤクザとわかる屈強な男が五人乗りこんでいた。

車が走りだすと、竜二は仁美のコートの前をはだけて、縄に上下を絞りこまれた豊満な乳房や、剃毛されて無毛の丘を見せている下半身をさらけだした。

「後藤、客はどのくらい集まってんだ」

竜二は仁美の乳房をいじりながら言った。

「へい、三十人ぐらいらしいですぜ。佐川姐の話だと、上客ばかりを選んだそうで」

「俺が注文しといた浣腸器は間に合っただろうな。この浣腸ショウのために特別につくらせたもんだからよ、フフフ」

「ぬかりはありませんや、若。それにしても、あんなでかい浣腸器は見たことがありませんぜ、へへへ、ありゃバケモノだ」

「仁美にはちょうどいい、フフフ」

竜二と後藤の恐ろしい会話を、仁美は気も遠くなる思いで聞いた。竜二から顔をそむけるようにして、窓に流れる街の景色をうつろにながめているのだが、身体がブルブルとふるえだした。

乳房がタプタプと揉みこまれ、乳首がつままれてしごかれる。

(たすけてッ、誰か……)

そう叫びたくとも、なぜか気力が萎えて道行く人や車をうつろに見つめるだけだった。こんな姿を人に見られたら……そう思うと生きた心地もなかった。

竜二の手が乳房をいじりながら、肛門の捻じり棒にのびてきた。捻じり棒は仁美の肛門に深く埋めこまれたままで、それがクルクルとまわされる。

「あ、いやです……ああ、こんなところで……し、しないでッ……」

仁美はあえぎのけ反った。だが、あとは唇を噛んで弱々しくかぶりを振るばかりだった。

「浣腸ショウでデビューするわけだからよ、とくに念入りに浣腸してやるぜ、フフフ、今までとは較べようもないほどきつい浣腸をよ。まあ、楽しみにしてな、仁美」

捻じり棒をあやつりつつ、竜二はうれしそうに低く笑った。

ようやく車が停まった時は、もうあたりはすっかり夜の帳におおわれていた。仁美はハッとした。車が停まったのは仁美の家の前ではないか。

「こ、ここは……」

「フフフ、素人の人妻が自分の家で亭主の留守中に秘密ショウをやる、これが客には喜ばれるんだぜ」

「そ、そんな……」

有無を言わさず、首輪の鎖を引かれて車から降ろされた。

「あら、仁美さん。ちょっと見ないうちに、また一段と色っぽくなったじゃないの」

待ちかまえていた佐川夫人が、金ブチ眼鏡の奥の目を細めた。

竜二によって執拗に責められたことは、ひと目でわかった。やつれた感じが滲みでている。だが、それがかえって妖しい色気を感じさせた。

「女の私でもゾクゾクさせられるようなお色気だわ、ホホホ、お客様方が夢中になるわね」

「かんにんして……た、たすけてください……お願い……」

「なに言ってるのよ。あらあら、まだお化粧もしてないのね」

と、佐川夫人は仁美を寝室の化粧台の前へ連れていく。

仁美にとっては何日ぶりの我が家だろうか。一週間ぶりにも、十日ぶりにも思え、涙が溢れてきた。

客間からは男たちの笑い声が聞こえてくる。後藤の言った通り三十人はいる様子だ。それが仁美をおびえさせた。

「い、いや、ショウなんていやです……た、たすけて……」

「あきらめるのね。仁美さんはもう若のもの、組のためにこの美しい身体で働いてもらうわよ、ホホホ」

佐川夫人は仁美の黒髪にブラシを入れ、アイシャドウに口紅と化粧をほどこしながら、金歯を見せて笑った。

「そうそう、せっかく仁美さんが秘密ショウのスターとしてデビューするんだから、このことを出張中のご主人にも知らせなくてはねえ、ホホホ、今日のショウをビデオに撮って、ご主人に贈ることにするわ」

ひいッと悲鳴をあげて、仁美は佐川夫人をふりかえった。総身が凍りついた。

「い、いやあッ、それだけはッ……いや、いやですッ」

仁美は総身を揉みゆすって泣き声をあげた。こんな恐ろしいことを夫に知られたら……。潔癖な夫は許してくれないだろう。仁美にとって夫を失うことは、死にも等しかった。

「それだけは、かんにんしてッ……お願い、夫にだけはッ……ああ……」

仁美はこれから行なわれる恐ろしいショウのことも忘れ、夢中で哀願を繰りかえした。

「お願いですッ……どんな、どんなことでもしますからッ」

「ホホホ、本当にどんなことでもするの、仁美さん」

仁美はガクガクとうなずいた。それが佐川夫人の思うつぼだとわかっていても、うなずかずにはいられなかった。

「そこまで言うなら、ご主人に知らせるのはやめてあげてもいいわ。その代わり、私の言う通りにショウで振る舞うのよ」

佐川夫人は勝ち誇ったように言った。

5

綺麗に黒髪をセットし、化粧をほどこした仁美は、まばゆいばかりの美しさだった。

「泣いちゃだめよ、仁美さん。せっかくの化粧が崩れるでしょう、ホホホ」

後ろ手縛りの仁美の裸身に、香水をスプレーしながら佐川夫人は言った。

「さあ、行くわよ、仁美さん。みなさんお待ちかねですからね」

佐川夫人は仁美の首輪の鎖を手に取った。

仁美はブルッとふるえて、すがるように佐川夫人を見た。

「こ、こわいッ……」

「どうしたの、仁美さん。ご主人に知らせたほうがいいというの」

それを言われると仁美は、どうしようもなかった。肛門に捻じり棒を咥えこんだまま、一歩また一歩と足を進める。

客間では三十人の客が酒を飲み、その前で秘密ショウ担当のヤクザが仁美についての口上を述べていた。

「以上のように仁美はれっきとしたカタギの人妻。本日が初舞台というわけでして、題して朝倉仁美浣腸ショウ、ごゆっくりとお楽しみください」

言い終わるなり、ビデオ撮影用の照明がいっせいに出入口を照らし、そこへ仁美は引きだされた。

男たちの目が仁美の裸身に集中した。次の瞬間、仁美の美しさに圧倒されたように、騒がしかった部屋のなかがシーンと静まりかえった。ビデオカメラがジィーと回る音だけが流れた。

「あ、ああ……」

仁美はおびえて立ちすくむが、すぐに首輪の鎖を引かれて客たちの間を通り、正面へ引きたてられた。そこには舞台となる座卓が置かれ、竜二と黒田が待っていた。

佐川夫人は仁美を座卓の前へ立たせ、前も後ろも客たちの目にさらした。

「ああ、かんにんして……」

それが客たちを喜ばせるとも知らず、仁美はすすり泣くような声をあげて裸身をよじる。

客席からどよめきが起こった。

「素晴らしい。なんていい身体をしているんだ。なんていい女なんだ」

「ムチムチしてすごい色気だな。おお、パイパンか……ありゃ剃られてるんだな」

「尻になにか見えるぞ、フフフ、もうなにか入れられてるってわけか。いい尻だ」

そんな男たちの声に、仁美は背筋が凍った。そしてすぐに気も狂うような羞恥と屈辱が、カアッと火となって襲った。

仁美は顔をあげられなかった。気配からして、社会的地位のある男たちなのだろうが、皆欲情を剝きだしにしている。

「ホホホ、お客様方は仁美さんの身体が気に入ったようよ。さ、もっとよく見てもらいましょうね」

佐川夫人は首輪の鎖を引いて、前かがみになりがちな仁美の裸身をまっすぐにさせた。そして、客たちの熱い視線が仁美の無毛の恥丘に注がれているのに気づくと、

「仁美さん、お客様方はここに興味があるらしいわよ。一本もないなんて、どうしたの」

仁美は真っ赤になって弱々しくかぶりを振った。どう答えればいいかはすでに教えられていたが、とてもすぐには口に出せない。

だが仁美は黙っていることをゆるされない。佐川夫人に逆らえば、本当になにもかも夫に知らせるにちがいない。

「どうしたの、仁美さん」

「は、はい……そ、剃っていただいたんです……ああ、よく見ていただけるように

……仁美のほうからお願いして……」

仁美はあえぎあえぎ口にした。わあっと泣きだしたくなる。

「ホホホ、それじゃお尻の穴にはなにを入れられているの」

……捻じり棒ですわ……仁美は、いつもお尻の、穴に、なにか入れられていないと……切なくて我慢できないんです」

それが自分の本心でないことを訴えるように、仁美はかぶりを振った。

だが、そんな仕草がかえって男たちを喜ばせる。素人の人妻を強く感じさせるのだ。

「そう、いつもお尻の穴になにか入れられていたいのね、ホホホ、それじゃ今夜は浣腸で、たっぷりお薬を入れてもらいましょうね」

「………」

「どうしたの。いやなのかな、仁美さん」

「い、いやじゃありません……仁美に、仁美に浣腸して……か、浣腸で仁美をうんと泣かせて……」

言い終わると仁美はこらえきれなくなったように、シクシクとすすり泣きはじめた。

本当にいやでならないといったふうだ。

浣腸などというおぞましいことで好色な男たちの見せ物にされる。それも自分の家で……。

（いやよ、いやあッ……浣腸なんて、いやあ……たすけてッ……）

仁美は胸の内で狂おしいまでに叫んでいた。

佐川夫人は仁美を座卓の上へ乗せると、四つん這いにして客たちのほうへ双臀を高くもたげさせた。後ろ手に縛られているため、両膝と顎の三点で身体を支える格好だ。

「ああ……」

男たちの熱い視線が食い入るように、高くもたげた双臀の中心に突き刺さってくるのを、仁美は痛いまでに感じた。

「さあ、仁美さん。お尻の穴をお客様たちによく見てもらうのよ」

佐川夫人は仁美の双臀をパシッと平手で打って、竜二に片目をつぶった。

竜二の出番である。客たちに見せつけるように仁美の双臀を撫でまわし、竜二は臀丘を割って捻じり棒を二度三度とまわしてから、ゆっくりと引き抜きはじめた。

「あ……うむッ、あううッ……いや……」

仁美はよがり声にも似た声をあげて、双臀をブルブルふるわせた。

生々しく肉襞までのぞかせている肛門を見られるのは、捻じり棒を埋めこまれている時よりずっと恥ずかしかった。頭の芯がカアッと灼けた。

「今日はまだ浣腸してやってねえからよ。こりゃ楽しめそうだぜ、フフフ」

竜二は引き抜いた捻じり棒に付着したものを客たちに見せて、低く笑った。

「いい尻だ。見事なもんだ、フフフ」

「あれじゃ初舞台を浣腸ショウにするのもわかるねえ」

男たちは感嘆の声をあげて、仁美の双臀に魅せられていた。

仁美の双臀は白くムチッと張って、ムンムンと匂うような官能美にあふれている。そして、その奥に妖しくのぞく肛門がヒクヒクとすぼまっていくのが、いやでも男たちの欲情をかきたてた。

「……み、見て……もっとよく、仁美のお尻の穴を見てください」

佐川夫人につつかれて、仁美が哀しげに声をふるわせた。

客たちが上体を乗りだして覗きこみ、ビデオカメラが寄ってくるのを仁美は感じた。わあっと泣きたいのを歯を嚙みしばって耐えた。

「も、もう、浣腸してください……」

「催促か、仁美。好きだな、フフフ」

違いますッ、誰がこんなこと……胸の内で叫びながらも、仁美は小さくうなずくしかなかった。

黒田がゴム管を持ってきて竜二に渡した。小指ほどの太さで長さは一メートルちょっと。先端に肛門用ノズルがとりつけてある。

「まずはこいつからだ、フフフ」

竜二は黒田に手伝わせて、仁美を座卓の上であお向けにすると、両脚をVの字に開いて足首を天井から縄で吊った。腰の下には座布団を二つ折りにして押しこむ。

「ホホホ、そのほうがお客様にすべてをよく見ていただけるわね。あら、いやだ、仁美さんたら、もうこんなになっちゃって」

佐川夫人は開ききった仁美の媚肉が、すでに潤っているのに気づき、わざとらしく指差して笑った。

客たちもニヤニヤと笑って目を細めた。

「い、いや……」

仁美は右に左にと顔を伏せてすすり泣いた。

泣き顔も乳房も、そして女の羞恥のすべてを正面にさらして浣腸される。気も狂うような羞恥と屈辱に、ふるえがとまらない。

そして、ゴム管の先のノズルがゆっくりと仁美の肛門へ入ってきた。

「あ、ああ……いや……」

仁美はうわずった声をあげて、吊りあげられた両脚をうねらせた。

まるで尻尾みたいにゴム管が垂れさがって、仁美の身悶えとともにゆれた。

いよいよ仁美への浣腸責めのはじまりだ。客たちが身を乗りだし、息を呑んで見守るなかで竜二は、

「最初は少し変わった方法で浣腸してやるからな、仁美。まず酢から呑ませてやるぜ」

そう言って一升瓶に入った食用酢を口いっぱいに含み、垂れさがったゴム管の端を咥えて、思いっきり吹きこんだ。

「ああ、そんな……あむッ……」

仁美はキリキリ唇を噛んでのけ反り、吊りあげられている両脚をブルブルふるわせた。

チュルチュルと入ってくる食用酢の刺激に、肛門から直腸がツーン、ツーンと灼けた。とてもじっとしていられず、ひとりでに腰がよじれた。

「ああ……ッ、いや、あむむ……」

「あばれるな、仁美。酢ってやつはきついからよ、じっくり味わうんだ」

竜二はまた食用酢を口に含んで吹きこんだ。

それを見て佐川夫人がケタケタ笑う。そして客たちのほうを向くと、

「どう、おもしろいでしょう。ノズルには弁がついてて、逆流しないようになっているのよ、ホホホ」

「そう言ってねえでお客様方にも楽しんでもらおうじゃねえか、佐川姐」

「あら、私としたことが気がつかなくって、ホホホ、さ、みなさんもどうぞ。仁美に浣腸してやってくださいな」

たちまち客たちがニヤニヤと前へ出てきた。代わるがわる一升瓶の食用酢を口に含んでは、ゴム管を咥えて仁美に吹きこむ。

「そ、そんな……あ、あむッ……あああッ」

泣き顔を隠すこともできず、仁美はうわずった泣き声を放ってあえぎ、両脚をうねらせつづけた。抑えても抑えてもふるえがこみあがった。食用酢の刺激がたまらない。

「ホホホ、みなさん、仁美さんに浣腸できるというので張りきってるわ」

「こういう浣腸もいいもんだろ、仁美」

からかわれても、仁美はかぶりを振るばかり。なぜか熱いうずきがこみあげてならなかった。

思いっきり吹きこまれると、今にもその毒の感覚につき果てそうなうずきがグッとせりあがった。

「フフフ、感じてきたな、仁美」

「ああ、いや……いやです……」

自分の意志とは裏腹に、身体の芯がうずいてジクジクと蜜が溢れだすのを、仁美はどうしようもなかった。

浣腸され、それを見せ物にされているというのに、仁美はこみあげる官能の波を抑えられない。男のいたぶりを求めるように、媚肉がヒクヒクとうごめきだした。

(し、して……ああ、少しでいいの、前にもさわってッ……)

そんな叫びが仁美の喉まで出かかった。

6

最後の一人が食用酢を吹きこみ終わった時には、仁美はもうハアハアッとあえぐばかりになっていた。身体中が油でも塗ったように、汗でヌラヌラと光っている。

「う、ううッ」

時々便意がふくれあがるのか、仁美は低くうめいて黒髪を振った。

「すっかり浣腸で感じるようになったな、仁美。もうお汁が溢れてやがる」

「ほんと、前から敏感だったけど、お尻がまた一段と敏感になったようだわ、ホホホ」

覗きこんだ仁美の秘肉は、まったく触れていないのに合わせ目を開き、充血した肉襞を見せ、溢れでた蜜は肛門のゴム管にまでしとどに流れていた。

「ああ……も、もう、お尻はかんにんして……これ以上されたら……」

仁美はハアッとあえぎ、うつろな瞳を竜二に向けた。

「フフフ、これくらいの量じゃ満足できねえはずだぜ、仁美。本格的なのはまだこれからだ。仁美にふさわしい、ズンときついのをな」

「さあ、おねだりはどうしたの、仁美さん」

佐川夫人はパシッと仁美の内腿をたたいた。

仁美はなにか言いたげに唇をワナワナとふるわせていたが、やがて観念したように、

「わかったわ……仁美に、仁美にうんと浣腸してください……い、いくらでも浣腸すればいいわ……」

すすり泣くように言った。

「フフフ、よしよし。それじゃいよいよ仁美の浣腸ショウの本番だ」

竜二が合図すると、黒田が若い衆に手伝わせて浣腸器を運んできた。

たちまち客たちがざわめいた。運びこまれてきた浣腸器はガラス製の注射型のもの

だが、客たちを驚かせたのはその大きさだった。仁美の胴体ほどの太さと長さがあり、浣腸器というにはあまりに大きすぎた。

すでに薬液をいっぱいに充満させ、パイプを組んだ台車の上に乗せられている。

「すごい……こんな大きな浣腸器は見たことがない。あれを使うのか……」

「そうらしい。あれを全部入れられたら、女は死ぬぞ」

「いずれにせよ、こいつはちょっと見られないすごいショウになりそうだ、フフフ」

客たちは興奮した口調で言って、目をギラギラと血走らせた。

仁美は驚愕に瞳を凍りつかせたまま、すぐには声も出なかった。運びこまれた巨大なガラスの筒が浣腸器とは信じられない。

「…………」

「ホホホ、仁美さんのために特別注文したのよ。これなら仁美さんの希望通り、いくらでも浣腸してあげられるってことね」

「どのくらいの量が仁美の尻に入るか、こいつで試してやるぜ、フフフ」

佐川夫人と竜二は浣腸器を乗せた台車を仁美の双臀の前でとめさせ、台車のハンドルをまわして高さを調節した。ぴったりと仁美の肛門に照準を合わせ、ゴム管が抜かれる。

仁美の唇がワナワナとふるえたかと思うと、つんざくばかりの悲鳴がほとばしった。

「い、いやあッ……そんな、いやあッ……死んじゃうッ……」

狂ったように吊りあげられた両脚をゆさぶり、腰を振りたてる。

仁美の前に並ぶと浣腸器の大きさがよくわかった。ガラス管の太さは仁美の胴まわりほどもあり、長さは胴の長さとほとんど同じだ。

恐怖が仁美を凍りつかせ、泣きわめかせ、もがかせた。

これとは較べようもないほど小さなものでも内臓が苦悶にのたうつのに、こんな巨大な浣腸器を使われたら……考えるだけでも仁美は気が遠くなる。

「かんにんしてッ……そんな、そんな大きいなんてッ……いや、いやですッ」

「いやでもこれからは、こいつが仁美専用の浣腸器になるんだ、フフフ」

「いや、いやッ……たすけて……」

竜二が台車のハンドルをまわすと、巨大な浣腸器がジワジワと仁美の肛門へ向かって進んでいく。

「あ……ひッ、ひいーッ……」

ゆっくりと肛門を縫って沈んでくる嘴管に、仁美はのけ反った喉から絶叫を噴きあげた。

ガラスのノズルの部分はひょうたんみたいな形をしていて、そのくびれたところを肛門に咥えこませればアヌス栓にもなるように工夫されていた。

「ああ、こわい……こわいわッ……」

仁美はおびえ、のけ反らせた汗まみれの喉をピクピクふるわせた。深く押し入れられて、もう腰をよじることもできなかった。

「綺麗な顔をお客様によく見てもらうのよ、仁美さん。それにどんなふうに浣腸されるか、自分の目で見るのよ」

佐川夫人は仁美の黒髪をつかむと、のけ反った顔を前へ向かせた。

血走った男たちの顔、そして自分の肛門に突き刺さっている巨大なガラスの筒……おびえが悪寒のように身体中を走り抜ける。

「い、いやあ……」

「入れるぜ、仁美」

さすがに竜二の声もうわずった。

片手ではとても持ちきれない長大なシリンダーを、ゆっくりと押しはじめた。

「ああッ……」

ビクンと仁美の裸身が硬直した。

ドクッドクッと流れこむ薬液……まるで男に犯され、おびただしい白濁の精を長々と浴びせられているようだ。

それが仁美を狂わせた。それまでくすぶっていた官能の炎に油を注がれたみたいに、ひとたまりもなかった。

「あ、あああ……いや、いや……ああッ……」

総身を揉んで両脚をうねらせ、泣き声を放ったかと思うと、

「イクッ……」

仁美は吊りあげられた両脚を突っ張らせ、キリキリと嘴管を締めつけた。

客たちはもう互いの存在も忘れ、息をつめて仁美を凝視した。今、幕が切って落とされたばかりの凄絶な大量浣腸責め、そしてその責めにおびえつつも反応し、昇りつめてしまう女体の不可思議さ……男たちにとってはこのうえない見せ物だ。

「ホホホ、もう気をやるなんて、仁美さん。そんなにこの浣腸器が気に入ったの」

佐川夫人がわざとらしくあざ笑った。

「フフフ、アナルの素質充分だけあって、覚えも早い。この分じゃじきに前のほうよりよくなって、とりつかれますな」

黒田もニヤニヤと笑った。

仁美はハアハアとあえいでいた。その間も竜二はシリンダーを押し、薬液がドクッ、ドクッと入ってくる。

「あ、ああ……あむッ……」

仁美がまた腰をブルルッとふるわせ、嘴管をギュウと締めつけるのは、小さく昇りつめたからだろう。

「フフフ、たまらなくなってくるのは、これからだぜ、仁美」

竜二の言う通りだった。

真っ赤だった仁美の顔が次第に青ざめてきて、苦悶の表情がはじまった。急速に便意がふくれあがる。

「う、ううッ……も、もう、入れないで……ああ」

「まだ千CCじゃねえか。仁美。これからって時に音をあげるんじゃねえ」

「うう、くるしい……こ、この浣腸、きついわッ」

仁美はうめいた。

腹部がグルグル鳴って、注入される薬液が奥へと渦巻いていくのがわかる。とてもじっとしていられない。ひとりでに腰がうごめき、歯がカチカチ鳴りだした。

「どんどん入っていくじゃねえか。好きな尻しやがって、フフフ、ほれ、千六百……

千七百……」

「うむ、ううむ……つらい、つらいわッ……かんにんして……」

「二千CCだ、仁美」

竜二はまだシリンダーを押すのをやめない。

もう仁美の腹部はびっしりつめこまれ、シリンダーを押す手の動きがビンビンと響いた。

「うむ、ううむッ……」

脂汗に光る肌に、さらにドッと脂汗が滲みでて、ツーッと流れた。黒髪までも脂汗に湿る、つらく恥ずかしい責めだった。

竜二になにか言われた佐川夫人がニンマリとして受話器を引き寄せても、どこへ電話をかけるのかも気づかなかった。

「出たわよ、若」

佐川夫人が受話器を竜二の耳にあてがう。

「フフフ、仁美の亭主か。仁美はたまらねえ身体してるな。とくに尻がすげえ」

（なにを言っている。君は誰だ）

「こういうムチムチの尻を見ると、なにかいたずらしたくなってよ、フフフ、おめえの女房としてひとり占めさせとくには、もったいねえ」

（こっちは忙しいんだ。くだらんいたずら電話に付き合っている暇はない）

「フフフ、いたずら電話か、女房に聞いてみな」

竜二がそう言うと、佐川夫人は受話器を仁美にあてがった。

（仁美、そこにいるのか）

夫の声がいきなり耳に飛びこんできて、仁美はハッと我れにかえった。

（仁美、仁美、返事をしてくれ）

まぎれもなく出張中の夫の声であった。

ひいーッ、と仁美は悲鳴をあげた。

「あなたッ、あなたあッ……」

（仁美ッ、どうしたんだ！）

「あ、あなたあッ……たすけてッ……」

仁美は我れを忘れて叫んでいた。そこでまた受話器は竜二へ戻された。

「聞こえたろ。仁美は今、俺の前で素っ裸になって股をおっぴろげてるぜ。なにをされているか、わかるか」

（なにをしているんだ。変なことをしたら、ただじゃおかんぞ）

「仁美が悦ぶことだぜ。尻の穴に浣腸してやってるところだ、フフフ」

竜二がそう言うのと同時に、仁美が悲鳴をあげた。

「いやあッ、言わないでッ……約束が違うわッ、夫には言わないでッ、いやあッ……」

「フフフ、浣腸されて仁美がいい声で泣いているのがわかるだろう」

竜二はせせら笑った。その間もジワジワとシリンダーを押すのをやめなかった。

(やめろッ、貴様ッ。仁美に変なことをするのは、やめるんだ)

「浣腸して欲しいと言ったのは仁美なんだぜ。ウソだと思うなら、ビデオを撮ってるから送ってやる、フフフ、よく、確かめてみろよ」

(ウソだッ……やめろ、やめてくれッ)

「フフフ、そこで女房が浣腸されるのをしばらく聞いてるんだな。たっぷりと仁美を可愛がってやるからよ」

仁美がわあっと魂に滲みこむような号泣を噴きこぼした。

「あなたッ、ゆるして……あなたあッ……」

だがそれも、夫に知られてしまったショックも重なって、三千CCも注入されると、死んだようになった。

時折りひいーッ、ひいッと喉を絞り、あとは死なんばかりにうめくだけだ。

黒田が聴診器を仁美の腹部にあてがい、状態を診る。注入の限界を見きわめるためだ。

「す、すごいな……」

客たちのなかから誰とはなしに声が出た。電話とはいえ、夫に聞かせながらその妻を浣腸責めにかける……これほど嗜虐の欲情をそそる見せ物があろうか。

「ホホホ、ご主人に聞かれているというのにまだ呑んでいくんだから、本当に淫らなお尻ね、仁美さん。それでも奥さまなの」

佐川夫人も仁美をからかうが、もう仁美には聞こえなかった。

そして注入の量は四千ＣＣを超えた。四千三百ＣＣまで入った時、

「若、限界です。それ以上だと胃から逆流して危険ですよ」

黒田がシリンダーを押す竜二の手をとめた。

「四千三百ＣＣか、フフフ、おめえの女房はたいした女だぜ。責めがいがあるってもんだ。尻で四千三百ＣＣも呑むんだからよ」

仁美は白目を剝いて気を失っている。それでも苦悶に腰のあたりが、ブルッ、ブルッとふるえていた。ノズルの部分がアヌス栓になっていなければ、とっくに漏らして

いたにちがいない。

「さあ、仁美がウンチをする音を聞かせてやるからよ」

そう言うなり、竜二はゆっくりと浣腸器を引き抜いた。すばやく黒田が便器をあてがう。ドッとしぶきでた。

7

浣腸ショウのあと、仁美はほとんど病人みたいになって二日間も床についた。

凄絶な大量浣腸責めと、それを夫に知られたショックに打ちひしがれている。

「これであきらめがついたでしょう、仁美さん。もう秘密ショウのスターとして生きていくしかないのよ、ホホホ」

「……あ、あなたを、恨むわ」

「いくらでも恨みなさい。ここでセックス奴隷として飼ってあげるわよ。死ぬまでね」

港の倉庫にすえられた檻のなかで横たわっている仁美に向かって、佐川夫人はせせら笑った。

仁美はまたシクシクとすすり泣きはじめた。

（あなた……）

夫のことを思うと、涸れたはずの涙がまた湧いて出る。

「そうそう、ご主人には浣腸ショウのビデオを送ったから、もう見てるはずよ、ホホホ、それに仁美さんちのご近所には、仁美さんが秘密ショウのスターになったと宣伝しておいたわ」

「ああ……あなたという人は……私を二度と陽の当たる場所には出られなくするのね」

「その通りよ、仁美さん」

そして、三日がたった。仁美は相変わらず哀しげな瞳をうつろに宙に向けていることが多かったが、身体のほうはすっかり回復していた。

回復するのを待ちかねたように竜二が現われた。

「フフフ、四千三百ＣＣの浣腸ぐらいでまいりやがって」

竜二は後ろ手縛りの仁美を抱き寄せると、裸の双臀を撫でまわしながら、激しく仁美の口を吸った。

「う、うむッ」

仁美はおびえてうめき、竜二の腕のなかでもがいた。仁美の舌も唇もしびれるような激しい口づけだ。

「仁美、浣腸ショウはすげえ評判だったぜ。仁美がのびちまったあと、犯らせろと客が騒いで大変だったんだぜ、フフフ」

ようやく口を離した竜二はニンマリと笑った。

「こっちは若を説得するのに苦労したわ。まだ責めつづけようとするんですものね。この三日間だってまた浣腸ショウをやると言いだして、仁美さんを休ませるのに苦労したわよ」

佐川夫人が言った。

仁美に同情しているのではない。殺してしまっては元も子もない、セックス奴隷は生かさず殺さずあつかえと言っているのだ。責めたあとは休ませたほうが、体力や羞恥、それに屈辱感もよみがえって、次に責める時の反応も大きくなるというものだ。

「案外仁美さんは、毎日のようにショウをやったほうがよかったかしらね、ホホホ」

佐川夫人は仁美の顔を覗きこんで、意地悪くからかった。

仁美はいやいやと弱々しくかぶりを振った。

「い、いや……あんなこと、二度といやです……」

おびえに声がひきつった。本当に浣腸で責め殺されるかと思った。気が狂わなかったのが不思議なくらいだ。

「なにを言ってやがる。これから先、仁美の秘密ショウの予定がつまってんだよ。客の予約が殺到してるんだぜ、仁美」

「ホホホ、浣腸ショウのほかにもいろいろと仁美さんが泣いて悦ぶようなショウに出してあげるわよ」

「そういうことだ。さっそく今夜にでもショウをやるぜ、仁美」

竜二と佐川夫人はそう言ってゲラゲラと笑った。

「い、いや……いやです……」

仁美は泣きだした。

それを引きずるようにして、浴室へ連れこむと、竜二は仁美を湯船のなかで双臀をもたげさせ、肛交をいどんだ。

「三日ぶりだからよ。溜まってるんだ」

今夜のショウのためにやりすぎてはいけないと思いつつも、竜二は二度、三度と仁美の肛門を犯した。

仁美はひぃひぃ泣きながら、また一段と激しく反応し、何度も昇りつめた。

「本当に若は仁美さんのお尻が好きなのね、ホホホ、それにしても、仁美さんもずいぶん激しく悦ぶようになったわね」

佐川夫人はずっと見物しながら、あきれたように言った。

仁美の身体を綺麗に洗うと、佐川夫人は仁美の洗い髪をセットし、化粧をほどこす。

「ますます色っぽくなるわね、仁美さん。今夜もお客様が喜ぶわ、ホホホ」

「あんな恐ろしい……いやらしいショウなんて」

仁美は哀しげにつぶやいて、ブルブルとふるえるだけだった。

化粧が終わると、仁美は縄を解かれて衣服を与えられた。黒いレースのブラジャーにパンティとガーター、そしてストッキングも黒。真っ赤なミニスカートと黒のノースリーブのブラウス。前へつんのめりそうなほど踵の高い黒のハイヒール。

ずっと全裸に剝かれたままだった仁美にとっては、久しぶりの衣服だった。

「こいつは綺麗だ。仁美には黒と赤がよく似合いやがる、フフフ、ゾクゾクする色気だぜ、仁美。今夜のショウにはぴったりだ」

竜二はまぶしいものでも見るように言った。

裸の仁美もよかったが、衣服に身を包んだ仁美もいい。それを剝いて裸にする楽しみがふくれあがる。

外が暗くなるのを待って、仁美は車に乗せられた。後ろ手に手錠をかけられ、口には黒い布で猿轡を噛まされた。

今度はどこへ連れていかれるのか、まったくわからなかった。車は二時間近くも走っただろうか。激しい爆音と車の上を飛ぶ黒い物体、そして道路ぞいにつづく金網、どうやら米軍基地のある街へ来たらしい。

そして車は、建てかえのために今は空き屋になっている米軍住宅の一角で停まった。

「早く降りろ、仁美。道がこんででだいぶ時間をくっちまったからよ」

何人かのヤクザの出迎えを受けつつ、竜二と佐川夫人は仁美の腕を取って、米軍住宅のなかへ連れこんだ。

なかは真っ暗だった。その闇のなかに四、五十人ほどの男たちがいるのが、そのざわめきからわかった。正面には一段高い舞台がつくられ、照明のなかに浮かびあがっていた。

そして、舞台の上にはパンツをはいただけの若いプロレスラーみたいな黒人が、仁美を待ちかまえていた。

「へへへ、カモン、ベイビィ」

黒人は仁美を見ると、白い歯を剥いて笑い、いやらしく手招きした。

「軍曹の奴、仁美を犯れるとあってたいした張りきりようじゃねえか、フフフ」

「仁美さん、今夜はあの黒人に犯られるのよ。すごいのよ、あの軍曹って、ホホホ」

「米兵相手に客をとらせてる女たちが、あの軍曹だけはいやだと泣きわめくからな、フフフ、だが、仁美ならなんとか相手できるだろうぜ。腰が抜けねえよう、がんばることだ」

仁美を舞台へ向かってほとんど引きずりだしながら、竜二と佐川夫人がささやいた。

「うむ、ううむッ」

仁美は猿轡の下で恐怖の悲鳴をあげながら、逃げようともがいた。黒人にもてあそばれるところを見せ物にされるとは、思ってもみなかった。

舞台の上へ引きあげられると、軍曹のほうに突き飛ばされた。

黒い腕が仁美を抱きとめる。ひいッとのけ反って、仁美は黒い腕のなかでもがいた。

「ひとみ、へへへ」

軍曹は仁美の名を呼んで、分厚い唇を舌なめずりした。ブラウスのボタンが引きちぎられ、真っ赤なミニスカートがまくりあげられていく。

「うむッ……ううむッ……」

仁美は狂ったようにもがいた。だが、後ろ手錠をされた仁美の抵抗など、プロレスラーみたいな軍曹には赤ん坊がもがいているようなものだった。

猿轡を噛まされた仁美の美貌が、恐怖と絶望にゆがむ。そんな仁美を暗闇から何十という目が見ているのだが、それを気にする余裕は仁美になかった。

軍曹は仁美のミニスカートをまくったり、ブラウスの前をはだけたりして仁美をおびえさせて楽しんでから、まず猿轡をはずした。

「フフフ、やはり仁美の泣き声が聞こえなくちゃ、おもしろくねえと見える」

煙草を咥えて見ながら、竜二が低くつぶやいた。

「い、いやあッ」

たちまちけたたましい悲鳴が、仁美の口からほとばしった。

「たすけてッ……いや、いやあッ……」

仁美の悲鳴とブラウスが引き裂かれる音とが重なった。

ブラウスがむしり取られると、つづいてミニスカートが引き裂かれる。脱がすのではなく、むしり取っていくのだ。

「やめてッ……いやッ、いやあッ……た、たすけてッ」

仁美は軍曹の腕のなかで逃げようとあばれ、泣き叫びながら、ブラジャーとパンティをむしり取られた。そして黒いストッキングとそれを吊るガーターだけの裸身に剝かれた。

　黒い手が仁美の白い乳房をいじり、双臀を撫でまわしはじめた。のけ反る首筋に、べちょっと分厚い唇が吸いつく。

「いやあッ……いやですッ……ああッ、やめてッ」

「仁美さん。はじめはいやでも、すぐに馬並みのがたまらなくなるわよ、ホホホ」

　佐川夫人がからかえば、

「やっぱり色白の仁美には、黒いのがよく似合いやがる。ゾクゾクするぜ」

　竜二は目をギラつかせた。

　軍曹は美しい獲物を見せびらかすように、黒い手で乳房を揉みしだき、双臀を撫でまわしつつ、舞台の上を端から端へと歩いた。

「たすけてッ……いやッ、いやよッ」

　仁美は泣き叫びつづける。

　軍曹の手の動きは荒っぽかった。黒くゴツゴツした手が、仁美の豊満な乳房を付け根からギュウと絞りこみ、乳首をつまんでひねる。双臀もまた肉をつかみあげられてゆさぶられ、薄く手のあとが赤く残るほどだ。

　まるで手の黒さを仁美の白い肌にしみこませるみたいだった。

「かんにんしてッ……ああ、いやあ……」

仁美はもう総身汗まみれになって、ひいひい喉を鳴らした。

軍曹は仁美がよほど気に入ったらしく、ブルースなど口ずさんで上機嫌だった。自分が知っている女のなかでも、仁美は飛びぬけて美人だ、と軍曹は竜二に向かって言った。

「フフフ、好きなだけ楽しみな。仁美に何回気をやらせるか、見せてもらうぜ」

「もう妊娠しているとは思うんだけど、もう一度種つけをする気でやってちょうだい、ホホホ、時間無制限のデスマッチ、やりたい放題よ」

竜二と佐川夫人は軍曹を煽った。

軍曹はうれしそうに白い歯を剝いて、ニタッと笑った。

仁美を背もたれのない椅子の上に、あお向けに乗せると、足首をつかんで左右へ開いた。そしてかがみこみ、仁美の両脚を左右の肩へかつぎあげる。

「いやあッ」

「へへへ、ひとみ」

「いやですッ……やめて、やめてッ……」

軍曹の目が開ききった媚肉を覗きこむのがわかった。さかんに舌なめずりしている。

次の瞬間、その分厚い唇が仁美の媚肉に激しく吸いついた。

「ひッ、ひいーッ」

ビクンと仁美はのけ反って、黒い肩にかつぎあげられている両脚をゆさぶりたてた。ハイヒールをはいた足が内へそり、黒髪が床にうねった。

「やめてッ、そんな……いやあ……」

いくら泣き叫んでも、軍曹の口は蛭のようにはなれなかった。口いっぱいに媚肉を吸い、グチュグチュと舌を鳴らして肉襞を舐める。舌先が頂点の表皮を剝いて女芯をまさぐり、チューッと吸う。それはまるでおいしいごちそうをすするかのようだった。

「ひッ、ひッ……いやッ、ああ……」

仁美は軍曹の舌と唇にあやつられる人形みたいに、泣き、わめき、のたうち、悶えた。

だが、黒人に女としてもっとも隠しておきたい秘所を舐められているというのに、仁美は身体の芯が妖しくうずきだすのをどうしようもなかった。ツーン、ツーンとしびれにも似た官能が走り、次第にふくれあがっていく。

このところ竜二に肛門ばかり責められ、媚肉は放っておかれていた。内にこもって満たされぬ媚肉の熱が、軍曹の舌に一気に解き放たれる。

「あ、あ……あああ……」

こらえきれぬ声が仁美の唇から出た。どこか艶めいたよがり声の響きがあった。あわてて唇を噛んでも遅かった。一度堰を切ってしまうと、もう押しとどめようがない。にわかに仁美のあらがいが力を失い、代わって湧きあがる官能に肉がふるえだした。

「かんにんして……も、もう、いや……」

すすり泣きながら、仁美はジクジクと蜜を溢れさせつづけた。

その蜜さえ音をたてて吸われた。

ようやく軍曹が顔をあげた時は、仁美は息も絶えだえだった。

(ああ、こんなことって……どうして……)

どうしてこんな淫らな身体になってしまったのか。仁美はなすすべもなくすすり泣いた。

軍曹は仁美を抱きあげると立ちあがった。仁美を後ろから、太腿の下に手を入れて持ちあげ開かせる。子供におしっこをさせる格好だ。その格好でゆっくりと暗闇の男たちに見せつける。

「あ、あ、ゆるして……いや、ああ……」

この時になって仁美は初めて、暗闇に光る男たちの目を意識した。開ききった内腿の奥に無数の目が突き刺さってくる。

軍曹の舌と唇のいたぶりに、仁美の媚肉は合わせ目を充血させて外へ開き、しとどに濡れた肉襞までのぞかせていた。剝きあげられた女芯の肉芽が、ヒクヒクふるえている。

「ああ、見ないで……」

仁美は見せ物にされている現実におののいた。

軍曹は客たちの目に、とろけきった仁美の媚肉を指でつまんでさらに開き、奥まで見せた。

「ビューティフル、オマ×コ、ひとみ」

軍曹はゲラゲラと笑った。

そのようにして充分に見せつけると、パンツを脱いで裸になった。おおっ、と暗闇の客席から驚きの声があがり、どよめいた。

黒々と天を突かんばかりに屹立した肉棒は赤ん坊の腕ほどは楽にあり、その赤黒い亀頭ときたらすさまじい大きさだった。

仁美はそれが男の肉棒とわかると、その信じられない巨大さに、仰天した。

「ひッ……ひッ……」

まともに声も出ない。

「気に入った？　仁美さん、軍曹のは米軍基地のなかでも特大なのよ、ホホホ」

佐川夫人が仁美の顔を覗きこんでからかった。

「フフフ、できるだけ深く入れてやれよ」

と竜二が軍曹を煽る。

軍曹はうれしそうにブルンと肉棒をゆすってみせると、仁美の腰に手を当てて持ちあげた。立ったままつながろうとしている。

仁美を客席のほうへ向け、生け贄をささげるように高くかかげてから、ゆっくりと自分の肉棒めざしておろしはじめる。

「いやッ……ああッ、それだけはッ……」

内腿にこすりつけられる灼熱の肉に、仁美は悲鳴をあげてもがいた。

それを竜二とヤクザの一人が、左右から仁美の足首をつかんで、大きく割り開く。

「いやあッ……仁美、こわれちゃうッ……」

仁美の悲鳴を楽しみつつ、黒い巨大な肉棒の先が、開ききった媚肉に、後ろから二度三度とこすりつけられた。

「ひいッ……こわい、こわいッ……た、たすけて」

「へへへ、ひとみ」

軍曹はまた仁美の名を呼んでから、さらにゆっくりとおろしながら貫きはじめた。

「ひいーッ」

仁美が背筋を硬直させてのけ反った。たちまち悲鳴は初めて男に貫かれる生娘のようなうめき声になった。

黒い肉棒の先が媚肉に分け入ると、あとは仁美の体重でつながっていく。だが、あまりに巨大なものは、そうたやすくは入っていかない。軍曹はあせらず、何度も仁美の身体を持ちあげてはおろしてを試みた。馴れたものだ。

「うむッ……ひッ、ひいッ……大きすぎるわッ、こわれちゃうッ」

ギリギリと歯を噛みしばり、真っ赤になった肌から脂汗をポトポト噴きこぼし、仁美はひいひい喉を絞った。

そして、息絶えるばかりになって黒い肉の亀頭を受け入れた。あとはそのまま、底まで埋められた。腰がミシミシきしんだ。

「すげえな……」

さすがの竜二もうなった。黒い巨大な肉棒が仁美の柔肉を裂かんばかりに押し開いてくいこんでいる姿は、見る者を圧倒した。

後ろから立ったままで軍曹に深々と貫かれても、仁美のハイヒールをはいた爪先は宙に浮いたままだ。

「うむ……死んじゃう……」

仁美はなかば気を失った。

それを軍曹が乳房をわしづかみにして絞り、活を入れる。

「ホホホ、黒人とつながった気持ちは、どう？　仁美さん。ずいぶん深く入れられたのね」

佐川夫人はかがみこんで仁美の顔を覗きこむ。

「これで妊娠はだめ押しね、ホホホ、めでたくつながったところで、今日のお客様を紹介するわ」

佐川夫人の合図で暗闇に明かりがともった。

一瞬まぶしくてなにも見えなかった仁美だが、次第に目がはっきりしてくるにつれて、

「ひいッ……」

泣き声をひきつらせた。

なんとそこには、仁美の顔見知りの男たちが息をつめて目を血走らせていたのだ。

いつも買い物に行く肉屋と八百屋の主人が、近所のご主人が、そして夫の同僚と、

ひそかに仁美に想いを寄せていた男ばかりだ。

「ホホホ、仁美さんが妊娠しないようなら、みなさん喜んで協力してくれるそうよ」

軍曹はゆっくりと突きあげはじめた。

仁美が身も心も灼きつくされる瞬間は、もうそこまで迫っていた。

Ⅱ

息子の嫁・理奈子
悪魔義父に狙われて

第一章　嬲られた秘園

1

理奈子は洗濯をしようとして、自分のパンティがなくなっているのに気づいた。昨夜脱いでブラウスにくるみ、カゴに入れておいたブルーのパンティがない。

（いやだわ……また、お義父さまね……）

嫌悪感と困惑に、理奈子は眉をひそめた。これで五回目である。はじめは誰の仕業かわからなかったが、ふとしたことで義父の辰造が洗濯籠から理奈子のパンティを取りだし、顔をうずめている姿を目撃してしまった。

だが、相手は夫の父親である。問いただすわけにもいかず、気づかないふりをした。夫にそのことを話しても、

「まさか、あの親父に限って……もう色気のある年じゃないよ。なにかの間違いじゃないのか」

と、まともにとりあってはくれなかった。

義父の辰造は、中学校の校長から教育委員会へと教育畑ひと筋に生きてきた厳格な教育者だった。定年で隠居し、離れに住んでいるとはいえ、夫が信じないのも無理からぬことだった。

それよりも夫は、辰造が最近信仰を深めはじめた新興宗教のほうが気になるらしい。

「あんな得体の知れぬ宗教にこるなんて……親父もボケだしたかな」

結局、理奈子はそれ以上はことを荒立てなかった。離れにいる舅の辰造との関係を、ギスギスしたものにしたくなかったし、今の幸福にヒビが入るのを恐れた。

(お義父さまは、少しボケたと思えばいいんだわ)

理奈子はそう自分を納得させた。

夫の直也が出張した夜、理奈子は久しぶりにくつろぎ、ゆったりと湯につかった。子供のかおりは、「おばあちゃまとネンネする」と離れに行っている。

「まるで独身時代に戻ったみたい」

心地よい静寂がただよい、理奈子は浴槽のなかで手脚をのばした。湯に光る理奈子の肌は美しく張り、ピチピチと締まってとても二十八歳とは思えない若々しさだった。三歳になる子供がいるというのに、肉のたるみやシワもなく、はちきれんばかりにみずみずしい理奈子の肢体である。

浴槽から出て、洗い場で身体を洗い清めようとした時、脱衣場のほうで音がした。

「誰なの……かおりちゃん？」

ガラガラと戸の開く音に、後ろをふりかえった理奈子から、

「あぁッ」

思わず、驚愕の叫びがほとばしりでた。

裸になった辰造が、浴室のなかへ入ってきたのである。

「お、お義父さまッ……」

「理奈子さんの背中でも流してやろうと思ってな」

辰造は前を隠そうともせず、理奈子に近づいてきた。

「あぁッ、お義父さま。い、いけませんッ」

理奈子は狼狽した。必死に身をかがめて、少しでも義父の目から肌を隠そうとする。

「で、出ていってください、お義父さま」

「なにを恥ずかしがっておる。可愛い嫁の背中を流してやろうというんじゃないか」

「そ、そんなこと、いけませんッ……」

身を縮こまらせている理奈子の背中に、辰造の手が触れてきた。シャボンを手に、理奈子の背中にヌルヌルと塗りつけてくる。

「背中なら自分で洗えますからッ……ああ、お義父さま、やめてくださいッ。そ、そんなこと、いけませんわ」

理奈子は悲鳴をあげるわけにもいかず、また義父を突き飛ばすわけにもいかず、身をよじって手を避けるばかり。

「いい身体をしている。これなら何人でも子供を産めるはずだ。かおり一人とはもったいない。できるだけたくさん産んだほうがいいよ、理奈子さん」

「お、お義父さまッ」

理奈子はまともに返事をする余裕を失っていた。背中に這う辰造の手は、シャボンを塗りたくるというより、理奈子の肌をまさぐる感じだった。

「ああッ……」

理奈子は本能的に脱衣場のほうへ逃げようとした。

だが、それよりも早く辰造の手が理奈子の手首をつかんでいた。グイと引き戻す。

若い頃に柔道で鍛えただけあって、まだ力は強い。

「素直に身体を洗わせんか、理奈子さん、ヒヒヒ、股の間まで洗ってやるぞ」

マットの上へ押し倒され、両手を背中へ捻じあげられた。背中で重ねられた手首に、いつ用意したのか、縄が巻きつく。理奈子は驚愕と狼狽に美貌をひきつらせた。

「あ、ああッ、なにを、なにをなさるんです、お義父さまッ」

「ヒヒヒ、神のお告げじゃ……」

辰造はわけのわからぬことを言った。その目がいつもと違って、陶酔したようによどんでいる。

「お義父さまッ……なにをなさっているのか、おわかりなのですか。やめて、やめてくださいッ」

「神のお告げで、お前の身体を調べる。これだけいい身体をして、子供がかおり一人しかできんとは、魔物がとりついておるかもしれんからのう」

「ば、バカなことをおっしゃらないで。いや、いやです、お義父さまッ」

いくら叫んでもだめだった。両手は背中で縛られ、その縄尻は豊満な乳房の上下にまわされてひしひしとくいこんだ。

「ああ、こんなことをなさるなんて……いくらお義父さまでもあんまりですッ……ほ、ほどいてください」

理奈子は一糸まとわぬ裸身を縛られた屈辱と羞恥に、身を揉みながら言った。辰造はまだ、「神のお告げじゃ」とわけのわからぬことをつぶやいている。

「ヒヒヒ、脚を開くんじゃ、理奈子。股の奥に魔物がひそんでおるかもしれんからのう」

「そ、そんなッ……いや、いやですッ」

理奈子は激しく狼狽して、裸身を硬直させた。とても義父の言葉とは思えない。辰造の顔に、かつての厳格な教育者としての面影はなかった。

「ヒヒヒ、股を見せんか、理奈子」

辰造は理奈子の足首をつかむと、ジワジワと強引に引き裂きはじめた。

「や、やめてくださいッ、お義父さま……ああ、い、いやあ……」

徐々に開かれていく感覚に、理奈子は気が遠くなった。戦慄と羞恥に、身体中がカアッと灼ける。

「ゆるして……い、いやあ……」

さすがに理奈子は必死に脚をうねらせ、腰をよじって抵抗した。それでも、左足首は右足首から引き離され、上へ持ちあげられて、壁のシャワーのフックに縄で縛りつけられてしまった。

「ああ……」

理奈子は、とらされた格好の恥ずかしさに、激しく頭を振りたてた。アップにしていた髪が解け、艶やかな黒髪が肩先にまでふりかかった。

「ヒヒヒ……」

辰造は低く笑った。

いつも服の上から想像するだけの見事なまでの理奈子の裸身が、熟しきった白桃のように辰造の目の前にあった。

豊満なまでに熟れ、今にも乳が垂れてきそうな乳房、細くくびれた腰、そして人妻らしい成熟と官能美にあふれる下半身……開ききった内腿は、透けるような白さで羞じらいにブルブルとふるえている。

そして内腿の白さに強烈に映える繊毛の黒さ……その奥には理奈子の女が妖しく咲き誇っていた。

「ヒヒヒ、美しい……美しすぎる。これはやはり魔物がとりついているとしか……」

「ああ……み、見ないで……いくらお義父さまでもゆるしませんよ。直也さんに言いつけます」

「ヒヒヒ、直也の奴に言う気になるかな、理奈子。逆らっても無駄じゃ。これは神のお告げじゃからのう」

辰造はニヤニヤと笑いながら、開ききった理奈子の太腿の間に顔を近づけた。まぶしいものでも見るように、辰造の目が細くなった。

「や、やめてッ……見ないでッ」

理奈子は我れを忘れて叫んだ。ガクガクと腰をゆすりたてる。どこを義父に見られているか、痛いまでにわかった。

「み、見ないで、お義父さま……だめ、だめだわ」

「ヒヒヒ、奥まで見せてもらうぞ」

辰造は女の茂みを指先でかきあげて、媚肉の合わせ目を露わに剝きだすと、指先でつまんで左右へくつろげた。

成熟した女の匂いが妖しく立ちこめ、初々しいまでのピンク色の肉襞がさらけだされる。

「ほう、綺麗なもんじゃ……。色といい、形といい、とてもかおりを産んだとは思えんのう。これはやはり、魔物がとりついているとしか思えんわい」

辰造は目をほころばせ、食い入るように覗きこんだ。今にも唾液を垂らさんばかりだ。ビクッ、ビクッと理奈子の裸身がすくみあがる。

「いや、いやあ……」

理奈子は泣きだしていた。義父に覗かれているということが、理奈子の羞恥をいっそう高める。

辰造はそんな理奈子の泣き声と、身悶えを楽しみながら、指先で肉襞をまさぐり、その頂点の女芯を剝きだした。さすがに理奈子の女芯は、人妻らしい妖しさを見せて熟しきっていた。いかにも敏感そうで、ちょっとさわっただけでも、ツンと突起してきそうだ。

「ヒヒヒ、直也の奴にだいぶいじらせとるようじゃのう」

「いや……お義父さま、いやですッ……」

辰造の指先が敏感な女芯に触れてくると、理奈子は悲鳴をあげて、一段と悶えを激しくした。

「ヒヒヒ、いい手触りじゃぞ、理奈子」

辰造はうれしそうに笑いながら、理奈子の女芯をつまみ、しごきあげては指先で弾いた。

濡れているというほどではないが、しっとりと指先に吸いつくようだった。

2

辰造は時間をかけて、じっくりと理奈子の媚肉をまさぐった。女芯をいじくりまわし、肉襞をまさぐり、もう一方の手で、乳房を揉みしだいた。

「ヒヒヒ、まったくいい身体をしておるわい。これでは魔物もとりつくはずじゃ。神のお告げに間違いはない」

「ああ……いや、ああ、いや……も、もう、やめてください……」

腰をよじり、太腿をうねらせつつ、理奈子の泣き声が次第に力を失い、すすり泣きに変わっていく。

「ああ、や、やめてください、お義父さま……こんなこと、いけません……」

「感じてきたのか、理奈子、ヒヒヒ」

「そ、そんな……あ、ああ、いや……」

理奈子は頭を振りたくった。

まさぐられる媚肉が火のように熱くなっていく。その熱が妖しいしびれとなって、背筋を走った。

夫との愛の営みでつちかわれた理奈子の性感覚は、その妖しいしびれが女の官能を呼び起こすことを充分に知っている。それだけに理奈子はおびえた。

「ああ……やめて……もう、もう、さわらないでください……」

「ヒヒヒ、やはり感じてきたんじゃな。お汁が湧きでてきおった」

「う、ウソッ……ウソです、お義父さまッ」

辰造はニヤリと笑うと、媚肉の合わせ目に分け入らせた指を、理奈子の鼻先にかざして見せた。甘蜜にまみれて、ねっとりと糸を引いている。

「いやッ」

理奈子は悲鳴をあげた。

「ヒヒヒ、どんどんお汁が滲みでてきおるぞ、理奈子。直也という連れ合いがありながら、この感じようは、やはり魔性の女か……」

「違います。お義父さま、もうゆるして……こんなひどいことはやめてください……」

理奈子は腰をよじりたてながら泣いた。もう、かれこれ三十分近くも、シワだらけの指で執拗にまさぐられている。

妖しいしびれは、ツーン、ツーンと次第に大きくなり、それは女芯と媚肉の肉襞、そして乳首の三カ所から絶えず湧きあがって、身体中の肉へひろがっていく。まるでドロドロにとろけさせられていくようだ。

「気持ちいいと言ってみろ、理奈子」

「いやッ」

「ヒヒヒ、こんなにお汁を溢れさせても、まだ魔性の正体を現わさん気か」

辰造は数珠を手にして、なにやらわけのわからぬ呪文を唱えはじめた。頭から湯をかぶり、理奈子にも湯をかけて、呪文をブツブツと口にする。

「ああ、やめて、お義父さま……理奈子は魔性なんかではありません……」

「うるさいッ。まだ強情を張る気か」

辰造は、脱衣場からなにやら持ちだしてきた。

「ヒヒヒ、これで魔性をあばいてやる」

いきなり見せられたもののおぞましさ、恐ろしさに理奈子はひッと息を呑んだ。

男の肉塊をかたどった不気味な張型である。真っ黒の生ゴムのようで、リアルに血管まで浮きでていた。スイッチを入れると、ジーと不気味な電動音とともに、頭がうねり、胴が振動した。

「そ、そんな……お義父さま、気でも違ったのッ。そんなもの、いやですッ」

張型を見る理奈子の目がひきつり、声がふるえた。

いくらなんでも義父が、息子の嫁を犯すことまではしまい……と考えていたのだが、甘かった。義父は本気で、いやや、半分狂気に憑かれているがゆえに、徹底して嬲りぬく気なのだ。

「お、お義父さまッ、いや、いやですッ……そんなもの、絶対にいやッ」

「なにを言っておる。これは理奈子の魔性をあばきだす神聖な道具じゃ。教祖さまから、じきじきにいただいたのじゃからのう」

辰造は張型を手に、また呪文を唱えはじめた。ゾッとするような不気味な狂気の気配があった。

「か、かんにんして……」

「ヒヒヒ、ここはそうは言っとらんぞ。早く入れて欲しいとせがんどる」

「ち、違いますッ、そんなこと……」

そう叫ぶ間にも、張型の先が乳房に押しつけられて、理奈子は戦慄の悲鳴を噴きあげた。乳房をグリグリ突いてから、下腹へとすべりおりてくる。

「あ、あああッ……」

理奈子は恐ろしさに歯の根も噛み合わず、泣き悶えて悲鳴をあげる。脂汗が噴きだした。

いくらもがいても、後ろ手に縛られて片脚を吊られているのだ。女の最奥はあられもなく開ききって、逃れる術はなかった。張型の先が、繊毛の恥丘を滑って媚肉の合わせ目に触れた。

「あッ、いやあッ、お義父さま……」

おぞましい道具で犯される恐怖と恥ずかしさに、頭の芯が灼けるようだった。

「ヒヒヒ、綺麗なオマ×コをしおって。直也の奴にはもったいない」

「いや、いや……いやあッ……」

ジワジワと媚肉の合わせ目に、張型の頭が分け入ってきた。そこはすでに、しとどの甘蜜に濡れそぼっているのに、引き裂かれるようだった。おぞましい異物を挿入される恐怖と嫌悪感が、理奈子に苦痛を感じさせる。

「う、うむ……裂けちゃう……」

「子供を産んでいるくせに、これくらいは楽に入るはずじゃ」

「そ、そんな……」

張型の太い頭が、ドロドロと溶けはじめている肉を、奥へ巻きこむようにして、重くゆっくりと入ってくる。

理奈子は顔をのけ反らせたまま、たちまち声も出ない状態へと追いこまれた。口から出るのは、ひッ、ひッという短い悲鳴ばかりだ。

それでも、理奈子の身体はまるで待ちかねていたように、張型にからみつき、包みこんで受け入れようとした。成熟した人妻の性が、勝手に応じてしまう。

（こんなことって……ああ、あなた、あなたあ）

異物を使って義父に犯されているというのに、理奈子は自分の身体の成りゆきが信じられない。

張型が少しずつ深くもぐりこむたびに、あらがう気力も遠のいた。ズン……という感じで、張型の先端が子宮に達した。

「ひいッ……」

ひときわ高い悲鳴が、理奈子の唇にほとばしった。白目を剝いた。

「ヒヒヒ……深く呑みこみおって」

辰造は目を細めて覗きこみながら、うわずった声で言った。グロテスクな張型が、美しい理奈子を深々と貫き、白い肌に不気味に黒光りしている。まるで女体に打ちこんだ杭だった。

「ああ……取って……こ、こんなひどいこと……お義父さまを恨みます……」

「魔物にとりつかれておるくせに、ヒヒヒ、今すぐ本性をあばいてやるぞ」

「もう、もう、かんにんして……取って、取ってください……」

理奈子は弱々しくかぶりを振りながら、嗚咽をもらした。じっとしていると、埋めこまれた異物の大きさを感じ取らされ、気が狂いそうだ。

辰造がゆっくりと張型をあやつりだした。呪文を唱えながら、一回一回理奈子に思い知らせるように、えぐりこんだ。

「あ、ああ……やめて……」

理奈子の身体が狼狽を露わにした。すでに執拗なまでにいたぶられた理奈子の媚肉は、あふれたぎるようにとろけきり、重く打ちこまれてくるものに抗しきれなかった。

自分でも情けないまでに、身体中がドロドロととろけだし、いやおうなしに官能の炎に巻きこまれていく。

「あ、あああ……だめ、だめ、お義父さま……や、やめて……」

「どうじゃ、神聖な道具の味は。魔性女にはこたえられんはずじゃぞ。気持ちいいじゃろうが、理奈子、ヒヒヒ」

「い、いや……ああ、いや……」

泣きながらも、理奈子の媚肉から妖しい女の色香がたちのぼり、秘めやかな音がもれはじめる。

「ヒヒヒ、素直に魔性を現わしたらどうじゃ、理奈子」

辰造はバイブレーターのスイッチを入れた。ジーという電動音とともに、張型の頭がうねり、振動した。それは子宮の奥まで、まともに届いた。子宮全体がゆさぶられ、こねくりまわされる。

「ひッ……あ、あむッ……い、いやあ……」

ガクンと理奈子はのけ反ったまま、泣き叫び、うめき、のたうった。

我れを忘れて歔きたくなる。腰が応じようとうねり、頭の芯が真っ白に灼けただれた。

(あむ、あああ……死んじゃう……)

これまで一度も経験したことのない、はらわたがかきまわされるような強烈な感覚だった。

理奈子はたちまち、おぞましさも恐怖も、羞恥さえ忘れて官能の炎に翻弄され、その炎にいざなわれて、絶頂へ向けて追いあげられはじめた。

「あ、あむむッ……とめて、あ、あああ……」

「ヒヒヒ、とうとう魔性を現わしはじめおったのう、理奈子。それでも人妻か」

「そ、そんな……あ、あうっ、あむ……」

まともに息すらできない……。

すさまじい感覚が、張型から送りこまれ、理奈子はひいひいと喉を絞るばかりになった。

「ヒヒヒ……魔性の女め」

辰造のあやつる張型の動きが、一段と激しさを増した。豊満な乳房も、引きちぎられそうに揉みこまれる。

「ひッ、ひッ……あぁッ……」

理奈子の総身が激しく収縮し、吊りあげられた片脚がピンと突っ張って痙攣した。張型がキリキリと食いしめられ、絞りたてられるのが、辰造にもはっきりとわかった。

「ひぃーッ」

ひときわ高く泣き声を放つと、理奈子は何度ものけ反らせた裸身に痙攣を走らせた。

「ヒヒヒ、人妻のくせしおって、神聖な道具で気をやるとは。理奈子、とうとう本性を現わしおったな」

辰造は、狂ったように笑った。

もう肩をあえがせるばかりで、グッタリと余韻の痙攣に沈んでいる理奈子を抱いて、辰造は浴槽につかった。

3

後ろ手に縛った縄はそのままで、張型も咥えこまされたままだった。

「魔物だけあって、美しい顔をしておるわい。今までわしや直也をだましおって」

覗きこんだ理奈子の顔は、固く目を閉じて、わずかに開いた唇からあえぎ声をもらしていた。汗がヌラヌラと光って、まるで初産を終えた新妻のように、輝くばかりの美しさだった。

「神の力を借りて、魔性を取りのぞいてやるぞ、理奈子、そうすれば、もっと子供を産むようになる、ヒヒヒ……」

「ああ……」

理奈子は湯のなかで、義父の膝の上に抱かれながら、魂に滲みわたるような哀しいすすり泣きをもらしだした。

張型で犯されたという異常さが、理奈子にひときわ衝撃と屈辱を感じさせる。

辰造がニヤニヤと顔を覗きこんでいることに気づき、理奈子は弱々しくかぶりを振った。

「ひ、ひどい……ひどいわ、お義父さま……あんまりです」

「なにを言っておる。夫のある身で気をやりおったくせに。それだけ好きなくせに子供が一人とは、魔物がとりついた証拠じゃ」

「そんな……ひどい……」

理奈子はなよなよと頭を振るだけで、辰造の膝の上から逃れる気力もない。子供がかおり一人なのは、夫の直也の希望なのである。自分が七人兄弟の四男だったので、せめてかおりは一人で大切に育てたいというのだ。

だが、それを言っても通じる相手ではない。辰造は、ボケ老人とでも言うのか、半分狂っているのだ。

「ああ、お義父さま……も、もう、ゆるしてください……取って……」

いつまでも張型を咥えこまされたままなのは、みじめでたまらなかった。

「取って……取ってください……」

「だめじゃ。それは理奈子の魔性をあばき、封じこめておくものじゃからのう。それに、まだまだ気をやらせて、魔性がどのくらいのものか調べておかんとのう」

そう言って、辰造はケタケタと笑った。理奈子はかえす言葉もなく、ただ顔を振って涙を流した。

身体を辰造の手で洗い清められると、理奈子は後ろ手に縛られた全裸のまま、二階の寝室へ連れこまれた。深々と埋めこまれた張型は、依然そのままで取りのぞかれはしない。

ベッドの上に、あお向けに横たえられる。

「さ、脚を開くんじゃ、理奈子。毎夜、直也の奴をたぶらかしたこのベッドで、ようく調べてやるぞ」

「ゆ、ゆるして、お義父さま……もう、もう、かんにんして……」

理奈子は湯あがりのピンク肌をうねらせて、泣きながら哀願した。狂った義父にいくら哀願しても無駄とわかっていても、そうせずにはいられない。

「お義父さま、理奈子は魔性の女なんかではありません……ですから、もう、やめてください……」

「開けと言ったら、開かんか、理奈子」

辰造は声を荒らげると、いきなりバイブレーターのスイッチを入れた。まだ余韻のおさまらぬ女体のなかで、張型の振動とうねりが肉をひっかきまわしだす。

「ひッ……あ、ああッ、と、とめてッ……」

「ヒヒヒ、うれしそうな声を出しおって。正体は隠しきれぬのう」

辰造は理奈子の両脚を割り開くと、足首をそれぞれベッドの脚に縛りつけた。腰の下には枕を押しこむ。

「これでじっくり調べられるわい、ヒヒヒ、どれほど淫らな女か、魔性をとことんあばきだしてやるぞ、理奈子」

「あ、あむッ……とめて、とめてください、お義父さまッ……ゆるしてッ」

「そう言いながら、もうお汁を溢れさせとるじゃないか、理奈子、ヒヒヒ、この分じゃ、何回気をやるかわからんのう」

辰造はベッドの上へあがると、開ききった理奈子の太腿の間にあぐらをかき、張型に手をのばした。

「あ、あああ……あむ……」

理奈子はもう、こらえきれずに歔き声を噴きこぼしていた。

あとはもう……いったい何度絶頂を極めさせられたことだろう。

「ヒヒヒ、これほど理奈子が熟しておったとは」

辰造は理奈子の横に添い寝し、乳房をまさぐりながら、じっくりと裸身をながめた。

固く形のよい豊満な乳房、白くなめらかな腹部、ムチムチと官能美あふれる腰から太腿への肉づき、どれをとっても魔性の女にふさわしい妖美さだった。

理奈子は半分気を失うように眠りこんでいた。もうカーテンの隙間からは朝日が射しこみ、小鳥のさえずりが聞こえる。

理奈子はまだ、後ろ手に縛られて張型を咥えこまされたままの姿だった。太腿は開ききり、おびただしく責められた名残りがいちじるしかった。

「やはり、本格的に魔物祓いをせねば、ならんようじゃのう」

辰造はまだ、そんなことをブツブツとつぶやいていた。理奈子の成熟した女体を前に、張型だけで責め、自分の生身では犯していない辰造だ。狂っているのか、それとも嫁にはさすがに気後れするのかは、わからない。

辰造は服を着ると、理奈子の足の縄を解き、ゆり起こした。ううッとうめき、右に左にと顔を振るようにして、理奈子は目を覚ました。

「ああ……お義父さま……」

理奈子はうつろな瞳で、辰造を見た。それから、ハッと我れにかえった。

「も、もう、かんにんしてください。お義父さま」

「なにをうろたえておる、理奈子。もう朝じゃぞ。夜と朝の区別もつかんようになったのか」

「…………」

理奈子はうなだれるようにシーツに顔をうずめると、小さくすすり泣きだした。股間の張型が、いやでも昨夜のことを思い起こさせた。

「お、お願いです、お義父さま……もう、もう、取ってください……」

張型を取りはずして欲しいと、理奈子はすすり泣く声で哀願した。このままでは、あまりにみじめすぎる。

ヒヒヒッと辰造は笑った。それまで理奈子の足首を縛っていた縄を取りあげ、二本束ねると、その真んなかあたりに大きな結び目のこぶをつくりはじめた。

「なにを……なにをする気なのです、お義父さま」

理奈子はおびえた瞳で義父を見た。

「理奈子のなかへ埋めこんであるのは、神の封印じゃからのう。それを取るとなれば、代わりの封印をせねばならぬぞ」

「いや……変なことはいやです……」

理奈子は後ろ手に縛られた裸身で、ベッドの上をずりあがろうとした。その足首をつかまれ、引き戻されて上体を抱かれた。

「おとなしくしておれ」

辰造は二本束ねた縄尻を、理奈子を後ろ手に縛った縄につなぐと、首の左右から前へ垂らした。

「お、お義父さま、なにをなさる気なのッ」

そう叫ぶ間にも、太腿が割り開かれて張型が引き抜かれた。

一瞬、スーと外気のしのびこんだうつろに、縄目が当たった。ちょうど縄の結び目のこぶが、媚肉の合わせ目にくいこむ。

「いやッ、お義父さま……こ、こんなの、いやですッ。離してッ……いや、いや、いやですッ」

後ろにまわされた縄が、臀丘の谷間にくいこむ感覚に、理奈子は激しく動転して身をもがかせた。

「ひいッ……い、いやあ……」

理奈子はひきつった悲鳴をあげた。その時バタバタと階段をかけあがってくる音がした。娘のかおりである。

「ママ、ママッ」

昨夜は離れの祖母のところへ泊まったかおりが、勢いよく寝室へ飛びこんできた。

辰造はすばやくタオルケットで、理奈子の裸身をおおった。手には理奈子の双臀へまわした縄尻を握ったままである。

「か、かおりちゃん……」

理奈子は狼狽した。まだ幼いとはいえ、我が子の前でタオルケットの下は全裸で縛られていると思うと、生きた心地もない。

「ほう、かおりはもう目が覚めたのか。早起きじゃのう。よしよし、カーテンを開けておくれ」

辰造はあわてる様子もなく、孫のかおりに向かって笑顔をつくった。かおりはこっくりとうなずいた。

寝室のカーテンをかおりが開ける間に、辰造は理奈子の後ろへまわした縄を、グイグイと絞りこんだ。

「うッ……うむ……」

理奈子は歯を噛みしばって、悲鳴を噛み殺した。大きな縄の結び目のこぶが、媚肉の合わせ目に分け入って、ググッと女芯にくいこんでくる。

「ああッ……い、いやッ……」

耐えきれずに、理奈子の噛みしばった口から声がもれた。

「ママッ……」

かおりがびっくりしたように、理奈子の顔を覗きこんだ。

「ママ、どうしたの？」

「か、かおりちゃん……」

そう言うのがやっとで、理奈子は言葉がつづかない。それ以上言うと、わあッと泣きだしてしまいそうだった。

辰造は後ろへまわしてくいこませた縄尻を、タオルケットの下ですばやく理奈子の後ろ手のところで留めると、孫のかおりを抱きあげた。

「かおり、今朝は離れのばあさんのところで、ごはんを食べなさい」

「ママは？」

「心配ない。すぐ起きるからのう」

辰造はかおりの頭をやさしく撫でた。

「はあい、おじいちゃま」

「よしよし、かおりはいい子じゃ。あとで褒美におもちゃを買ってやるからのう」

辰造はかおりに頬ずりした。

4

かおりが寝室を出ていくと、理奈子はにわかに泣きだした。肩をふるわせ、身を絞るようにして泣く。

「いやッ、お義父さま……こ、こんなの、いやですッ」

「ヒヒヒ、股縄の封印はどうじゃ。淫乱な理奈子にはお気に入りかな？」

辰造はタオルケットを剝ぎ取った。

理奈子は太腿をすり合わせることもできない。

へたに腰をよじろうものなら、ズキンと妖しい電流が女芯から背筋に流れる。

「ああ、取って……こんなこといや、いやですッ。こんなこと、される覚えはありません」

「魔性の女は皆、そう言うんじゃ」

辰造は、理奈子をベッドから引きずりおろして立たせると、さらにきつく股縄を絞りあげた。ひいッ……と理奈子は悲鳴をあげ、爪先立った。

「ヒヒヒ、いい声で泣きおるわい」

辰造はニタニタと笑った。つい今しがた、孫のかおりに頰ずりしていたのと、同一人物とはとても思えなかった。

辰造は洋服ダンスから理奈子の春のコートを取りだすと、理奈子の肩に羽織らせた。色はベージュ、膝上十センチくらいのサンローランのシックなコートである。

「ああ、お義父さまッ……ど、どこへ行こうというのですか」

「ヒヒヒ、黙って言う通りにすればよい」

「いや、いやですッ……かんにんしてッ」

外へ連れだされるとわかって、理奈子は総身が凍りついた。

いくら抵抗しようとしても、身体は言うことをきかなかった。後ろ手に縛られているうえに、股縄をされているので、もがこうと腰を振れば、きつい縄目がいっそうくいこんで、ズキンと衝撃が走る。

「お、お義父さま、そんなひどいことはしないで」

どこへ連れていかれるのかという恐怖よりも、外へ連れだされること自体が恐怖だった。薄いコートの下は、後ろ手に縛られ、股縄をされた全裸なのだ。あとは、とびきり踵の高い黒のハイヒールをはかされているだけだ。

外へ連れだされた理奈子は、まともに顔もあげられず、生きた心地がしなかった。辰造に身体を支えられ、半分引きずられるように歩かされた。足を踏みだすたびに、股縄が容赦なく媚肉にくいこみ、火にあぶられるようだった。

「かんにんして……お義父さま……」

理奈子はすすり泣くような声で言った。朝の出勤を急ぐサラリーマンや学生が、理奈子の美しさに見とれ、視線を集中してくる。

そんななかを二十分近くも歩かされただろうか、辰造は大きな古い屋敷の門の前でとまった。「大日本敬老子宝教」と門に看板がかけられていた。辰造が信仰している新興宗教の殿堂のあるところだ。

「ヒヒヒ、ここじゃよ」

「こ、こんなところで、なにをなさるつもりなのです、お義父さま……」

理奈子はおびえて、声がふるえた。

「ヒヒヒ、なにを今さら。理奈子の魔性をここでお祓いしてもらうんじゃよ」

「そんな……」

「さっさと入らんか」

辰造は理奈子の腰に手をまわし、門をくぐった。

本堂は敷地の一番奥まったところにあった。その入口ですれちがった若い女性を見て、理奈子は思わず身ぶるいした。

黒髪はおどろに乱れ、まるで湯あがりのように濡れた肌、そして足もとがフラフラとおぼつかなげで、老人に支えられている。衣服も乱れ、まるで犯された直後みたいだった。肩がふるえているのは、泣いているせいだろう。

(ああ……)

自分もまた、ここを出る時はあんなふうにされるのでは……恐ろしい予感に、理奈子は身ぶるいした。

「ああ……お義父さま、こわい……」

「ヒヒヒ、無理もない。魔性にとって神は恐ろしいはずじゃ」

辰造はせせら笑った。

本堂の入口でしばらく待たされた。それから重い鉄の扉が開き、なかへ入ることをゆるされた。

広い板の間の正面に、大きな鬼面像があり、その前に祭壇があった。赤々と火が燃えている。中央に男が一人、その左右にも男が二人ずつ座って、なにやら妖しげな呪文を唱えていた。男たちは黒装束に身をかため、老人ばかりである。

辰造は板の間にひれ伏すと、同じように呪文を唱えてから、

「息子の嫁を連れてまいりましたが……」

理奈子は生きた心地もしなかった。膝がガクガクとふるえ、逃げだしたいのに足が動かない。

祭壇の炎の前に座った老人が、辰造のほうへ向きを変えた。大日本敬老子宝教の二代目教祖の西園寺である。

「これは先生、お待たせいたしした」

西園寺は辰造を先生と呼んだ。辰造のように学識も地位もあった老人の入信者はめずらしく、皆、辰造を先生と呼ぶようになっていた。

「これが嫁の理奈子です」

辰造は立ちあがって、理奈子の顎に手をやると、顔をうわむかせた。

「お、お義父さま……」

理奈子はいっそうおびえてコートの下の裸身を硬直させた。全裸のまま股縄をかけられているという事実が、理奈子に反発の気力さえ萎えさせる。

西園寺の目が、ジロッとするどく理奈子を見た。理奈子をすくみあがらせるような、女をものとしか見ない冷たい目だ。

「これは美形だ。写真で拝見したよりも、はるかに美しい……うむ、ううッ、美しすぎる。これはただならぬ気配を感じますぞ」

西園寺はおおげさに、声を高めた。

「その女は魔性だと見抜いた私の眼力に、間違いはない。どうです、先生、昨夜は教え通りに神の道具を使われましたかな」

「は、神の教えのままに……」

辰造は両手を合わせた。すべては辰造が、教祖の西園寺に言われてやったことだという。

「では、股に神の封印もしてありますな」

「はい」

「では、さっそく理奈子奥さんの裸を見せてもらいますかな」

西園寺の口もとが、ニヤッと笑ったようだった。

「いやッ」

理奈子は弾かれるように叫んでいた。こんな得体の知れない男たちの前で、裸にされるなど考えただけでも、気が遠くなる思いだった。

「いや、いやですッ……」

「これ、理奈子。おとなしく裸をお見せせんか。さもないと、魔性にとりつかれたままじゃぞ」

「いやあ、お義父さまッ……り、理奈子は魔性になんか、とりつかれていませんッ」

理奈子は媚肉にくいこんでくる縄目のおぞましさも忘れて、逃げようともがいた。

だが、薄地のコートは肩に羽織らされているだけである。たちまち辰造の手で剝ぎ取られてしまった。

「ひッ……いやあ……」

本能的に身をかがめて裸身を隠そうとするのを、辰造につかまえられて抱き起こされた。

西園寺の左側に陣取っていた老人二人が、立ちあがって辰造を手伝う。天井から鎖を引きおろして、理奈子を爪先立ちに吊りあげた。

「脚も開かせなさい。魔性は股間にひそんでいることが多い」

西園寺は平然と言った。左右から理奈子の足首がつかまれた。

「いやあッ……た、たすけて、お、お義父さまッ」

いくら泣き叫んでも、本堂のなかは防音装置が完璧にほどこされている。

メリメリと音をたてんばかりに、理奈子の両脚が左右に引き裂かれた。ムッチリと官能美あふれる太腿が、あらがいに波打ち、乳房がブルブルふるえた。

「まだまだ、もっと開かせるのです」

理奈子の両脚は、極限にまで引きはだけられて押しつけられた。内腿の筋がピーンと張って、ヒクヒク痙攣した。

「いや、いやあッ……」

号泣が理奈子の喉に噴きあがった。

西園寺が立ちあがって、ゆっくりと理奈子に歩み寄る。理奈子の裸身を見る西園寺の目が、不気味に光った。

「なんという妖しい身体をしていることか……これほどいい身体をしているとは」

西園寺はじっくりと理奈子の裸身をながめた。頭の上から爪先まで、前も後ろも舐めまわさんばかりだ。

西園寺の視線が突き刺さるたびに、ビクッ、ビクッと理奈子の裸身がすくみあがった。祭壇の右側に陣取っている二人の老人が、数珠を手に呪文を唱えはじめた。

「では、封印を解きますかな」

うなずいた辰造は西園寺と一緒に理奈子の股縄を解きだした。

「い、いやあ……やめて、やめてくださいッ」

理奈子は顔をのけ反らせて、腰を振りたてた。

「こりゃ、ずいぶんとくいこんでいる」

「いや、いやッ……たすけてッ……」

「ヒヒヒ、縄が濡れとるじゃないか。これではますますお祓いをしてもらわねばのう」

「いや、お義父さまッ」

媚肉の粘膜から引き剝がすように、縄の結び目のこぶが取りはずされた。縄目の刺激に赤くただれた媚肉は、妖しいまでに濡れそぼっていた。

「ああ……」

浅ましい我が身を男たちの目にさらす屈辱と羞恥、恐ろしさに、理奈子は顔を振りたてて号泣した。

5

西園寺は理奈子の正面にかがみこんで、開ききった太腿の奥を執拗なまでに覗きこみ、丹念にまさぐった。指先で媚肉の合わせ目を開き、肉襞のひとつひとつを確かめるようにする。

「これはすごい。これほど強力な魔性は、これまで感じたことがない」

西園寺はさも理奈子の魔性におののいたかのように、わざとらしくよろめき、呪文を口にした。

「これではお孫さんが一人しかできないわけだ。それどころか、息子さんも精を搾り取られてとり殺されてしまいますぞ」

「どうすれば、よろしいんでしょうか」

信者の辰造にとって、教祖の言うことは絶対だった。

「特別のお祓いをしてあげましょう」

西園寺はもっともらしく言った。ようやく理奈子の媚肉から手を離すと、立ちあがって理奈子の黒髪をつかんだ。

「奥さん、封印も解いてあげたことだし、そろそろ正体を現わしなさい」

「そんな……理奈子は違いますわ」

理奈子は泣きながら言った。

「この私には、もうわかっている。さっさと正体を現わすんだ」

「ああ……狂ってるわ。あなた方はまやかしよ」

「強情を張る気だな。では、奥さんの身体に聞くとしますか、フフフ、どこが魔性の源か、もうわかってますからねえ」

西園寺は手の数珠で、パシッと理奈子の双臀をはたいた。それから、理奈子の後ろにかがみこんだ。

「祓いたまえ、清めたまえ」

西園寺の手が、理奈子の双臀に触れた。

臀丘が左右へ割り開かれたかと思うと、西園寺の指先が思いがけない箇所に、触れてきた。

「ひぃッ……ひッ、ひッ、いやあ……」

ビクンと弾かれたように、理奈子は金切り声をほとばしらせた。おぞましい排泄器官である。肛門をいじられるなど、思ってもみなかった。

「そ、そんなッ……そんなところを……いや、いやあッ……」

いくら腰を振りたてて泣いても、西園寺の指は蛭のように吸いついて離れなかった。ゆるゆると円を描くように揉みこまれて、嫌悪と汚辱に胴ぶるいがきた。

「いやあッ……お義父さま、やめさせてッ」

「祓いたまえ、清めたまえ」

「あ、ああッ……いや、いやッ……」

そんな箇所を男の指にゆだねるあまりの恥ずかしさに、頭の芯がジリジリ灼けた。

西園寺は、ゆるゆると揉みこみつづける。

「祓いたまえ、清めたまえ」

そう繰りかえしながら、指先で理奈子の肛門の吸いつくような粘膜の感触を楽しんでいる。

おぞましさにすくみあがり、必死にすぼめている理奈子の肛門は、揉みこまれるにつれて、ヒクヒクと痙攣した。

「ああッ……お義父さまッ……ああッ、たすけて」

泣きながら辰造に救いを求めても、辰造は他の四人と呪文を唱えながら、見ているばかりだった。

「実に可愛い尻の穴をしている。奥さん、白状しなさい。この尻の穴に魔性がひそんでいるのは、わかっているんだ」

西園寺が理奈子に、ささやくように言った。理奈子は泣きながら、かぶりを振った。悪寒が絶えず背筋を走った。

「いやッ……ああ、そんなところをさわるなんて」

「フフフ、ヒクヒクさせて、奥さんは尻の穴まで素晴らしい」

「ああッ、指を……指を離してッ」

必死にすぼめているのを、ゆるゆると揉みほぐされて、ふっくらさせられていく感覚が、たまらなかった。全身の血が逆流し、毛穴から噴きださんばかりだ。

抑えても抑えきれない泣き声が、理奈子の口から噴きこぼれた。

「どれ、尻の穴のなかも少しばかりいじってみるか。正体を現わすかもしれん」

「い、いやあッ……」

腰を狂ったように振りたてるのを押さえつけて、西園寺はジワジワと指先を理奈子の肛門にもぐりこませた。

「ひいいッ……」

理奈子の上体がのけ反り、裸身が激しく硬直した。

西園寺はきつく指を締めつけてくる妖美な感触を楽しみながら、深く理奈子の肛門を縫った。食いちぎらんばかりに締めつけ、ヒクヒクとおののいている。

その奥には、前人未到の腸腔が、妖しく溶けていた。熱く、指先がとろけるようだった。

「どうかな、奥さん。白状する気になりましたかな、フフフ」

理奈子はもうあまりに異常ないたぶりに、かえす言葉も失って泣くばかりだ。

西園寺は深く埋めこんだ指で、腸襞を掻くように指をまわしはじめる。

「これならどうかな、奥さん」

「う、動かさないでッ……ひッ、ひッ」

「強情な女だ。もっとも、そのほうが私としてもお祓いのしがいがあるが、フフフ」

西園寺はうれしそうに笑うと祭壇をふりかえって、呪文を唱えている一人に目配せした。男は黙ってうなずいた。なにやら準備をすると、白い布にくるんで西園寺のところへ持ってくる。

それを受け取った西園寺は、理奈子の泣き顔を見あげて、ニヤッとした。

「奥さんの魔性は思ったより強いようだ。こうなれば聖水を使わせてもらいますよ、フフフ、どこまで神の水に耐えられるかな」

「ああ……こ、これ以上、なにを……あ、あむ……しようというのですか……」

「フフフ、これですよ。この道具を使って、奥さんの尻の穴に聖水を注入してあげようというわけですよ」

西園寺がかざして見せた道具とは、長大なガラス製の注射型浣腸器だった。すでに薬液が充満されている。

ひっと理奈子の瞳が凍りついた。

「そ、そんな……」

驚愕と恐怖に声がつまった。

聖水と偽って理奈子に浣腸しようとしている。気の遠くなるような現実だった。

「フフフ、普通はこれの四分の一以下の量なんですがね。奥さんには特別にたくさん入れてあげますよ。量にして五百CCというところかな」

「そ、そんなことッ……バカな真似はやめて……いや、いやです」

あまりの恐ろしさに、声がまともな言葉にならない。身体中がふるえだし、脂汗が滲みでる。

「聖水を怖がるとは、正体を現わしはじめましたな、奥さん」

西園寺はせせら笑うように言った。

指が引き抜かれ、代わっておぞましい嘴管の先端がゆっくりと深く、理奈子の肛門を貫いていく。

「ああ……い、いやア」

悲鳴をあげて、拒もうと理奈子の双臀がうごめいた。

本当に浣腸される……そう思うと、理奈子は気も遠くなる恐怖に、頭を振りたて、双臀をゆすらずにはいられなかった。

「正体を見せるのだ」

「や、やめてえッ……」

「祓いたまえ、清めたまえ」

西園寺は深々と埋めこんだ嘴管を、円を描くように動かしつつ、ゆっくりとポンプを押した。

「あ、ああッ……こんなッ……あむ……」

理奈子はピクッと裸身を硬直させ、ワナワナとふるえた。

チュル、チュルルッと冷たい薬液が重く流入してくる。男根に犯され、精を大量に注がれるみたいだ。あまりのおぞましさに、裸身が総毛立ってふるえがとまらない。

「や、やめてッ……あ、あむ、こんな恥ずかしいこと……ああッ」

「祓いたまえ、清めたまえ」

西園寺は低く言いながら、ゆっくりと注入をつづけた。嘴管の薬液が、不気味に渦巻いて流入する。

「いい、いや……ああ、いや……」

理奈子の泣き声が力を失って、弱々しい嗚咽に変わっていく。薬液がジワジワと腸襞を蝕むあまりに異常な感覚に、気力も萎えていく。

「う……ううッ……」

「フフフ、聖水が効きはじめたようだ。祓いたまえ、清めたまえッ……」

「うむ……ううッ、かんにんして……」

嗚咽に苦しげなうめき声が混じりはじめ、腰がくなくなとゆれた。

注入されるのは、聖水とは名ばかりで、中身はグリセリンの原液だった。それがいきなり五百CCも浣腸されるのだから、理奈子にはたまらない。荒々しい便意が、早くも急激にふくれあがった。

「うう、うむッ……こんな、こんなことって……も、もう、入れないで……」

理奈子は歯を噛み鳴らしつつ、身ぶるいしはじめた。ふるえる白い肌に、脂汗が滲みでた。

そんな理奈子を、辰造が食い入るように見つめている。呪文を唱える口もそぞろで、目が妖しく光っていた。もう、すっかり理奈子の身体に魅せられ、それにとりつかれている様子だ。

それは教祖の西園寺とて同じだった。ポンプを押す手がふるえた。

「魔性だ……奥さんは魔性の女だ。ううッ、祓いたまえ、清めたまえッ」

西園寺は湧きあがってくる欲情をぶつけるように、一気にポンプを押しきった。

6

五百CCのグリセリン原液は、一滴残さず理奈子のなかに注入された。

理奈子は固く目を閉じて、ハアハアッとあえいでいる。だが、これで終わったわけではない。浣腸というおぞましい衝撃に打ちひしがれている暇さえ与えられず、

「うッ、ううむ……」

理奈子は歯をガチガチ鳴らしながらうめいた。総身が激しい便意に青ざめて硬直し、脂汗を噴いた。

腸がキリキリとかきむしられるみたいだった。身体のなかのふるえがとまらなくなり、肛門がヒクヒク痙攣しはじめる。

「う、うッ……ああ……」

「フフフ、そんなにふるえて、どうしましたかな、奥さん」

西園寺はわざととぼけて聞いた。その目は理奈子の肛門に吸いついたように離れない。

辰造もまた、呪文を唱えるのも忘れて、理奈子の肛門に見入っていた。もう理奈子が、息子の嫁であることも忘れ、メラメラと欲情の炎が燃えあがる。

「あ、あ……ど、どうしよう……」

理奈子の美貌がひきつった。もう一時もじっとしていられないように、腰をよじりはじめた。

いくらこらえてもこらえきれない生理現象、しかもそれは、時とともに容赦なくふくれあがってくる……恐ろしい破局を思うと、理奈子は目の前が暗くなった。

「祓いたまえ、清めたまえ……」

西園寺の声がわざとらしく、どこか芝居めいていた。声にあざ笑っている響きがあった。理奈子が脂汗にまみれた顔で、後ろの西園寺をふりかえって、

「お、お願いです……」

もう耐えきれないように泣き声をあげた。

「なんですか、奥さん、フフフ……」

「お、おトイレに……行かせて……」

「ほう、トイレに行きたいとは」

ククククッと西園寺は笑った。笑ってから、数珠でピシッと理奈子の双臀を打った。

「魔性の正体見たり」

西園寺は声を荒らげた。

だが、理奈子はそれどころではなかった。荒々しい便意が猛烈に駆けくだってきているのだ。今にも爆ぜそうな肛門を必死に引きすぼめているのがやっとで、息さえするのも苦しい。

「ああ……も、もう……早く、おトイレに行かせてくださいッ、たまらない……」

「フフフ、神聖な神の水をトイレでひりだしたいとは」

「そ、そんなッ……」

「魔性ではないというのなら、聖水はすべて身体に吸収されるはず。フフフ、とうとう本性を現わしましたな、奥さん」

「あ、ああ、ひどい、早く……お、おトイレにッ」

「耐えるのです、奥さん」

聖水が理奈子のお腹のなかに多ければ多いだけ、お祓いの効き目も大きい……西園寺は平然と言ってのけた。

「祓いたまえ、清めたまえ……」

西園寺はまた唱えはじめた。

理奈子はもう、反発する気力もなく、唇をキリキリ噛んだ美貌を苦悶にひきつらせ、襲いかかる便意に総毛立っている。

「お、お願い……おトイレに……」

いくら哀願しても無駄と知った時、絶望が理奈子をおおった。もはや縄を解かれても、一人では歩けない。極限まで迫った便意が、ジリジリと理奈子を灼いた。

理奈子は肛門の痙攣を自覚した。

「あ、ああッ、だめえ……」

最後の気力を振り絞ろうとしても、だめだった。

「み、見ないでッ……あ、ああッ、あ……」

便器があてがわれると同時に、耐える限界を超えた便意が駆けくだった。いったんほとばしりだすと、もうとめられなかった。

号泣が理奈子の喉をかきむしった。

「フフフ、派手にひりだすねえ。聖水を汚物に変えてしまうとは。それに、この気持ちよさそうな顔、これで奥さんの魔性は決定的ですな」

西園寺がからかうように言った。

だが、その声も理奈子にはもう、聞こえなかった。理奈子は半分気を失ったような状態だった。

昨夜から辰造に責められつづけて、トイレに行くことをゆるされていない理奈子だ。

おびただしく排泄した。小便まで一気に弾けさせた。

永遠とも思われる時間の流れだった。

ようやく天井から吊った鎖からおろされ、板の間に横たえられたのさえ、理奈子は気づかなかった。頭のなかは空白で、すべてが灼きつくされた感じだった。

「理奈子、お前という女は……」

辰造がブツブツ言いながら、理奈子の肛門を指でいじっている。ピンクの肉襞さえ見せて腫れぼったくふくれた肛門を、ゆるゆると指先で揉みこんで排泄のあとを清めているのだ。理奈子の肛門は、まだおびえているのかヒクヒクとうごめいた。

「こ、こんな……尻の穴をしていたとは……」

辰造はうなるように言った。

西園寺は、便器を祭壇にささげて、さかんに呪文を唱えていた。

理奈子はようやく我れにかえったのか、シクシクと小娘のように泣きだした。

決して他人の目にさらすことのない、秘められた排泄行為を、あますところなく見られたのだ。

「気がついたかな、奥さん」

祭壇の前から、西園寺が理奈子をふりかえった。

「今、おうかがいを立てたのだが、奥さんの魔性はちょっとやそっとではお祓いができないことがわかった」

特別のお祓いをせねばならん……と西園寺は低いがきつい口調で言った。

「神の間へ魔性の女をひったてぃッ」

西園寺の左右にひかえる四人が、理奈子に近づくと、裸身を抱きあげた。

「ああ、お義父さま……」

理奈子はおびえて、辰造の名を呼んだ。だが、もうあらがうことはできず、されるがままだった。

理奈子にどんな特別のお祓いがされるのか、辰造はついていって見たかったが、神の間は、教祖の西園寺とその側近の四人以外は立ち入り禁止の神聖なる部屋である。

辰造はその場にとどまって、呪文を唱えるのがしきたりだった。

神の間は、ちょうど祭壇の裏側にあった。

理奈子が側近たちの手で神の間に運び去られてからすぐ、理奈子の悲鳴が辰造の耳に聞こえてきた。

「いや、いやあ……も、もう、いやあッ」

泣き声に、ひッ、ひいッという金切り声が入り混じった。

「たすけてッ……お義父さま、い、いやあ……」

なにをされているのか……理奈子の悲鳴だけで、祭壇に隠されて辰造には見えなかった。覗くことは禁じられている。

「理奈子、いい声で泣きおって……どこをお祓いされとるんじゃ、尻の穴か……た、たまらん」

辰造はうなるようにつぶやいた。見えないことが、かえって辰造の欲情をかきたてる。

神の間は、八畳ほどで、一面鏡張りであった。床を除いて壁も天井も鏡だ。窓ひとつなく、部屋のなかはなにも置かれていない。

だが、西園寺がボタンを押すと、床や天井の一部が開いて、鎖や縄がおりてきた。

理奈子は後ろ手に縄で縛られた裸身をその鎖につながれていた。床の上にひざまずかされ、上体を前に押し伏せられて、双臀を高くもたげる姿勢をとらされていた。

「ああ……い、いやあ……も、もう、しないでッ」

理奈子は耐えきれずに泣いている。

高くもたげさせられた理奈子の双臀には、長大なガラス製の浣腸器が突き刺さり、西園寺が笑いながらポンプを押していた。

たてつづけの浣腸である。一度目の浣腸の直後とあって、つらかった。ただれきった肛門と腸襞に、グリセリン原液がキリキリとしみて、灼かれる。注入がはじまると同時に、便意が理奈子をさいなみはじめるほどである。

「どうかな、奥さん。こうやって浣腸される気分は、フフフ」

西園寺は、聖水でのお祓いなどでなく、浣腸であることを認めている。

それだけではなかった。

「まったくいい女が手に入ったよ、フフフ」

「信者たちに提出させた身内の女たちの写真のなかでも、この理奈子は飛びぬけてましたからね。最高の獲物がとれたわけだ、へへへ」

「それにしても、西園寺教祖もうまい手を考えますな」

「フフフ、あの辰造には息子の嫁を抱きたいなどと思わせるよう洗脳するのには苦労した」

男たちは声をひそめて言うと、へらへらと笑った。

辰造が色ボケ気味なのをいいことに、その欲情を理奈子に向けさせ、それを利用して理奈子を魔性の女にしたてたのである。

「あなたたちは、なんという恐ろしいことを……」

あまりのことに、理奈子は言葉がつづかなかった。蒼白な美貌をひきつらせ、理奈子はワナワナと唇をふるわせた。

信者の老人たちの信仰心を巧みに利用して、息子の嫁や娘、孫娘の写真を提出させ、そのなかからいい女を見つけ、魔性の女にしたてあげ、お祓いと称してもてあそぶ。

「……そ、そんなことをして、ただですむと思っているのですか」

「フフフ、奥さんは、このことを誰にも言えなくなる」

西園寺は低く笑うと、浣腸器のポンプを一気に押しきった。

第二章　聖なる白濁

1

本堂に残された辰造は、呪文を唱えながらも、必死に聞き耳を立てていた。

理奈子は西園寺とその側近たちに、入れ替わり立ち替わり浣腸されているのだが、辰造にはわかるはずもない。聞こえてくるのは、理奈子の悲鳴とうめき声ばかりだった。

「あ、あむッ……きつい、きついわッ……ううむ」

理奈子は浣腸と排泄を繰りかえされていた。浣腸されては出し、出してはまた浣腸される……もう六回も繰りかえされたむごい浣腸責めだ。

総身はしとどの汗で、黒髪までも湿るようなつらく恥ずかしい責めである。もうなにも出ない。注入された五百ＣＣのグリセリン原液が、そのまま排泄される。ただれきった腸腔がヒリヒリと灼ける。

「ああ……も、もう、かんにんして……む、むごいわ……た、たまんない、うッ、ううむッ」

そんな理奈子の泣き声に、次第に辰造の目が焦れたように欲情の色を濃くしていく。

（理奈子……わしは、わしは理奈子を……）

辰造は、理奈子を犯し、あらん限りの辱しめを加えてみたいという欲情を抑えきれなくなりつつあった。

辰造は、これまでことあるごとに西園寺に、中世の魔女狩りの拷問図を見せられ、

「このように理奈子を責めてみませんか。理奈子は、責めれば責めるほど、味の出る女ですぞ。さあ、ご自分の欲望に正直になりなされ」

と、そそのかされてきた。それは一種の暗示であり、催眠術であった。その効果が今になって、聞こえてくる理奈子の悲鳴に煽られるように表われてきた。辰造の心の奥底にあった理奈子への想いが、嗜虐の欲情となってメラメラ燃えあがる。

（り、理奈子……このお祓いがすめば、わしの女にしてやる、ヒヒヒ）

辰造は呪文を唱えながら、自分に言い聞かせていた。そのことがまた、神のお告げ

だと信じこんでいる辰造だった。

神の間では、西園寺とその側近たちが執拗に理奈子を責めつづけていた。むごい連続浣腸責めに、グッタリとしている余裕も与えず、たてつづけに理奈子を責めるのだ。

理奈子の身体はあお向けにひっくりかえされ、左右から両脚をまっすぐ上へ持ちあげられて、V字型に開かされていた。そのため、理奈子の股間はあられもなく開ききって、股縄でさんざんいじめぬかれた媚肉も、連続浣腸でただれた肛門も、なにもかも剝きだしだった。

「あ、あ……」

理奈子が唇を嚙みしめた美貌を、右に左にと振った。

かがみこんだ西園寺が、うれしそうに手にした数珠を、理奈子の肛門に押し入れてくる。数珠の輪を解いてひとつひとつ押しこむ。

「ああッ……い、いやッ……」

いくら唇を嚙みしめ、顔を振っても、だめだった。ヌルッ、ヌルッと数珠玉は入ってきた。連続浣腸の直後とあって、ただれきった粘膜が、ズキズキとうずいて灼きつくされそうだった。

だが、それよりもたまらないのは、深く呑みこまされた数珠玉が引きだされる時だった。

「ひぃーッ……」

理奈子は死にそうな悲鳴をあげた。

引きだされる数珠玉の列とともに、腸襞まで引きだされるみたいだった。数珠玉にただれた肛門の粘膜が、外側へ向かってめくりだされる。

「どうかな、奥さん。浣腸されたあとの尻の穴を責められる気分は、フフフ」

西園寺は、数珠をズルズルと引きだすと、またゆっくりと埋めこんでいくことを繰りかえした。

「フフフ、気持ちいいだろ」

聞いても理奈子の返事は、ひぃーッという悲鳴だけである。

「魔性の女に、神の数珠はたまらんはず。ほれほれ、尻の穴もヒクヒクおののいている、フフフ、もっといい声で泣かせてやろう」

その言葉が合図のように、側近たちが理奈子の身体に、手を這わせはじめた。

左右から理奈子の乳房がわしづかみにされて揉みしだかれ、乳首が指先でしごかれれば、理奈子の両脚をV字型に持ちあげていた別の二人は、内腿から媚肉の合わせ目へと指を這わせていく。

「ああッ……ひッ、ひいッ……」

数珠による肛門責めに肌をまさぐる四人の男たちの手が加わった。理奈子は泣き声をひきつらせ、裸身を揉み絞った。

「やめてッ……ひッ、ひッ、やめて……」

背筋のふるえがとまらなくなり、汗にヌラヌラと光る肌に、さらに汗がジトッと滲みでた。

肛門の粘膜をめくりだす数珠の動きと、乳首をつまみ、媚肉の合わせ目に分け入って女芯をいじってくる指の動き……生やさしい感覚ではなかった。

「あ、ああ……いやあッ、ああッ……」

気も狂うような嫌悪とおぞましさにもかかわらず、理奈子は身体の奥底で、女の官能がジワジワとあぶりだされるのを感じた。それは、暗く妖しい倒錯の快美だ。

自分の意志に反して、理奈子の乳首はツンととがり、媚肉は熱くとろけてジクジクと甘蜜をしたたらせはじめる。

「かんにんして……もう、ゆるして……」

嫌悪の泣き声のなかに、どこか艶めいた快美の響きが入り混じった。

理奈子はもう、背筋に妖しく切ない肉のうずきが走るのを、どうしようもなかった。

数珠と指で責められる理奈子の肛門から媚肉のあたりは、おびただしい甘蜜にまみれて、ドロドロにとろけている。

「フフフ、こんなに熟しおって……そろそろごちそうになりますかな」

西園寺は立ちあがって、黒装束を脱いで裸になった。シワとシミだらけの老人の体である。だが、股間に勃起している肉塊は、黒光りを放って、驚くほどのたくましさであった。

その前に、側近たちが理奈子の裸身をあお向けに横たえた姿勢で抱きあげた。

「あ、あああッ、そんな……ひいッ……」

いよいよ犯されるのだと知って、理奈子は悲鳴をあげて、男たちの手のなかでもがいた。頭を狂おしく振りたくる。

「そ、それだけはッ、ゆるして……い、いやあッ」

「フフフ、神精を注いであげます。これこそ最高のお祓いでしょう、奥さん」

「た、たすけて……」

宙に抱きあげられたまま、理奈子の両脚が仁王立ちの西園寺の両肩にかつぎあげられた。西園寺は立ったままの姿勢で、理奈子を犯そうとしている。

火のような肉塊が、理奈子の臀丘に押しつけられた。

「ああ、ゆるしてッ……いや、いやッ、夫がいるんです、それだけはッ」

理奈子の泣き声をあざ笑うように、よじりたてる双臀を滑り、それは思いもしない箇所に……理奈子の肛門にピタリと押し当てられた。

「ひッ、ひッ……いやあッ……」

一瞬なにをされたのか、わからないままに激痛が理奈子を襲った。

ググッと肛門に割りこみ、ただれた粘膜がメリメリ音をたてんばかりに押しひろげられていく。

「いやあッ……ひッ、ひッ、い、痛いッ」

そんな箇所が犯されるなど、正常な性知識しかない理奈子には、信じられない思いだった。

苦痛よりも、そんなところを犯される恐怖と汚辱感に、気が遠くなる。

「う、うむ……そんな、そんなところを……」

「フフフ、奥さんの魔性はこの尻の穴にあるのだよ」

「そ、そんな……裂けちゃう、ひッ、ひッ」

ドッと脂汗が噴きでた。

さんざんいじめられた肛門が、むごくいっぱいに押しひろげられて、火の肉塊を呑みこまされようとしている。埋めこまれたままの数珠が巻きこまれるように、奥へと入る。

「ううッ、ううむ……たすけてッ」

頭のなかで、バチバチと火花が散った。たちまち息もできずに口をパクパクさせ、ひきつった苦悶の悲鳴を放つ。

「奥さん、生娘みたいにジタバタするんじゃない」

「フフフ、そいつは無理だ。奥さんの尻の穴は、まぎれもない生娘だからねえ」

「そうでしたね、へへへ」

男たちはニヤニヤと笑った。

理奈子はむごく不気味に押し入ってくる苦痛と汚辱感に、目の前が暗くなった。まるでくさびでも打ちこまれるみたいで、腹の底までびっしりつめこまれている。

「思ったより楽に入ったな、フフフ、ヒクヒク締めつけおって、いい感じだ」

西園寺は深々と埋めこんで、うれしそうに言った。じっくりと理奈子の腸腔を感じ取った。

「フフフ、ご亭主にもさわらせたことのない肛門を、こうやって犯される気分はどうかな」

覗きこんだ理奈子の顔は、苦悶と衝撃に血の気を失って死体さながらだった。

「ううッ、かんにんして……そ、そんなところでなんて、狂ってるわ……」

理奈子は口をパクパクとあえがせ、息も絶えだえだった。

「か、かんにんして……」

「それじゃ、前に入れ直しますか、奥さん、フフフ、神精は強力だから、一発で孕みますよ、きっと」

理奈子はひッと悲鳴をあげた。凌辱の限りをつくされたあげく、妊娠ということにでもなれば……理奈子はおびえ、おののいた。

「い、いやッ、それは……」

「それなら、尻の穴でやるしかないですな、奥さん、フフフ」

西園寺はゆっくりと腰を突きあげはじめた。

その姿を側近の一人がビデオカメラで撮りはじめたが、それに気づく余裕は理奈子にはもはやなかった。

2

どのくらい待たされているのだろうか。本堂の辰造の耳に聞こえてくるのは、理奈子の悲鳴ばかりだ。泣き、うめき、時には絶叫する。

それをじっと聞かされていて、辰造はたまらなかった。ソワソワと落ち着きがなくなり、焦れて目の色が変わっていた。

(理奈子、どんなことをされているんだ)

辰造は腹のなかで叫んだ。

こらえきれずに立ちあがろうとした時、神の間から西園寺たちが戻ってきた。

「お待たせしました、先生」

西園寺は何事もなかったように、低く落ち着いた声で平然と言った。

「なかなか強情で、だいぶお祓いに手こずらされました」

理奈子の裸身が、ゴロッと板の間の上にころがされた。

「り、理奈子……」

辰造は思わず生唾を呑んだ。

後ろ手に縛られたままの理奈子の裸身は、グッタリとしてまるで死体だった。総身はしとどの汗に、油でも塗ったようにヌラヌラと光り、乱れた黒髪が頬や肩にへばりついている。両目を固く閉ざして、唇を半開きにしてハアハアッと乳房から下腹にかけて、波のようにあえがせていた。

無残ではあるが、辰造の男心をゾクゾクさせる妖しさが、理奈子からたちのぼっていた。

「奥さんには当分、お祓いにかよってもらわねばなりませんな。一応、魔性の尻には神の封印をしておきましたが、まだ不充分」

西園寺が理奈子の双臀を、辰造の目にさらした。

理奈子の肛門にはぴっちりと太い張型が埋めこまれ、栓と化していた。のびきった肛門の粘膜が、妖しく濡れて時折りヒクッ、ヒクッと痙攣を見せた。媚肉もまた、しとどの甘蜜を熱くたぎらせている。

「理奈子……」

辰造の手がふくれあがる欲情にこらえきれず、理奈子の股間にのびた。

「だいぶ、きつくお祓いされたようじゃのう……どこもかしこもとろけて、ヌルヌルじゃ」

「う、うッ……」

理奈子は低くうめいた。うつろな瞳を開いて、辰造を見る。

「ああ……お、お義父さま……」

小さく言って、理奈子はシクシクと泣きだした。もう涙も涸れたはずなのに、あとからあとから溢れでた。

おぞましい排泄器官を犯されたと、義父の辰造に言えるわけがなかった。一度ならず、五回も犯されたのである。西園寺が理奈子の腸腔深く精をほとばしらせると、あとは四人の側近たちが次々といどみかかってきた。男たちの求めたのは、おぞましい肛交である。

「ああ……死にたい……」

理奈子はそうつぶやいただけで、起きあがる気力も体力もない風情だ。

さんざん突きあげられた理奈子の肛門は、張型の栓をされていることで、まだヒリヒリとうずき、痛んだ。

「祓いたまえ、清めたまえッ……」

西園寺がまた、神妙な表情で唱えながら理奈子の裸身の上で数珠を振りはじめる。

ついさっきまで、理奈子の肛門に押し入れられていた数珠だった。

「祓いたまえ、清めたまえッ」

西園寺の声が次第に大きくなる。つい今しがたの西園寺のニヤけた顔がウソのようだ。その下では、辰造が我れを忘れて理奈子の股間をまさぐっている。

「あ、お義父さま……も、もう、やめて……」

と言う理奈子の泣き声も、西園寺の呪文にかき消された。

突然、西園寺の声がピタッとやんだ。西園寺は一度、理奈子の上で数珠を大きく振ると、静かに祭壇の前に辰造のほうを向いて座った。側近たちもその左右に座る。

「神のお告げですぞ」

辰造があわてて理奈子から離れ、板の間にひれ伏した。

「今すぐここで、神の前でその女を犯すのだ。義父であるそなたの精をもって、魔性を明日まで封じこめるのじゃ」

西園寺が低くおごそかな口調で言うと、左右の側近たちが、

「この本堂を出たあと、女の魔性を封じこめられるのは肉親の信者の精のみ」

「その女を、息子の嫁と思うな。魔性をそなたが神に代わって犯すのだ」

「ただ尻の穴の封印を解いてはならぬ。解けばそなたは魔性に呑みこまれてしまう」

もっともらしく言うと、呪文を唱えはじめた。

喜んだのは辰造である。さっきから理奈子を犯したくて、ウズウズしていたのだ。

それが神のお告げで犯せるとなれば、もうなにも考えることはなかった。

「聞いての通りじゃ。神のお告げじゃからのう。ヒヒヒ、神の代わりに犯してやるぞ、理奈子」

「そんな、お義父さま……」

半分死んだようだった理奈子の身体が、恐怖に凍りついた。夫の父に犯されるなど、あっていいはずはなかった。

「いやあッ」

弾かれるように、理奈子の裸身がそりかえった。

下半身を剝きだしにした義父が、欲情に顔を真っ赤にして襲いかかってくる。理奈子の裸身をあお向けにし、その上へのしかかって両脚を割りにかかる。

「やめてッ……お、お義父さま、なにを……なにをなさっているのか、わかっているのですかッ、……あ、ああッ、や、やめてぇッ」

「理奈子、わしは前からお前を……いつか、わしのものにしようと思っとった」

「そんなッ……い、いけません、お義父さまッ……いやあッ」

理奈子は両脚の間に辰造が体を割り入れてくるのを感じると、泣き声が切羽つまり、悲鳴となってほとばしる。

側近の二人が、辰造を手伝って理奈子の足首をつかみ、思いきって左右へひろげた。

「つながるところを、しっかりと神にお見せするのです」

そんなことを言いながら、西園寺も近寄ってきて、目を細めて覗きこんだ。西園寺の指示で、左右に割り開かれた理奈子の両脚が、乳房に押しつけんばかりに頭のほうへ持ちあげられた。

下から覗きこむと、なにもかもが丸見えである。たくましい辰造の肉塊が、今にも理奈子の媚肉に分け入ろうとしていた。理奈子にはふせぎようがない。

「さあ、理奈子、いくぞ、ヒヒヒ」

辰造は嗜虐の欲情に酔いしれて、わざと教えた。

「いやあッ」

「ヒヒヒ、ほら、ほら、これならすぐに入れられる。とうとう、わしのものになる時が来たのう、理奈子」

「ゆるして、お義父さま……それだけは、いやあ」

一瞬、理奈子の脳裡に夫の面影がよぎった。いよいよ義父に犯されるのかと思うと、恐怖に泣き叫び、もがかずにはいられない。

辰造はわざと、二度三度と媚肉の合わせ目にこすりつけてから、ゆっくりと分け入らせた。

「ひッ……いや、ひいッ……」

義父のものがジワジワと押し入ってくる感覚に、理奈子は喉を絞った。目の前が墨を流したように暗くなっていく。

「ひいッ……う、うむッ……」

理奈子は歯を噛みしばって大きくのけ反り、総身を揉み絞った。深々と義父のものを呑みこまされた。それでもまだ入ってくる。

そして、肉塊の先端が子宮を突きあげるのを感じた時、理奈子は白目を剝いて悶絶せんばかりにのけ反った。

「あ、あなた……あなたあ……」

夫に救いを求めているのか、理奈子はうわ言のように言った。いくら夫の面影を求めても、それはたちまち遠ざかった。

よりによって夫の父、辰造に犯されているという恐ろしさと背徳感が、もう立ち直れないと思うまでに、理奈子を打ちのめした。

「これがわしじゃ。わしに犯される感じをしっかり覚えておくんじゃぞ、理奈子」

ゆっくりと腰をゆすりながら、辰造はうれしそうに言った。これ以上の神のお恵みがあろうか。天にも昇る男の法悦だ。

熟しきった人妻の媚肉が、妖しく包みこみ、からみついてくる。肉襞がヒクヒクとざわめいて、それは辰造が想像していたよりも、はるかにきつく快美な肉の構造だった。

辰造が次第に動きを強くしていくと、理奈子はひいひい泣きだした。

「か、かんにんッ、お義父さまッ……」

「なにがかんにんじゃ。うれしそうに食いしめてきておるくせして」

「あ、ああッ……やめて……」

理奈子は白目を剝いて、ガクガクと腰をせりあげた。持ちあげられている両脚のつま先が、内側へそりかえる。

辰造の突きあげだけにしては、反応が激しすぎる。その秘密は、理奈子の肛門に埋めこまれた張型にあった。

薄い粘膜をへだてて、辰造の肉塊と肛門の張型がこすれ合う。その異常な状態が、理奈子の感覚をも狂わす。

「かんにんしてッ……もう、もう、やめて、お義父さまッ……」

「ヒヒヒ、そんなに気持ちいいのか。やっぱり魔性の女じゃのう」

辰造は容赦なく責めたてた。それを西園寺とその側近たちが、呪文を唱えながらニヤニヤとながめていた。

「どうです、先生。魔性の味は」

西園寺が辰造に聞いた。

「すごいですよ。少しでも気を抜くと、引きこまれそうになる……」

「そうでしょう。それが魔性というもの。うんと深く入れて魔性を封じるのです」

西園寺は辰造に語りかけた。

「いいですね、先生。これからは理奈子を犯したいと思ったら、いつでも犯してよいのですぞ。その特権を、神は先生にお与えになったのだ」

辰造にささやきかけながら、西園寺は言葉巧みに暗示をかけていく。何度も言った。

「ただし、理奈子の尻の穴には触れてはいけない。先生の手には負えませんからね。尻の穴は我々に、いや、神におまかせするのです」

西園寺は最後に、そうつけ加えた。理奈子はもう、気も狂うような官能の渦に激しく翻弄されていた。

「あ、あああ……ゆるして……」

頭のなかがうつろになった。ともすれば、義父に犯されていることさえ忘れそうになった。

歔き声をとめられず、身体中がめくるめく快美のうずきに包まれた。

「あ、あうう……」

理奈子の歔き声が次第に露わになって、大きくなっていく。

もう理奈子の身体は、辰造に踊らされる肉の人形だった。

「あうッ、あああ……」

ひときわ激しく理奈子の顔がのけ反った。

「ヒヒヒ、そろそろのようじゃな、理奈子。イクのか」

「いやッ、いやあ……」

必死に耐えるようにかぶりを振る理奈子に、とどめの一撃を辰造は思いきって打ちこんだ。

「ひッ、ひいいッ」

ガクンと理奈子はのけ反った。

そして、煮えたぎるような辰造の精のほとばしりを子宮に感じ取った理奈子は、もう一度大きく、ガクンとのけ反ると、両脚に痙攣を走らせた。

ふうっと辰造は、満足げに息を吐いた。思う存分に若い理奈子の肉体を楽しんだ辰造である。

息子の嫁を犯すのに、なんの罪悪感もなかった。理奈子を犯し、自分の女にすることが神のお告げと信じて疑わない辰造なのだ。

「ヒヒヒ、これでもう、わしの女じゃぞ、理奈子。わしの精をたっぷりと吸い取ったんじゃからのう」

辰造はうれしそうに理奈子の下腹を撫でまわし、艶やかな繊毛を指でもてあそんだ。

「………」

理奈子は汗に光る顔をうなだれさせたまま、なにも言わなかった。ハァハァと肩で息をするばかりだ。もう涙も涸れ果てて、泣く気力さえない。

3

理奈子は寝室のベッドの上に、後ろ手に縛られた裸身で、あお向けに横たえられていた。両脚は左右へ大きく開かれて、ベッドの脚に固定され、腰の下には枕が押しこまれていた。

女の最奥も生々しく口を開いたままで、たっぷりと注がれた白濁の精をトロリと垂らしている。そして肛門には、封印と称して張型が埋めこまれたままになっていた。

（ああ、あなた……理奈子は……）

まやかし宗教の教祖たちに恐ろしい浣腸をされ、排泄器官まで犯され、そのうえ、義父の辰造にまで肉の関係を強いられたなどと、夫の直也に言えるわけがなかった。ビデオカメラにまで撮影されているのだ。

（あ、あなた……あなた……）

理奈子は夫に救いを求め、ゆるしを乞うように、何度も胸のなかで夫の名を呼んでいた。

（ああ、こ、こんな身体にされて……ど、どうすれば……夫になんと言えば……）

もうどうにもならない絶望感が、ドス黒く理奈子をおおった。

辰造は理奈子の太腿に顔をうずめるようにして、ニヤニヤと女の最奥を覗きこんでいる。

「理奈子、どうじゃ。たっぷりと満足したか、ヒヒヒ、理奈子はもうお義父さまの女です、と言うてみい」

辰造は征服したあとを確かめるように、しとどに濡れそぼっている媚肉を指先でまさぐった。

「わしのものじゃと言わんか、理奈子」

「う、うッ……」

理奈子はうつろな瞳で辰造を見ると、いやいやとかぶりを振った。

「……ひどい、ひどすぎます……自分の息子の妻を犯して……それでもお義父さまと言えるのですか」

「なにを言っておる。理奈子がわしの女になることは、神のお告げじゃ。神を信じぬ直也の奴には、理奈子の魔性は抑えきれんわい」

「ほ、本気でそんなことを……」

辰造は上目遣いに理奈子を見て、へらへらと笑った。

その目を見た理奈子はゾッと背筋に悪感が走った。それは、いつもの義父とは別人の、まぎれもない狂人の瞳だった。

理奈子はあわてて視線をそらした。

「ヒヒヒ、淫乱女め。まだねだるようにヒクヒクさせおって、あれだけ気をやってもまだ食い足りんのか、理奈子」

理奈子はかぶりを振った。媚肉に這う辰造の指に、身体のふるえがとまらない。そのふるえは、辰造の指先にもはっきりと伝わってきた。

そして理奈子は、まだ肛門に埋めこまれたままの張型がおぞましくてならない。それが理奈子を、絶えず屈辱の渦に巻きこみ、おぞましさで身体をうずかせる。

「お願い、お義父さま……お、お尻のものを……も、もう取ってくださいまし……」

「封印は解くわけにはいかん。これ以上淫らになられては、わしの手にあまるからのう」

「そ、そんなこと……ウ、ウソです」

嵐のような翻弄が終わり、余韻もおさまって生気がよみがえってくるにつれて、理奈子はいっそう張型のおぞましさを感じ取るようだった。

ぴっちりと張型を咥えこんだ理奈子の肛門は、媚肉がヒクヒクうごめくたびに、妖しく痙攣を見せた。おびただしく溢れでた媚肉の甘蜜は、肛門にまで流れて張型をヌラヌラと光らせている。

「まるで洪水じゃのう、こんなにお汁を溢れさせおって、ヒヒヒ」

辰造はせせら笑いながら、指先で媚肉の合わせ目の頂点にのぞいている女芯を、はっきりと剝きあげた。

「あぁッ」

おびえるように理奈子の腰がはねた。両乳房から下腹が波打つ。赤く充血してツンととがった女芯は、生々しくピクピクとおびえおののいた。

「お、お義父さまッ……お願いですからっ、もう、もうやめてくださいッ」

「なにを言っておる。夜はまだ長いぞ」

辰造はだらしなく顔を崩すと、入れ歯をはずした。唇にシワが寄り、それが唾液にヌラヌラと光って、不気味なまでの形相である。

「ああ、お義父さま……こ、このうえ、なにをなさるというのですか……」

そう言う間にも、シワだらけの辰造の唇が理奈子の女芯に吸いついてきた。ペチョッと音がする。

「いやあッ……もう、もう、いやあ……」

理奈子の身体が、衝撃と嫌悪をいっぱいに表わして、そりかえった。

歯のない口が、唾液をいっぱいにして吸いつき、ヌチャヌチャと女芯をむさぼる。舌先が女芯を弾くように舐めあげてくる。

吸いつき、舐めあげながら、媚肉の甘蜜を音をたてですする。それはまるで、蛭に吸いつかれて生血を吸われているみたいだった。

「やめてッ、お義父さま……あ、あああッ、いやですッ」

「ヒヒヒ、若い人妻の分泌するお汁は、最高の若返り薬じゃ。うまい……」

一度顔をあげて辰造はうなるように言うと、再び顔を伏せて、女芯をきつく吸いこんだ。乳首に吸いつく赤ん坊さながらである。

「ひいーッ」

理奈子の腰が、辰造の顔をはじき飛ばさんばかりに、ガクンとはねあがった。

さんざん凌辱されたあとを舐めまわされ、吸われるなど、理奈子には信じられない。涙も涸れたはずの瞳から、涙が溢れ、理奈子はひッ、ひッと悲鳴をあげて泣いた。

いくら腰をよじり、振りたてても、辰造の唇は蛭のように吸いついて、離れようとしなかった。

「ああッ、いや……いやです、もう、いやあ……か、かんにんしてッ」

あられもなく泣きながら、理奈子はあお向けの裸身をのたうたせた。もうクタクタに疲れきっているはずなのに、吸いあげられる女芯から、快美のうずきが湧きあがる。まだ完全に消えていない官能の残り火が、またジワジワと理奈子をあぶりたてはじめた。そして、肛門に埋めこまれたままの張型の存在が、いっそう理奈子を狂おしい状態へと追いこんだ。

気がうつろになり、身体のふるえがとまらなくなって、汗が噴きでた。

「あ、ああ……ゆるして……」

「ヒヒヒ、そんなことを言いながら、お汁をたっぷり滲ませてるじゃないか、理奈子。その調子でどんどん溢れさせるんじゃ」

辰造は執拗に唇を使い、舌を動かした。口いっぱいに媚肉を頬張り、舌で女芯を舐めあげ、きつく吸いあげて甘蜜をむさぼりすする。

「あ、ううッ……ああ、いや……」

理奈子はもう、辰造の唇と舌に踊らされる肉の人形だった。

いつしか理奈子の媚肉は、熱い甘蜜をしとどに溢れさせつつ、ヒクヒクとわななき、妖しく収縮を見せていた。妖美なふるえが背筋を走り、肉がとろけだすのをどうしようもない風情だ。

そんな理奈子の身悶えを、辰造は上目遣いに観察しながら、チュウチュウ音をたてて甘蜜をすすった。

「ヒヒヒ、まったく最高の若返りの秘薬じゃわい。ほれ、もっと溢れさせるんじゃ」

「ああ……もう、かんにんしてください……お義父さま、やめて……」

「まだまだ、ヒヒヒ、どれ、もうひとつの秘薬も味わってみるかのう」

辰造は女芯から媚肉の合わせ目に沿って舌先を滑らせ、尿道口をとらえた。舌先でペロペロ舐めて吸いつき、きつく吸いあげる。

「ひッ……そ、そんなところを……」

「わしが吸いだしてやるから、小便をするんじゃ、理奈子」

「いやッ……」

驚愕に理奈子の美貌がひきつった。一瞬、辰造の言葉が信じられなかったが、辰造の舌はまぎれもなく、先をとがらせて理奈子の尿道口に押しつけられている。

「やめて、お義父さまッ……そんなところを……ああ、かんにんしてッ」

「小便をせんか。昔から若い女の小便は若返りの秘薬とされておる。ヒヒヒ、わしがすっかり呑んでやるぞ、理奈子」

「い、いやあ……」

理奈子は狂ったように、かぶりを振り、腰をよじりたてた。

「早く、小便を出さんか」

辰造の舌の先が、ツンツンと理奈子の尿道口をつついてくる。

辰造の唇は、待ち受けるように吸いつき、まるで吸いださんとするかのように、理奈子の尿道口をきつく吸ってくる。

「ああッ……かんにんしてッ……」

理奈子は総身をそりかえらせて、腰をキリキリ揉み絞り、泣き声を放った。泣き声にひッ、ひッという悲鳴が入り混じる。

だが、どんなに悲鳴をあげて、泣き悶えても、理奈子に逃げる術はない。そしてまた、ずっとトイレに行くことをゆるされていない理奈子の尿意もまた、次第にふくれあがっていた。

「やめて、バカな真似はやめてッ……お義父さま、そんなにされたら……」

「ヒヒヒ、遠慮せずに出すんじゃ。わしが理奈子の小便を呑んでやるからのう」

「いや……」

理奈子は泣きながら、右に左にとかぶりを振りつづけた。

「ヒヒヒ、せいぜい強情を張るがいい。いつまでもつか。その間、わしは理奈子のお汁をすすって待っていればいいわけじゃ」

辰造は、あざ笑うように言った。

なにもあせる必要はない。朝まで時間はまだ、たっぷりとあった。

4

おぞましい排尿行為を強い、それを口で受けて呑む……理奈子は考えるだけでも、背筋に悪感が走った。辰造の口はぴったりと理奈子の媚肉に吸いついている。

「そ、そんな……お義父さま、そんないやらしいことだけは、ゆるして……」

いくら哀願しても、辰造は理奈子の媚肉に唇を吸いつかせたまま、グチュグチュと口を鳴らし、舌先で尿道口を舐めるばかりなのだ。

そんないたぶりに、もう理奈子の身体はツーン、ツーンとうずき、身体の芯がカァッと灼けた。

「お、お義父さま、いや……いやです……」

ドロドロにとろけた肉体が、火の塊りと化して狂おしく悶えるにつれて、ふくれあがる尿意をこらえようとする意志までが、だらしなくとろけだした。

(ああ……こんな、こんなことって……)

唇と舌のいたぶりへの嫌悪と、いくらこらえようとしても苦痛に近いまでに昂る尿意さえ、ともすればめくるめく官能の快美のうずきにすり替わった。

尿意を耐えようとする意志が、ふっとうつろになる。そんな自分の身体の成りゆきが理奈子には信じられなかった。

「ああ……ああ、ゆるして……」

辰造に尿道口をきつく吸われるたびに、負けそうになる。もう尿意は、今にもほとばしりそうに迫っていた。

身体中がふるえだし、それが尿意によるものか、官能の快美なのか、理奈子自身にもわからない状態へ陥っていく。

「あ、あ……ああッ……」

ひときわ強く吸いつかれて、理奈子は悲痛な声をあげて、顔をのけ反らせた。ショボショボと漏れはじめた。あわてて身体中の力を振り絞ろうとしても、いったん堰を切ったものは、とめようがなかった。

ゴクッ、ゴクッと辰造が喉を鳴らし、ほとばしる清流をうまそうに呑みこんでいく。口をぴったりと押しつけ、一滴もこぼすまいとむさぼり呑む。

「ああ、そんなッ……いや、いやあッ」

理奈子はなりふりかまわず、泣き声を放った。だが、その泣き声はどこか、艶めいた響きを否定しきれなかった。

尿意の苦痛からの解放感と、吸いついてむさぼり呑む口の動きが、理奈子をいやでも妖しく官能の渦中へ巻きこんで、頭のなかをうつろにした。

それが女の最奥を痙攣させつつ、さらに甘蜜を溢れさせた。その甘蜜はほとばしる清流と入り混じって、辰造は口の端からこぼれるのも惜しそうに、夢中になって呑んだ。渇いた喉に理奈子の清流がほろにがく滲みわたる。征服した女のエキスをすするように、その味はこたえられなかった。

「ヒヒヒ、いい味じゃ。若返るわい」

辰造は腹の底からうなるように言った。

理奈子はもう、泣き顔を横に伏せたまま、息も絶えだえにあえいでいた。乱れた黒髪が汗で頬や額にへばりつき、裸身は匂うようなピンク色にくるまれている。

それをニヤニヤとながめながら、

「いい味じゃったぞ、理奈子の小便は、ヒヒヒ、それにしても派手に出しおって、だいぶ漏れたではないか」

辰造は理奈子をからかいながら、舌なめずりをした。口のまわりも首も、胸まで濡れてヌラヌラと光っている。

辰造はそれを気にするふうもなく、だらしなく表情を崩すと、おもむろに理奈子の裸身にのしかかった。

「いや……」

「ヒヒヒ、男を咥えこむのが好きなくせしおって、よしよし、うんと深く入れてやる。若返りの秘薬を仕込んだことじゃしのう」

「あ、あ……お義父さま……も、もう、いやです」

理奈子はかぶりを振りながら、腰をよじった。だが、あらがいの声と身悶えは弱々しかった。火のような辰造の肉塊が、媚肉の合わせ目をじらすようになぞってから、ゆっくりと分け入ってきた。

「あ……かんにんして……う、うむ……」

理奈子は総身を揉み絞るようにして、狂おしげにうめき声をあげた。唇を嚙みしばってのけ反る。

おぞましいはずなのに、女の最奥がざわめきながら、待ちかまえていたように押し入ってくるものにからみつき、包みこむのがわかった。

「うッ……あう……」

我れを忘れて声を出し、応じるように腰がせりあがった。

「ゆ、ゆるして……」

「ヒヒヒ、うれしそうに咥えこみおって」

「あ、あうッ……変に、気が変になるっ……」

「気が変になるほど気持ちいいということか、ヒヒヒ、まったく理奈子は淫乱女じゃ」

辰造はよじるようにして、深くいっぱいまで腰を押しこんだ。肉塊の先が子宮口に達し、えぐるように動いた。

「ひいッ……」

理奈子は白目を剝いて、腰をガクガクとはねあげた。

「ヒヒヒ、そんなにいいのか、理奈子」

辰造は理奈子の乳房へ手をまわし、指先をくいこませて絞りあげながら、リズミカルに腰をゆすりはじめた。

「ああッ、お義父さま……」

「色っぽい声を出しおって、ヒヒヒ、直也の奴に聞かせてやりたいくらいじゃ」

「い、いや……あ、あうッ……」

理奈子はもう、声があがるのをこらえきれない風情だった。いやでも戯き声がこぼれ、あえぎがもれて、腰がうねった。

「ああッ、あうう……」

辰造の先端が、理奈子の子宮をえぐりあげるたびに、理奈子はひときわ激しくのけ反った。辰造にからみつきつつ、ブルブルと媚肉をふるわせる。

「いや……いやッ、お義父さまッ」

「気をやりそうなんじゃな、理奈子」

「いや、いやッ」

そう言う間にも、官能の大波が襲ってくる風情だった。理奈子の腰が、狂ったようにせりあがり、躍った。

いいッと唇を噛みしばっても長くはもたず、すぐにひッ、ひッと悲鳴に変わる、もう、理奈子の顔は、のけ反りっぱなしだった。

「う、ううむッ……」

ほとんど声にならない声を絞りだして、理奈子は総身に痙攣を走らせた。両脚が激しく突っ張り、爪先が内側へそりかえった。

「イクとはっきり言わんか」

辰造はきつい収縮に耐えながら、容赦なく責めたてた。

「あ、あああ……い、イクッ」

理奈子は何度も突っ張らせた裸身に痙攣を走らせ、ほとんど苦悶の表情で叫んでいた。

その凄艶な表情をながめつつ、辰造はとどめを刺すように、ひときわ激しくえぐりあげると、一気に精を放った。

「ひいッ……イク、イクッ」

最後の、そして最大の痙攣に襲われながら、理奈子は灼けるようなほとばしりを、子宮口に生々しく感じた。そのまま、スーと意識が暗闇に吸いこまれた。

それから、どのくらいの時間がたったのだろうか。理奈子は胸を圧迫されるような息苦しさに目を覚ました。

照明はいつの間にか消されて、寝室のなかは真っ暗だった。

理奈子は動こうとしたが、身体が言うことをきかない。まだあお向けに縄で縛りつけられていた。そして、理奈子の上には辰造がのしかかっていた。軽い寝息をたてて眠っている。

「ああ……」

理奈子は辰造から離れようとして、身をよじったとたん、ハッと裸身を硬直させた。辰造は理奈子の上で眠っているだけでなく、まだ深々と肉塊を押し入らせたままで、理奈子とつながっていたのである。

「い、いや……」

小さく悲鳴があがった。あわててよじりたてる腰が、辰造の手で押さえつけられた。

「じっとしとれ。眠れんじゃないか」

「そ、そんな……だって、お義父さまがまだ……もう、もう離れてください」

「このまま眠るんじゃ、理奈子」

信じられない辰造の言葉だった。もう、さんざんもてあそんで満足しているくせに、理奈子とつながったまま眠る気である。

「お義父さま、いや、いやです……もう離れて」

「このまま眠ろうと言ったはずじゃぞ。理奈子、自分を悦ばせてくれたものを咥えたままで、じっくりわしの女であることを噛みしめるんじゃ」

「こ、このままでなんて、いや……ひどすぎます。お義父さま」

理奈子の哀願は、あ、ああッという悲鳴で途切れた。

辰造が眠りから覚めたことで、また肉塊がモゾモゾと理奈子のなかで大きくたくましさを取り戻しはじめたのだ。

「あ、ああ、お義父さまッ……い、いやッ」

「理奈子があばれるからじゃよ」

辰造は抜き取るどころか、さらに深く子宮口まで押し入れた。片手で理奈子の腰を抱きこみ、もう一方の手は乳房へまわしつつ、首筋に唇を押しつける。

そのまま、また眠りにつく気配だ。老人とは思えないしつこさだった。寝る間すら、理奈子を手放そうとせず、責めさいなむことをやめない。

「ゆ、ゆるして……お義父さま、こんなままでなんて……」

いくら哀願しても、辰造は聞く耳を持たなかった。すぐに眠りについてしまう。時々、思いだしたように乳房を揉みこんでは、腰を動かした。そのたびに、勢いを失いかけた肉塊は再び、ムクムクとたくましくふくれあがった。

「あ、ああ……いや……」

理奈子は泣きながら、むなしい身悶えを見せた。

そんな繰りかえしに、理奈子は眠れるわけもなかった。それでも、クタクタに疲れきった理奈子の肉体は、いつしか気を失うように眠りのなかへ引きこまれていった。

第三章　今夜の生贄

1

まだ夜が明けていないのに、理奈子はたたき起こされて、浴室へ連れこまれた。身体の汚れをすっかり洗い流され、化粧までさせられた。

理奈子は放心したように、なすがままだった。

(なんのために、化粧なんか……)

そう思っても、聞く気力さえない。わずかの睡眠しかとらしてもらえず、理奈子の身体はまだ疲れきっていた。

一糸まとわぬ全裸を後ろ手に縛られた姿で、屋外に連れだされると知った理奈子は、にわかにおびえ、狼狽の悲鳴を放った。

「ああッ、いや、いやですッ」

「おとなしくせんか。外へ出るんじゃ。魔性の女には、朝の神聖な外気がよく効くんじゃよ、理奈子」

「いや、お義父さまッ……こんな、こんな姿で外へ行くなんて、いやですッ」

いくら身をよじり、両脚をふんばっても、後ろ手に縛られ、ハイヒールをはかされた姿では拒みようもなかった。

「お、お義父さま、やめてッ……バカな真似はやめてくださいッ。辱しめるなら、お家でして……」

「騒ぐと、人に気づかれるぞ、ヒヒヒ、尻の穴に封印された素っ裸を見られてもよいのか、理奈子」

「そ、それは……」

辰造の脅しに、理奈子は泣き声だけでなく、抵抗まで弱めた。

夜明けを迎えた戸外は、うっすらと明るくなっていた。静まりかえって、人の影はまったくない。

それでも理奈子は生きた心地もなかった。空がどんどん明るくなって、湯あがりの裸身をはっきりと浮かびあがらせていくのだ。

はない。

「ああ……」

ブルブルと理奈子の裸身がふるえた。いつどこで、誰に見られるかわかったものではない。

「ほれ、しっかり歩かんか、理奈子」

辰造は、理奈子を後ろ手に縛った縄尻を手にして、ピシッと双臀を打った。

理奈子を追いたてながら、辰造はニヤニヤと羞じ悶える白い双臀をながめていた。

ムッチリと白く盛りあがり、弾けんばかりの理奈子の美しい双臀。

それが真っ黒な張型をのぞかせ、左右にゆれる光景は、なんとも言えない妖しさだ。

艶めきが立ちこめ、朝の澄んだ空気までがゆらめき匂うようである。

「さすが魔性の女だけあって妖しいのう、ヒヒヒ、誰かが見たら、舞いおりた天女か、妖精かと思うことじゃろう」

「ああ、お義父さま……残酷です……」

理奈子は肩をふるわせて、すすり泣いた。一糸まとわぬ全裸で、犬か猫のように屋外を引きたてられる恐ろしさとみじめさ、恥ずかしさ……理奈子は顔をあげられなかった。

足を踏みだすたびに、肛門に埋めこまれている張型が粘膜にこすれ、いやでもその形を感じ取らされた。それが理奈子の恐怖とみじめさに拍車をかける。

「ああ……もう、ゆるして……お家へ帰してください、お義父さま」

「なにを言っておる。まだまだじゃ、ヒヒヒ、グズグズしておると、そのうちに新聞配達か牛乳屋が来るぞ」

「いや……」

理奈子はよろめきながら、一歩一歩と足を進めた。どこへ連れていかれるのか、聞かなくとも想像はついた。

もうあたりはすっかり明るくなって、朝もやが立ちこめている。その朝もやの向こうに、大日本敬老子宝教の豪華な門構えが見えてきた。すでに門は開いていた。

義父の辰造をそそのかし、理奈子を肉欲の地獄へと突き落としたまやかし宗教の本山である。

「ああ……やっぱり、こんなところへ……」

理奈子は本能的に裸身を硬直させた。ここへ連れこまれることがどんなことか、もういやというほどに思い知らされている。

すでに予想していたとはいえ、いざ連れこまれるとなると、膝がガクガクとふるえだして、足が前へ進まなくなった。泣き濡れた美貌がひきつった。

「い、いやです……こんなところへ連れていかないで……」

「こんなところとはなんじゃ。神様をまつってある本山じゃぞ。理奈子の魔性をお祓いしてくれるありがたいところではないか」

辰造は縄尻の鞭で、ピシッと理奈子の双臀をはたいた。

だが、理奈子はいやいやとかぶりを振るばかりで、駄々っ子みたいに門のなかへ入ろうとはしない。

「どうした、言うことを聞かんか、理奈子」

「かんにんして、お義父さま……ここは、いや、いやです」

「そんなところでグズっておると、誰か来るぞ、ヒヒヒ、ほれ、誰か向こうから来おるわい」

辰造が指差す道の向こうから、新聞配達の若者が走ってくる。

ああッと理奈子はおののいた。もう理奈子のあらがいもそこまでだった。こんな浅ましい我が身を若者の目にさらすことなど、できない。

理奈子は逃げるように、恐ろしい門をくぐっていた。門の先にはどんなおぞましいたぶりが待ち受けているのか、今の理奈子は顧みる余裕はなかった。

門のなかはひっそりと静まりかえって、人の気配はまるでない。

「ヒヒヒ、どうやらもう、朝の祈りがはじまっとるらしい」

辰造は理奈子を引きたてた。

奥の本堂に近づくに従って、なにやら妖しげな祈り声が聞こえてきた。二人や三人ではない。数十人はいると思われる、男たちの妖しげな呪文の合唱である。不気味な響きがあった。

「ああ、お義父さま……こ、こわいッ」

理奈子はおびえ、すがるように辰造をふりかえった。

だが、辰造はもう笑いも消えて、呪文の合唱に引き寄せられるように進むばかりだ。その顔は、まやかしの神を信じきっている信者の顔だった。

「お、お義父さまッ」

そう言っても、辰造からかえってくるのは理奈子の双臀にピシッと鳴る縄尻の鞭だけである。

本堂のすぐ前まで来ると、まるで待ちかまえていたように、教祖西園寺の側近が音もなく現われた。黒装束に身を包んでいる。

「あッ……いや……」

理奈子は狼狽して、その場にかがみこんでしまった。少しでも顔を隠そうと、床に

うずくまるように身を縮める。西園寺の側近は一度理奈子をジロッと見てから、

「連れてきましたね。さっそく教祖さまがじきじきにお祓いなさいます。その間、本堂で祈りなさい」

もっともらしい口調で、辰造に向かって言った。辰造は頭をさげると、言われるままに理奈子の縄尻を側近に手渡した。

理奈子の顔がおびえ、ひきつった。

「いや、いやですッ……お義父さま、この人に理奈子を渡さないで……た、たすけてください、お義父さま」

いくら救いを求めても、辰造はもう両手を合わせて祈りながら、本堂のなかへと入っていってしまう。

「お義父さま、この人たちのおもちゃになるのはいや……ああ、いやです」

いくら哀願しても無駄であった。理奈子の身体は、側近の手で有無を言わさず引きずられた。

向かうところは、本堂の裏にある神の間である。教祖の西園寺と一部の側近を除いて、立ち入り禁止の場だった。

「ほれ、奥さん、こっちへ来るんだ」

「ああッ、なにを、なにをしようと言うんです」

「フフフ、お祓いに決まってるでしょうが、奥さん。この尻にね」

理奈子を神の間に連れこむと、そこに待っていたもう一人の側近とともに、テーブルのような台の上に理奈子を四つん這いにさせた。両膝を開いて台につかせると、後ろ手に縛られた上体を前に倒す。

左右の膝と足首、そして伏した首に台の上の鎖がとりつけられた。上体を前に倒し、双臀を高くもたげる浅ましい姿だ。

「いや、こんな格好は、いやです……」

とらされた姿勢の恥ずかしさと、なにをされるのかという恐怖に、理奈子はもう泣きだしていた。

本堂から流れてくる呪文の大合唱が、いっそう理奈子をおびえさせた。総身が凍りつくような恐怖。

そこへ教祖の西園寺が入ってきた。

「フフフ、奥さん、待ってましたよ。ほう、もう素っ裸で尻を高くしているとは、奥さんも早く尻責めをされたくて、待っていたようだな」

「い、いやあ……」

西園寺の姿を見た理奈子は、ひきつった悲鳴をあげた。西園寺に気も狂うような浣腸責めにかけられ、おぞましい排泄器官を犯された記憶はまだ生々しい。

西園寺こそ、義父の辰造をそそのかし、理奈子の幸福を踏みにじった張本人なのだ。

「いや、いやッ、そばへ来ないでッ」

「フフフ、そばへ行かなきゃ、奥さんの尻がじっくり見えないんでねえ」

「そ、そんな……い、いやあ……」

西園寺を中心に男たちが、高くもたげた双臀のほうへまわるのを知って、理奈子は悲鳴をあげた。

西園寺たちがどこを見ているか、痛いまでにわかる。張型を埋めこまれたままの肛門が火のように熱くなり、総身へジリジリ灼けひろがった。

「み、見ないでッ……そんなところを、いや、いやあ……」

「フフフ、よしよし、しっかり尻の穴に封印しておったな、奥さん。ぴっちりと咥えこんで……さすがに魔性の女だけのことはあるねえ」

「ああッ……いや、ああ、いやあ……」

いくら泣き叫んでも、理奈子の悲鳴は本堂から流れてくる呪文の大合唱にかき消され、外へは聞こえなかった。

「フフフ、どれ、もっとよく尻の穴を見せてもらうとするか、奥さん」

西園寺はニヤニヤと笑いながら、理奈子の肛門の張型に手をのばした。

2

ゆっくりと張型がまわされながら、引き抜かれていく。

「ひッ……ひいッ……」

理奈子は喉を絞って、双臀を振りたてた。長時間咥えこまされていたため、肛門の粘膜が張型にへばりついていて、まるで引き剝がすみたいになった。

「ひッ……そんなッ……ああ、ひッ」

「フフフ、いい尻の穴してるだけあって、いい声で泣きおる。そんなにいいのかい、奥さん」

西園寺はニヤニヤとうれしそうに笑いながら、ゆっくりと引き抜いた。

理奈子の肛門は、まるでそこの神経が麻痺してしまったように、生々しくパックリと口を開いたままだった。赤く腸腔までのぞかせている。

「まったくよく尻の穴が開いているじゃないか……あの小さくすぼまっていたのが、

ここまで開くとは、フフフ……」

「へへへ、奥さんの尻の穴の伸縮性は、たいしたものだ」

「そりゃ、あれだけいい味した尻の穴だからねえ、フフフ、そそられるよ」

男たちは目を細めてニヤニヤと覗きこみながら、あれやこれやといやらしく批評した。

「ああ……」

理奈子はかぶりを振ることもできず、泣きながらただ、双臀を振りたてるばかりだった。西園寺たちが、女の肛門にしか興味を示さない恐ろしい変質者であることを、あらためて思い知らされた。

「フフフ、尻の穴も開いておることだし、ひとつ本格的な肛門責めといくか」

西園寺が言い終わらないうちに、理奈子は弾かれるように悲鳴をあげていた。

「いやあッ……お、お尻はいや……あんなことだけは、二度といやあッ」

「いやでも、奥さんの魔性をお祓いするには、この尻の穴を責める必要があるんだ」

「ウ、ウソよッ……ああ、かんにんして……お尻はいや……」

理奈子は腰をよじりたてながら、みじめに泣いた。

「フフフ、まずは聖水によるお祓いといくかねえ、奥さん」

「ひいッ……いや、そんなことは、いやあッ」

理奈子は総身が凍りついた。

聖水によるお祓い……それが恐ろしい浣腸責めであることを、理奈子はすでに知っている。浣腸される恐ろしさ、恥ずかしさはすでにいやというほど味わわされている。思いだすだけでも理奈子は背筋に悪感が走り、わあッと泣き叫びたくなった。

「いや、いやッ、それだけはッ……」

「フフフ、これだけいい尻をして、いやもないもんだ。二度目だから、たっぷりと入れてあげますよ、奥さん」

西園寺はせせら笑いながら、細長いゴム管を取りだした。

長さは一メートルほどで、先端はカテーテル状になっていて、先から五センチのところにウズラの卵ほどのふくらみがあった。逆流をふせぎ、同時に栓ともなるゴム球である。

そのゴム管の先端が、理奈子の肛門にあてがわれた。

「やめてッ……そんなこと、いや、いやよッ」

いくら泣き叫んでも、ゴム管は非情に、ゆっくりと押し入ってきた。

理奈子の肛門はまだ、生々しく口を開いているだけに、ゴム管のふくらんだ部分も楽々と受け入れていく。

「あ、ああッ……い、いや、ああッ……」

ひきつった悲鳴とともに、おびえるように理奈子の肛門がヒクヒクとすぼまった。

「今さらすぼめても遅い、フフフ、もうすっかり入ってしまったよ、奥さん」

西園寺は意地悪く知らせて、へらへらと笑った。理奈子の双臀から、ゴム管が尻尾のように垂れさがって、それは理奈子が腰をよじるたびに左右にゆれた。

「さあ、奥さんの大好きな浣腸だよ」

そう言うなり西園寺は、グリセリンの薬用瓶からグリセリン原液を口いっぱいに含ませると、ゴム管の端を咥えた。

ニタッと笑う。それから口に含んだ薬液を、ゴム管に吹きこみはじめる。

「あ……ああッ……い、いやあッ……」

ビクンと理奈子の裸身が、おびえすくんだ。たちまち腰のあたりを中心に、身体中がふるえだした。

ドクッドクッ……西園寺の口から吹きこまれる感覚に、理奈子はひッ、ひッと喉を絞りたてた。そのおぞましさ、恥ずかしさに頭のなかが真っ赤に灼けた。

「ああッ、こんなのいやあ……ああ、ひッ、ひッ」

「どうです、奥さん。おいしいでしょう、フフフ、まだまだ、たっぷり呑ませてあげるからねえ」

西園寺は再び薬用瓶から口に含むと、ゆっくりと吹きこんでいく。

口で吹きこむのだから、流入の具合は一定ではなかった。強く弱く、速く遅く、そして流入の量も様々に変化した。それが理奈子の腸管の粘膜を刺激しながら、ジワジワと満ちていく。

「あ、あッ、そんな……もう、もう、入れないでッ……ああッ、あひッ……」

理奈子は豊満な双臀をブルブルふるわせ、揉み絞って泣きじゃくった。だが、そんな理奈子の哀願と泣き声は、かえって西園寺たちを喜ばすばかり。

「まったく浣腸しがいのある女だ。奥さんのように、浣腸して色っぽく泣く女は初めてだよ、フフフ」

西園寺はうれしそうに笑うと、グリセリン原液を口に含み、いっそう夢中になって吹きこんだ。それは五百CCの薬用瓶がすっかり空になるまでつづけられた。

「ああ……」

理奈子はもう、総身汗まみれになって息も絶えだえだった。

だが、五百CCものグリセリン原液を呑まされた理奈子の腹部は、グウッと鳴って、恐ろしいまでに荒々しい便意が押し寄せてきていた。

(あ、ああ、どうしよう……)

おぞましい排泄の行為を男たちの目にさらした恐ろしい記憶に、理奈子は気が遠くなりそうだった。

悪感が背筋を走り抜け、歯がガチガチ鳴りだした。耐えねばと思うと、かえって荒々しい便意を意識させた。

「あ、あ……おトイレに……」

「フフフ、よしよし、すぐにひりださせてやるぞ、奥さん。その代わり、終わったら尻の穴を神に犯されたいと言うのだ」

「そ、そんな……」

この男たちは、理奈子の肛門を今日も犯す気でいる。理奈子は激しくかぶりを振って総身を硬直させた。

おぞましい排泄器官を犯された恐ろしさと苦痛、汚辱感は忘れようとしても忘れられない。そんなことをまた……。

「い、いやッ、それだけはッ」

「いやなら、本堂へ引きだして、信者たちの目の前でひりださせるよ、奥さん」

「ああ……」

あまりの言葉に理奈子は声がつまった。

だが、側近たちが理奈子を本堂へ引きたてようと、首と両脚の鎖に手をのばすと、

「ああッ、待ってッ……あ、あっちへ行くのはいや、いやッ」

理奈子は総身をふるわせて泣きだした。

「い、言われた通りにします……ですから、あっちへ連れていかないでッ」

そう泣きながら言うしかなかった。今はなににも増して、便意の苦痛が優先していた。

「フフフ、はっきり言うんだ、奥さん」

「り、理奈子の、お尻の穴……を、神に犯されたい……ああ……」

理奈子は、あえぎながら言った。屈辱と恥ずかしさに頭の芯がカアッと灼けた。

「ほう、奥さんは尻の穴を犯されるのが、大好きと言うんだね」

「そ、そうです……理奈子は、お、お尻の……穴を、犯されるのが大好きです……ああ、こんな……」

強要される言葉を口にしながらも、理奈子はそれが本心でないことを示すように身体を絞る。

「理奈子は魔性の女だね?」

「……は、はい……理奈子は淫らな……お尻をした……魔性の女です」

理奈子の泣き声がひきつってきた。耐える限界を超えた便意が、猛烈にあばれ狂い、腸をかきむしる。

「は、早く、おトイレに……」

理奈子は苦しげに双臀を振りたてた。垂れさがっているゴム管が、尻尾のようにゆれた。ジットリと脂汗が滲みでた。

だが、西園寺は理奈子の鎖を解こうともせず、バケツを取りあげた。

「そ、そんなッ……や、約束が違いますッ、おトイレに行かせてくれるってッ……」

理奈子は驚愕に顔をひきつらせた。

「奥さんのトイレはこのバケツだよ、フフフ、溜まっているはずだ。ひとつ派手にひりだしてもらいましょうかね」

「い、いやあッ……そんなものになんて、いや、いやッ」

いくら泣き叫んでもだめだった。

ゆっくりとゴム管が引き抜かれていく。その感覚がいやでも荒々しい便意を、すさまじいまでにふくれあがらせた。

そして、ゴムの球の部分が肛門の内側から粘膜をめくりだすようにして引き抜かれたとたんに、便意は出口を求めて一気に駆けくだった。

「ひッ、ひいッ……」

理奈子の肛門は内側から盛りあがって口を開き、ドッとほとばしらせていた。理奈子の意識は真っ赤に灼けただれ、号泣が噴きあがった。

西園寺たちはニヤニヤと笑いながら、食い入るようにながめた。

「派手に出すねえ、フフフ、すっかり絞りだして清めるんだ。神が奥さんの尻の穴を犯しやすいようにな」

西園寺はもう、待ちきれないように袴の紐をゆるめていた。

3

数日がたった。

理奈子は二階で洗濯物を干しながら、庭で遊んでいる子供と夫を、哀しげに見た。陽をいっぱいに浴びて笑う二人が、まぶしかった。

（あ、あなた、ゆるして……あなた……）

胸の内で夫の名を呼びつづけながら、理奈子はそっと涙をぬぐった。気も狂うほどの辱しめ……出張中の恐ろしい出来事を、夫に打ち明けることなどできなかった。

完璧に凌辱された。もう立ち直れないと思うまで嬲りぬかれ、打ち明けるにはすべてがもう遅すぎた。

今となっては理奈子がそっと一人で胸の内にしまいこんで、耐えるしか道は残されていない。

理奈子は必死に平静をよそおった。さいわい、辰造は理奈子が言うことを聞いている限り、夫の前ではなにひとつあやしまれるそぶりは見せなかった。

「理奈子」

名前を呼ばれてふりかえると、義父の辰造が立っていた。

「ヒヒヒ、離れに教祖さまが見えておられる」

ひッと理奈子は身体を硬直させた。美しい顔がスーと青ざめた。教祖の西園寺がなにをしに来たか、理奈子は本能的に感じ取っていた。

「理奈子を待っておる、ヒヒヒ」

「そんな……なんの、なんの用があるというのですか……」

理奈子は聞かずにはいられなかった。ひとりでに膝がガクガクとふるえだす。

「ヒヒヒ、行けばわかる」

「いやッ」

思わず叫んで、理奈子はあとずさった。

これまでと違うのだ。夫がいる休日に家にまで押しかけてくる西園寺に、理奈子は気が遠くなる。

「お、お義父さま、か、かんにんして……今日だけは……」

「ヒヒヒ、直也のことを気にしとるのか。あやしまれんように振る舞えばいいんじゃ。それより、さっさと離れへ行かんと、直也の前で魔性をあばきだすぞ」

「ああ……そんな恐ろしいことを……」

理奈子はガックリと頭を垂れた。背中を押されて、階段をおりる。

居間には義母が来ていた。夫もいて、二人とも渋い顔をしていた。

新興宗教の教祖を離れにまで呼ぶ辰造に、あきれはてている。

理奈子は必死に平静をよそおって、お茶の支度をした。

「あ、あなた……お客様にお茶を出してきますわ」

夫の目を見ずに言うと、理奈子は辰造のあとから離れに向かった。

身体のふるえを必死にこらえる。死刑台へ引きたてられる女囚みたいにみじめで、恐ろしさにわあっと泣きだしそうだ。

だが、夫の直也はそんな理奈子に気づく様子もなく、まるで疑っていない。まさか妻が、得体の知れぬ宗教の親玉や実父の餌食になっていようとは、夢にも思わない。

（ああ、あなた……）

理奈子は逃げだしたい気持ちを、じっとこらえた。逃げようとしようものなら、辰造がなにをしでかすか、火を見るよりも明らかだった。

お盆の上の湯呑みが、カチカチと鳴った。

離れの和室へ入ると、西園寺がニヤニヤして待ちかまえていた。手にはもっともらしく数珠を持っている。

「フフフ、奥さん、こっちへ来て、尻を出すのですよ」

西園寺は出しぬけに言った。

「いやッ……」

本能的に逃げようとするのを、辰造にさえぎられ、手首をつかまれた。

「教祖さまの言われる通りに、尻を出すんじゃ、理奈子」

「いや、いやです……」

理奈子は激しくかぶりを振り、身をよじった。だが、辰造の手でズルズルと西園寺のほうへ引きずられた。

「ああ、変なことしないで……夫が、夫がいるんです。かんにんしてください」

「フフフ、そのご主人の前でお祓いをしてもいいんですぞ。奥さんが魔性の女と知ったら、ご主人はなんと言うか」

西園寺は持ってきたカセットレコーダーのスイッチを入れた。

とたんに理奈子の総身が凍りついた。カセットから流れでたのは理奈子の声だった。

（理奈子は、お尻の……穴を、犯されるのが大好きです……魔性の女なんです……）

それは理奈子が、お祓いの間で強要された屈辱の言葉だった。

「ああ、そんなッ……とめて、とめてくださいッ」

「それなら、素直になることですな、奥さん、フフフ」

西園寺はせせら笑いながら、数珠でパシッと理奈子の双臀をはたいた。それで、理奈子のあらがいは終わりだった。肩をふるわせて、小さくすすり泣きだした。

「ヒヒヒ、理奈子が尻の穴をいじられるのが好きだと知った時は、驚いたぞ。淫乱女め」

「ウ、ウソです、お義父さま……」

「ウソなものか。教祖さまに尻の穴を犯して欲しいと、泣きながらねだったそうじゃないか」

辰造は理奈子の黒髪をつかんでしごくと、西園寺の前に四つん這いにした。

スカートを腰のあたりまでまくりあげると、西園寺がパンストとパンティをひとまとめにして、クルッと剝きおろした。

「あ……」

理奈子にはあらがうことはゆるされなかった。もし、すべてを夫に知られたら……そう思うと動けなかったのだ。

双臀が辰造の手で左右に割り開かれ、西園寺の指先が剝きだされた肛門に這ってきた。

「ひッ……そこは、そこだけは、かんにんしてッ」

双臀を振りたてながら、理奈子はむなしい哀願をした。

「フフフ、この尻の穴こそ、奥さんの魔性のひそむ穴。ここをゆるしておいてはお祓いにならん」

理奈子の肛門は、さんざん犯されたのがウソみたいに、可憐にひっそりとすぼまっていた。

西園寺はゆるゆると揉みこみながら、指先を突き立てた。

「こんなにすぼめて、フフフ、魔性を奥に秘めておるな、奥さん」

「ち、違います……ああ、いや……」

「いやだなんて言いながら、受け入れていくじゃないか」

西園寺は縫うように、指の根元まで押し入れた。熱くたぎる肉が、キリキリときつく妖しいまでに締めつけてくる。

「かんにんして……ああ……」

辰造の手は前にまわって、媚肉の合わせ目に分け入り、肉襞や女芯をもてあそびにきた。グググッと辰造の指が女の最奥に沈む。

前と後ろで、薄い粘膜をへだてて二本の指がこすれ合い、捻じれ合って動いた。

「ああッ……や、やめて……そんなにしないで」

理奈子は顔をのけ反らせたまま、総身を揉み絞った。身体の奥底で、女の官能がゆさぶられ、ジワジワとあぶられはじめた。

庭をへだてた母屋に夫がいる状態で、快感が生じるはずがない……いくらそう思っても、理奈子は湧きあがる快美のうずきを打ち消しようもなかった。ジクジクと官能の証しが滲みでた。

「あ、あ……ああ、ゆるして……」

「やはり感じだしたね、奥さん、フフフ、ここはまず、聖水によるお祓いといきますか」

「い、いやあ……」

ビクンと理奈子は総身をこわばらせた。恐怖に顔がひきつった。

「そ、それだけは、ゆるして……どんなことでもしますから、それだけは……」

いくら哀願しても、西園寺と辰造は低く笑うばかりだった。

辰造が理奈子の両手を背中へ捻じあげ、縄で縛りつける間に、西園寺は聖水によるお祓いの支度をはじめた。長大なガラス製浣腸器に、キューとグリセリン原液を吸いあげる。薬用瓶が二本、千CCもの量である。

「すごい大きさですな。まるで一升瓶だ」

「フフフ、これくらい入れてやらないと、奥さんには効かないのでねえ」

西園寺は千CCを吸って、ズッシリと重い長大な浣腸器をかまえた。

理奈子はあまりの恐ろしさに、身ぶるいするばかりで、声も出ない。

「今日はきついよ、奥さん。泣き声をあげてご主人に気づかれないよう、せいぜい気をつけるんだねえ」

「そんな……そんな恥ずかしいことだけは、かんにんして……いや、いや……」

「フフフ、魔性の女だけあって聖水を怖がりおる」

西園寺は、後ろ手に縛った理奈子の臀丘を辰造が割り開いて待ち受けるところへ、ゆっくりと嘴管を突き立てた。

理奈子の双臀がビクンとはねあがった。拒もうと肛門がすぼまり、それがかえって嘴管を深く咥えこむ結果になった。

「やめて、やめてくださいッ……」

「そんな声を出すと、母屋の直也にまで聞こえるぞ、ヒヒヒ」

「ああ……」

理奈子はあわてて唇を噛みしばった。

ドクッ、ドクッとグリセリン原液が入ってくる。

「あ……あむ……」

理奈子はキリキリ唇を噛んで、顔をのけ反らせた。何度されても、決して馴れることのできないおぞましい感覚だ。

「あ、ああ……たまんない……ゆ、ゆるして、ください……」

おぞましい感覚から少しでも逃れようと、理奈子はのけ反らせた頭を振りたくった。

だが、それをあざ笑うかのように薬液はどんどん流入してきた。

西園寺と辰造は互いに目を見合わせて、クククッと笑った。互いの嗜虐の血が応じ合うらしい。

4

西園寺は、ゆっくりとポンプを押しながら、目で辰造に合図を送った。辰造はニンマリとうなずいた。

庭に面した障子を少し開けると、辰造は首を出した。

「直也、ちょっとこっちへ来てくれんか」

母屋に向かって叫んだ。

ひッと理奈子は息を呑んだ。

「なにをなさるんですッ、お義父さま。やめて、やめてッ」

こんな時に夫を呼ぶなど信じられない。理奈子は夢中で首をのばして、とめようとした。だが、辰造はやめない。

「直也、聞こえんのか」

「なんですか、父さん」

理奈子はギクッと総身を硬直させ、歯を嚙みしばった。

「直也、バケツを持ってきてくれんか。お祓いの聖水を入れるのに必要なんじゃ」

「バケツですね、はいはい」

そんなやりとりの間も、西園寺はポンプを押す手をとめなかった。ドクドクと流入してくる薬液に、理奈子は脂汗を滲ませつつ、噴きあがろうとする泣き声を押し殺した。

障子一枚へだてて理奈子は浣腸されている。こんな姿を夫に見られたら……そう思うと生きた心地がなかった。

(ああっ、早くッ……夫を、夫を向こうへ行かせて……あ、あ、声が出ちゃうッ)

理奈子はガクガクとふるえだした。夫がバケツを取りに母屋へ戻ると、

「ああ、も、もう、やめて……夫に、夫に見られてしまうわ……」

「おとなしくしてるんだ、奥さん。さもないと、障子を全部開いてしまうよ」

「そ、そんな……もう、ゆるして……」

「まだまだ、ヒヒヒ、聖水はまだたっぷりと残っとるじゃないか」

西園寺と辰造はうれしそうに顔を崩し、せせら笑った。辰造は意地悪く、さらに障子を開いた。

「いやッ」

「シッ、直也が戻ってくるぞ」

ひッと理奈子は身悶えをとめ、息をつめた。全身びっしょりの汗になった。

直也がバケツを持って、戻ってきた。

「父さん、信心もいいけれど、家にまで持ちこまないで欲しいよ」

「なにを言う、バチあたりめが」

直也と辰造の会話の前に、西園寺はポンプを押す手に力を加えた。グイグイと一気に大量に注入していく。

理奈子の腹部がふくれあがり、キリキリと腸管が灼けただれる。急激に荒々しい便意がふくれあがった。

(やめてえ……こ、こんな時に、かんにんして……う、うむむ……この浣腸、きついッ)

理奈子は今にも泣きださんばかりに、西園寺をふりかえって、哀願の目を向けた。

西園寺はニヤニヤ笑っていた。辰造も障子から顔を外へ出したまま、手で理奈子の双臀から媚肉の合わせ目をまさぐっている。

「ヒヒヒ、直也、このところ理奈子がめっきり色っぽくなったようじゃが、子供でもできたのか」

「いや、僕は聞いてないよ」

「そうか、早くつくらねばのう、ヒヒヒ」

辰造は意味ありげに笑った。教祖さまに頼めば、すぐにでも子供ができるとも、辰造は言った。直也は苦笑いした。

「それより、父さん、理奈子は？」

「トイレにでも行っとるんじゃろう。浣腸するとか言っておったからのう」

そんな会話を聞かされながら、理奈子は生きた心地もしない身体をガクガクふるわせた。いくらこらえようとしても、ふるえがとまらない。

「あ、あ……」

耐えきれずに、噛みしばった唇から泣き声がもれた。

だが、その声は西園寺が唱えはじめた祈りの呪文に消された。

祈りがはじまり、夫が母屋へ戻ると、西園寺は浣腸器の残りを一気に注入した。ガラスがキーと鳴って、ポンプを押しきる。

「ひッ……う、ううむ……」

理奈子は死にそうにのけ反った。

もう、夫と障子一枚へだてて浣腸されたことを恨む余裕もないまでに、総身をふるわせてすすり泣き、苦しげにうめく。

荒れ狂う便意に、身体の奥底がキリキリかきむしられ、顔が苦悶にひきつった。

「く、くるしいッ……うむ、うむむッ……」

「しっかりしろ、奥さん」

西園寺がバシッと理奈子の双臀をはたいた。辰造が夫に持ってこさせたバケツを、畳の上に置いた。

「ああ、さ、させて……漏れちゃうッ」

理奈子は蒼白な美貌を、脂汗にまみれさせてうめいた。

そんなものに排泄しなければならぬ屈辱を感じている余裕はない。まして、トイレにまでは、とてもたどりつけなかった。

だが、辰造と西園寺は、

「もう少し我慢するんじゃ、理奈子」

「フフフ、聖水がよくしみこみ、いきわたるようにねえ」

と、理奈子を引きずり起こし、スカートだけを脱がせる。膝のあたりにパンティをからませたまま、下半身だけを裸にするのだ。

西園寺と辰造は、ククク ッと卑猥な笑いをこぼした。

「フフフ、神のお祓いといきますか」

「いいですなあ、ヒヒヒ、神棒というわけですな」

すべて予定の行動なのであろう。西園寺が理奈子の後ろへまわると、辰造は前から腰を抱くようにして、双臀を押さえた。

「ひッ……ゆるしてッ、お、お尻は、い、いやッ」

なにをされるのかわかって、理奈子は腰をよじりたてながら、うめき、泣き声をあげた。うねる双臀ががっしりと押さえられ、臀丘が引きはだけられる。

「こ、こわいッ……かんにんして……」

「そんなに声を出して、ご主人に聞かれてもいいのかい、奥さん」

西園寺は理奈子の後ろにへばりつくようにして、つかみだした肉塊の先を肛門に押しつけた。理奈子の肛門は、荒れ狂う便意に今にも内から爆ぜんばかりに、ヒクヒクと痙攣していた。

ググッと捻じこむ。

「ひッ、ひッ……う、うむむ……」

引き裂かれそうな苦痛と、駆けくだってくる便意が押し戻される感覚に襲われる。

「うッ、うむ……きつい、きついッ……」

暗くなった目の前で、バチバチと火花が散った。

それでも理奈子の肛門は、むごく拡張されながら西園寺の灼熱を受け入れていく。

もう総身しとどの脂汗で、息をするのさえ苦しかった。

腹の底の底までびっしり埋めこまれて、出口を失った便意が猛烈に荒れ狂う。

「ヒヒヒ、これは立派な神棒による封印だ。見事に押し入っている」

辰造は目を細めて、西園寺が深々と押し入っているのを覗きこんだ。あまりの生々しい光景に、目がくらむ。

「どうじゃ、理奈子。教祖さまに尻の穴を封印された気分は」

理奈子は弱々しくかぶりを振りながら、ハァッ、ハァッとふいごのようにあえぎ、苦悶のうめき声をもらすだけだった。身体中がただれていくみたいで、頭のなかがジリジリ灼かれながらうつろになっていく。

「魔性め。神にいどみかかってきおる」

西園寺がうなるように言った。灼熱した肉が締めつけてきて、その収縮力と吸引力に舌を巻く思いだった。西園寺はしっかりと理奈子の腰を抱きこんだ。

「さあ、早く前のほうにも」

と、辰造を煽る。

理奈子は苦痛と涙にかすんだ目で、正面から辰造が迫ってくるのを見た。なにをされるのか、すぐには理解できなかった。

だが、辰造が理奈子の女の部分を犯そうとしているのに気づくと、

「い、いやあッ……そんな、そんなこと……」

驚愕と恐ろしさに言葉がつづかない。おぞましい排泄器官を犯されているというのに、このうえ、女の最奥まで……二人の男に同時に前と後ろから犯されるなど、信じられなかった。しかも便意は荒れ狂っている。

「いや、いやッ……た、たすけてッ……」

理奈子は泣きながら腰をよじった。よじると肛門に激しい痛みが走るが、よじらずにはいられない。

「や、やめて、お義父さまッ……こ、これ以上されたら、死んじゃう……」

「死ぬほどいいということか、淫乱め」

「こ、こわいッ……あ、ああッ、ううむ……」

グッと媚肉の合わせ目に分け入ってくる辰造に、理奈子は激しいまでに背筋をそり

かえらせて、うめいた。

灼熱の肉塊が、薄い粘膜をへだてて腸管の西園寺とこすれ合いながら沈んでくる。灼けただれた身体に、さらにカアッと火花が走った。それに便意の苦悶が入り混じった。

本当に気が狂いそうだった。いくら逃れようとしても、前と後ろからくさびを打ちこまれていて動けない。

「フフフ、ではお祓いをはじめますかな。情は無用。思いきって突きまくることです」

西園寺はニタッと笑った。辰造もニンマリと笑う。西園寺と辰造は、ゆっくりとリズムを合わせて、理奈子を前後から突きあげはじめた。

「あ、あッ、たすけて……お願い……」

理奈子は総身をのたうたせ、たちまち半狂乱に陥っていく。声にならない絶叫が、顔をのけ反らせた理奈子の唇からほとばしった。

だが、その声も西園寺が後ろから猿轡を噛ませて封じてしまう。

「うッ、うむッ……うぐぐッ……」

一種凄惨ともいえる表情を、身体中に表わして、理奈子は猿轡の下でうめき、泣き、そして絶叫した。

理奈子の身体は、二人の男の間で揉みつぶされるようにギシギシときしんだ。灼熱の肉塊が粘膜をへだててこすれ合う恐ろしさ、衝撃が理奈子の感覚をも異常にするのだろうか。なすすべもない愉悦に、肉という肉がドロドロとただれさせられた。

(あ、あうッ……もう、もう……)

燃えあがる炎に、一気に肉が灼きつくされる。腸をかきむしる便意の苦痛さえ、耐えられない愉悦につながった。

(ひッ、ひッ……イク、イクうッ……ひッ、ひいーッ……)

理奈子は総身をキリキリ収縮させつつ、真っ赤に灼けた。

5

その夜、理奈子は身体の具合が悪いと偽って、いつもより早く床についた。浴室で丹念に身体を清めたが、犯された匂いを夫に嗅ぎつけられるようでこわかった。

だが、身体中に男たちの精が滲みこんでいるみたいで、腰のあたりは鉛でも入っているように重く、ヒリヒリとうずいている。

真面目でおとなしい夫は、女の身体の変化や表情を見抜くのに目ざといほうではなかった。理奈子を疑うことを知らない。

（あなた……り、理奈子はもう、だめ……だめになってしまったわ……）

理奈子は布団のなかで、そっとむせび泣いた。夫の顔を見るのがつらく、死にたいほどみじめだった。

それからどのくらいたったのか、いつの間にか寝入ってしまった理奈子は、肌をまさぐってくる手に目を覚ました。

「い、いや、あなた……今夜はいや……」

理奈子は手を払いのけようとした。だが、ベッドの隣りには、夫の直也が軽い寝息をたてて眠っていた。

理奈子はハッと顔をあげた。暗闇に辰造の顔があった。

「お、お義父さま……」

「静かにせんか、ヒヒヒ」

夫の手だと思ったのは、辰造の手だったのだ。理奈子は戦慄に身体を硬直させた。

「ああ、お義父さま、こんなところまで……で、出ていってください」

ヒヒヒ……と辰造は低い声で笑った。

理奈子をベッドから引きずりおろすと、腰に手をまわして抱き、ネグリジェを脱がしにかかった。

「やめて、なにをなさるんですか……こんなところで、いや、いやです……」

「素っ裸になるんじゃ。騒ぐと直也の奴が目を覚ますぞ」

「そ、そんな……」

理奈子はあわてて声を低くし、身体をこわばらせた。ネグリジェが白い肌を滑り、パンティがむしり取られて、理奈子は一糸まとわぬ全裸に剝かれた。

「ああ……こんなところで……」

理奈子は狼狽した。いつ夫が目を覚ますかと思うと、生きた心地もない。

「ヒヒヒ、まったくいい身体をしおって」

うずくまろうとする理奈子を引きずり起こすと、両手を背中へ捻じりあげて縛った。豊満な乳房の上下にも、容赦なく縄目をくいこませる。

「あ、あ……ゆ、ゆるしてください……もう、いやです」

「なにを言っておる。駄々をこねると、直也の前で浣腸責めにかけるぞ、理奈子」

「……………」

理奈子は声もなく、いやいやとかぶりを振った。もう今日はすでにクタクタになるまで責められている。

理奈子は立ったまま両脚を開き、上体を前に倒して双臀をせりだす姿勢をとらされた。臀丘が割り開かれて、まだヒリヒリとただれている肛門が剝きだされた。

「ほれ、尻を突きださんか」

「ああ……お尻はいや、いやです」

ふりかえった理奈子は、ヒッと息を呑んだ。辰造だけでなく、教祖の西園寺までいた。

西園寺の左手には、大きなガラス容器が持たれ、その底からのびたゴム管はノズルにつながっていた。イルリガートル浣腸器である。

「フフフ、奥さん、じっとしてるんだよ。夜のお祓いをしてあげるからねえ」

そう言うなり、西園寺は右手のノズルを剝きだされた理奈子の肛門に突き立てた。

「ああッ、なにを……」

理奈子は悲鳴をあげた。

「やめてッ……そ、そんなこと、も、もういやッ」

理奈子の悲鳴で、ベッドの夫が低くうめいて寝返りをした。理奈子はあわてて声を嚙み殺した。生きた心地もなく夫のほうを見た。

(あ、あなた……)

だが、夫はそのまま再び軽い寝息をたてはじめた。

「フフフ、おとなしくしとらんからだ」

西園寺は低くせせら笑いながら、ノズルの栓を開いた。チュルチュルッ……とガラス容器のなかの液体が流入しはじめる。

「うッ、ううッ」

理奈子は歯を嚙みしばって、思わずこぼれそうになる悲鳴を嚙み殺した。汚辱感に狂わんばかりだった。

浣腸されるみじめな姿を、夫に見せることなど絶対にできない。

「フフフ、では、いきますかな、奥さん。三千五百CC、呑みごたえがありますぞ」

「西園寺教祖さまのおっしゃることが、聞こえたんじゃろう、理奈子、ヒヒヒ、ほれ、歩かんか」

辰造が理奈子の腰に手をまわして、強引に歩かせはじめる。その後ろから、ガラス容器を高くかざした西園寺がつづいた。

イルリガートル浣腸を理奈子にしながら、歩かせるのだ。

「あ……ああッ……」

理奈子は外へ連れだされると知って、おびえあらがおうとしたが、もうすすり泣くばかりであった。

もう人通りのとだえた深夜の道を、理奈子はほとんど引きずられるように歩かされた。ハイヒールをはかされただけの全裸で後ろ手に縛られたまま、肛門から薬液をチビチビ呑まされる。

それは、叫びだしたくなるほどの、焦れったいようなたまらない感覚だった。

「あ、あああ……た、たまらないわ……」

理奈子はあえぎ、うめいた。

どこをどう歩いたのか、ズズーと不気味な音とともにガラス容器が空になった時、理奈子は大日本敬老子宝教の本堂の前にいた。

「フフフ、三千五百CCすべて呑んだな、奥さん。たっぷり聖水を呑んだ気分はどうだ」

西園寺はノズルを引き抜きながら、うれしそうに笑った。辰造も笑っている。

「う……うむ……」

理奈子はもう、総身脂汗にびっしょりで、一人で立っているのがやっとだった。三千五百CCも呑まされた腹部は、痛々しいまでにふくれあがっていた。

ワナワナとふるえ、声も出せないように歯を嚙みしばって、必死の思いで便意とたたかっている。

「ううッ……さ、させて……」

「フフフ、よしよし」

本堂のなかへ引きこまれると知った理奈子は、驚愕に顔をひきつらせた。

「そ、そんな……ああッ、いやですッ」

本堂からは祈りの合唱が聞こえてくる。数十人はいるようだ。

そんなところへ、後ろ手に縛られ、浣腸された全裸で引きだされるのかと思うと、一瞬、切迫した便意もどこかへ吹っ飛んだ。

「い、いやあッ……おトイレにッ」

いくら泣き叫んでも、ズルズルと引きずられた。本堂へ入るなり、信者たちの祈りの合唱がとまり、どよめきが起こった。いっせいに男たちの目が、理奈子に集中した。

「ああッ……」

理奈子はめまいさえ覚え、その場へズルズルしゃがみこもうとするのを、容赦なく引き起こされて、本堂の正面の祭壇の上へ立たされる。

「た、たすけて……ああ、誰か……」

理奈子は左右から抱き支えられ、かがむこともゆるされずに、身を揉みながら泣いた。便意はもう、耐えきれないまでに駆けくだっている。

無数の男たちの目が、身体中を舐めまわし、さらしものにされるのが死にたいほどの恥ずかしさだった。そして、それに輪をかけたのが、信者たちのなかに顔見知りが何人もいることだった。

買い物に行くスーパーの肉屋の主人が、クリーニング屋の隠居がいる。隣りのご主人や町内会の役員など……理奈子は生きた心地もしない。西園寺は理奈子の身体を前も後ろも、充分に信者たちの目にさらした。

「神に逆らう魔性の女を連れてきましたぞ。この女を、今夜の神への生け贄とするために……さあ、深夜の宴のはじまりだ」

西園寺は数珠を振りかざして叫んだ。

信者たちは歓声をあげた。

「どうりで美しすぎると思った」

「へへへ、今夜の神への生け贄は、とびきりの美人だねえ。こいつはたまらん」

「あの尻といい、おっぱいといい、フフフ、それにしても理奈子奥さんがあんなにいい身体をしていたとは」

顔見知りの肉屋や隣りの主人らが、口々に騒いだ。この男たちは皆、狂っている……理奈子はそう思った。

「ああ、たすけて……たすけてください」

「フフフ、さあ、生け贄を神にささげるのだ」

西園寺の合図で、側近たちが理奈子を後ろ手に縛った縄に、天井からの鎖をかけて吊りあげはじめた。

「いやあッ……」

理奈子は激しく身悶えて、なりふりかまわず泣き声を放った。

吊りあげられて縄目が胸もとにくいこみ、それがいやでも荒々しい便意をふくれあがらせた。

「あ、ああッ……だめ、で、出ちゃうッ」

もう耐えられなかった。自分の意志に関係なく、一気に便意が駆けくだった。

「ひッ、ひッ……見ないでッ、ひいーッ」

すさまじい勢いでほとばしった。だが昼間、すでに大量の浣腸をされていただけに、出るのは澄んだ薬液ばかり。

そんな理奈子のほとばしりを信者たちが忘我の状態で浴び、狂乱したように呪文を唱えていた。

そのなかには、辰造の姿もあった。

6

屈辱のほとばしりを絞りきった理奈子は、死んだようにグッタリとして、すすり泣くばかりだった。

西園寺が側近たちに命じて、天井からぶらさがっている理奈子の両脚を割り開かせて、股間をさらけださせても、反応らしい反応はなかった。

信者たちが目を血走らせて、理奈子の太腿の奥を覗きこもうとひしめき合った。目の上に、理奈子の太腿が開ききり、媚肉の合わせ目もしとどに濡れそぼって、ヒクヒク痙攣している肛門も、あられもなく剝きでていた。

信者たちは声もなく見とれた。あまりに妖しく生々しい光景に、目もくらむほどである。

「た、たまらん……」

誰ともなく、感嘆のうなり声があがり、理奈子の裸身に手がのびた。

内腿を撫でる者に、媚肉の合わせ目を指先でなぞる者、ムッチリと張った双臀に這う手……いつの間にか、無数の手が下から理奈子にのびていた。

「ああ……」

右に左にと理奈子の顔がゆれた。死んだような女体が、次第に息吹を取り戻していくように、乳房から下腹にかけてがあえぎはじめた。

生々しい口を開いたままの理奈子の肛門が、ヒクヒクとうごめき、キュッとすぼまっていくかと思うとフッとゆるむ、またすぼまる。

そしてまた、執拗に這う指先に媚肉の合わせ目も妖しくゆるんで、ピンクの肉襞をのぞかせていた。

「フフフ、生け贄台を」

西園寺が声高に命じた。

生け贄台というのは、人体の倍はある鬼面像の台であった。あぐらをかいて座っており、その上に生け贄を乗せられるようになっている。

そして鬼面像の股間には、長さ三十センチ、太さは七センチもの長大な突起物がそそり勃っていた。男根そっくりにつくられている。

その生け贄台が、理奈子の真下へ運ばれてきた。信者たちがその台を取り囲むように陣取った。

「フフフ、奥さん。神の生け贄になってもらう。神の像に犯されるのだ」

西園寺は理奈子の黒髪をつかんで、鬼面像の股間にそそり勃っている巨根を見せた。

「そ、そんな……あぁッ……」

理奈子のうつろだった瞳が、凍りついた。その巨大さに、目の前が暗くなった。

「か、かんにんして……」

「これくらいで驚いては、話にならん。まだまだ、生け贄になる恐ろしさを、たっぷりと思い知らせてやる」

「あぁッ……いや、もう、もう、いやあ」

理奈子を天井から吊っている鎖が、ガラガラと理奈子の身体を鬼面像のあぐらの上へ向かっておろしだすと、理奈子は瞳をひきつらせて悲鳴をあげた。

「ああ、いやッ……あぁッ、いやですッ」

いくら腰を振りたてても、両脚は左右から足首をつかまれて割り開かれている。逃げるすべはなかった。

理奈子の身体は、鬼面像のあぐらをまたぐ格好で、ゆっくりと降下した。巨根の先が、理奈子の媚肉の合わせ目に触れた。すさまじい太さだ。

「あぁッ……いや、あぁッ、こわいッ……」

「フフフ、神の巨大さを思い知るんだ、魔性の女め」

さらに理奈子の身体が降下した。

「ひッ、ひぃッ……」

理奈子は総身を硬直させて、激しくのけ反った。激痛に顔がゆがむ。

「いや、いやあッ……ひッ、ひッ、裂けちゃうッ」

「子供を産んでいるんだ。これくらい入るはずだ」

「む、無理よッ……ひぃッ……入らないッ」

あまりの長大さに、理奈子は腰をよじりたてつつ泣きわめいた。媚肉がメリメリと音をたてて引き裂かれていく。

だが、それだけではなかった。鬼面像は左手が前へのびていて、その人差し指が理奈子の肛門に当たるようになっていた。人差し指と言っても、長さは二十センチ、太さは三センチ近くもある。

それが巨根と同時に、理奈子の肛門に押し入ってくる。

「ひぃッ……い、いやあ、ひッ、ひッ……」

理奈子は息もできない。激痛に腰を痙攣させつつ、キリキリと歯を噛みしばった。それでも前から後ろから、さらに入ってくる。理奈子は白目を剝いた。

鬼面像の巨根と人差し指が、粘膜をへだててこすれ合いながら深く沈んでくる。とても理奈子のなかにおさまりきれない。半分しか埋まっていないのに、もう先端は子宮口に達していた。

「ひいッ……ひッ、死んじゃう……」

理奈子は悶絶せんばかりに、白目を剝いたまま、押し入ってくるものの巨大さを思い知らされた。

自分の身体の重みで、さらに結合が深くなり、子宮が押しあげられ、腸管が突きあげられる。

「さすがに魔性の女、神の巨大なものを二本とも受け入れるとは、フフフ」

西園寺は理奈子の並はずれた許容力に、舌を巻く思いだった。

熟しきった人妻の、それも出産経験のある人妻ならではのことであろう。

理奈子はもう、鬼面像のあぐらの上へまたがったまま、ぺったりと双臀をおろしていた。まるで、鬼に抱かれている少女みたいだ。

まわりに群がっている信者たちは、息をつめて凝視していた。呪文を唱える口はうつろで、目だけがギラギラと血走っている。理奈子の身体の、どんな反応も見逃すまいとする目だ。

もちろんそのなかに、義父の辰造もいた。

「ヒヒヒ、神に犯されて、うれしいか、理奈子。気持ちよさそうな顔しおって」

「うむ、ううッ……お義父さま、たすけて……理奈子、裂けてしまう……」

「理奈子はもう、神への生け贄としてささげられたんじゃ。わしの力ではどうにもならん、ヒヒヒ」

辰造が口もとからだらしなく唾液を垂らしながら、せせら笑った。

「そ、そんな……たすけて……」

理奈子の腰のあたりが、ブルルッと痙攣したかと思うと、弾かれるように、

「い、いやあ……ひッ、ひッ、気が変になるわッ」

激しく上体をのけ反らせた。

理奈子のなかで巨根が動きはじめたのだ。内蔵されたバイブレーターが、巨根を振動させつつ、クネクネとうねりだした。理奈子の肛門に押し入っている指も同じだった。

「ひッ、ひッ……たすけて、お願いッ……」

理奈子はたちまち、錯乱のなかに翻弄されはじめた。引き裂かれるような苦痛の底で、わけもわからぬうちに官能のうずきが湧きあがり、理奈子を狂乱へと駆りたてる。

「あ、あうッ、狂ってしまう……あ、ひッ、ひッ」

もう、わけもわからず、あやつられるままに、泣き、うめき、戯き声を放った。

張り裂けんばかりに拡張された肉が、前も後ろも次第に潤い、巨大なものになじんでいくのを、湧きあがるうずきのなかではっきりと感じ取った。

「あ、あうッ……死んじゃうッ……」

いくらこらえようとしても、ひとりでに腰がうねった。ガクガクとゆさぶる。

「フフフ、神に犯されて感じはじめたぞ」

「魔性の本性を現わしたようだな」

「それにしても、色っぽい顔をして、いい声で泣く奥さんだ」

「あれで今まで男たちをたぶらかしてきたわけか、へへへ」

男たちは口々に騒いだ。

西園寺が理奈子の黒髪をつかんでしごき、その顔を覗きこんだ。

「フフフ、そんなにいいのか、奥さん」

「うむ……あ、あああ……」

「よがっとらんで、はっきりと言わんか」

「……いい……あうッ、いいわ、いいッ」

そう口走った理奈子は、堰を切ったように狂おしく身悶えはじめた。もう頭のなかは空っぽになり、口の端から涎れが流れでた。身も心も、灼けただれるような官能の愉悦に没頭していく。

「いッ、いいッ……あ、あああ、もう……ああッ」

「フフフ、気をやるんか、奥さん」

「ああ、もう……もうッ、い、イクッ……」

理奈子は激しく腰の骨をきしませつつ、上体をのけ反らせて、総身をよじりたてた。身体中の肉という肉が、灼きつくされていく。だが、巨根と指の動きはまだとまらなかった。

キリキリと収縮するのをかまわず、振動してクネクネとうねりながら、粘膜をへだててこすれ合いつづける。

「あ、ああッ……」

グッタリと絶頂の余韻にひたることもゆるされず、責めつづけられて理奈子は悲鳴をあげた。

「い、いやあッ……待って、お、お願い、少し休ませて……」

「フフフ、神にとことん犯されるんだ。魔性を発揮できなくなるまでな」

「そんなッ……死んじゃう、か、身体がこわれちゃうわ……」

だが、男たちは狂ったように欲情の笑いをこぼすばかりだった。

たちまち理奈子は、再び官能の絶頂へと追いあげられた。絶頂がずっと持続するようである。

「あ、あひッ……また、またあ……イクッ」

もう理奈子は、声も出ず、息もできないままに、ひいひいと喉を絞った。

たてつづけに絶頂を味わわされ、身体中の肉はドロドロにただれさせられて、本当に発狂しそうだ。気を失うと、頬を張られてゆり起こされた。

「どうした、奥さん、フフフ」

理奈子は口から涎れを垂れ流しながら、悶絶せんばかりにうめき、あえぐばかりだった。

「もう口もきけないほど、いいのか」

開ききった太腿の間を覗きこむと、理奈子の媚肉と肛門は、生々しいまでにいっぱいにひろがって、巨大なものを呑みこんでいる。それはしとどに濡れそぼり、ヒクヒクとうごめき反応していた。

いったい何度気をやったのか……まだ反応している媚肉や肛門に、理奈子の底知れぬ性の成熟を見る思いだった。

西園寺が覗いている間にも、理奈子はビクンビクンとはね、悶えながら官能の絶頂へと昇りつめる風情だった。

「フフフ、また気をやりおった。まったく底なしに好きな奥さんだ」

西園寺はケタケタと笑った。だが信者たちは笑うどころではない。目の前で美しい理奈子のあられもない痴態を見せつけられ、焦れたように欲情の息を荒くしている。

西園寺は信者たちをじらすだけじらした。じらすことで、倒錯の世界へ引きずりこみ、集団催眠にかけていく。

「さあ、神につづくのです。この魔性の女をみなさんで犯して犯しまくるのだ」

それが神の意志だと、西園寺は天をあおぐようにして言った。信者たちが歓声をあげた。

「ありがたいことだ、へへへ」

「あんな美しい奥さんを犯れるとは、さすがに私たちの神は、お恵み深い」

「神のお告げだからね。奥さん、たっぷり犯してあげますよ」

男たちは先を争って服を脱いだ。

理奈子はそんな男たちを、半分気を失ったようなうつろな瞳で見ていた。もう頭のなかはしびれきってしまったように、あらがう気力さえ起こらなかった。

「フフフ、今夜は奥さんを妊娠させてあげるよ。これだけ多くの信者に輪姦されりゃ、まず妊娠するだろう」

西園寺は理奈子の耳もとでささやいた。

妊娠という言葉が、理奈子のうつろな意識に鋭く突き刺さった。

「そんな……に、妊娠なんて……」

「ヒヒヒ、神の子を宿すんじゃ。直也の奴も喜ぶことじゃろうて」

横から辰造が言った。

「い、いや、いやあッ」

弾かれるように理奈子は泣き叫んだ。

その悲鳴をあざ笑うように、男たちはもう、いっせいに理奈子の身体めがけて襲いかかっていた。

III

献身妻・静子

夫を救うために

第一章　淫魔の囁き

1

静子が出かけようとすると、玄関で学校から戻ってきた妹の結衣に会った。

「そんなにおしゃれして、どこへ行くの、お姉さん。また、あの男のところ?」

静子の顔を見るなり、結衣が言った。

「ち、違うわ。病院へ行ってこようと思って」

「ウソ。この間もお姉さんがあの男と一緒なのを見たのよ。不潔だわ」

そう叫んで、結衣は家のなかへ駆けこんでしまった。

多感な年頃の結衣は、静子の緊張した表情に、なにか異様な気配を感じたらしい。

そうでなくても、静子が男と一緒なのを、どこかで見られたようだ。

「違うのよ……わかって、結衣」

静子はつぶやくように言っただけで、妹を追おうとはしなかった。まだ十七歳の結衣に事情を説明しても、わかってはもらえないだろう。

ちょうど一カ月前。夫が突然倒れて救急病院へ運ばれた。

肝臓ガンだった。

肝臓移植をしない限り、長くてあと半年の命だと担当医は言った。だが、日本での臓器移植は現状では困難で、欧米でも一年は待たねばならない。

（ああ、あなたが死んでしまったら……）

静子は絶望に目の前が暗くなった。なんとしても夫の命をたすけねばならない。

夫はまだ三十三歳、静子も二十九歳の若さなのだ。

肝臓ガンであることは、静子は夫にも妹の結衣にも秘密にした。

肝臓移植の可能性を求めて、静子はあちこち飛びまわった。

「誰か夫をたすけてください。お願いッ」

静子の血を吐くような叫びも、むなしく響くばかりだった。

（どうすればいいの……ああ、あなたを失うなんて、絶対にいや）

静子は神をも呪いたい気持ちだった。悪魔が存在するのなら、魂を売ってもいい。

夫の顔を見るのが、日に日につらくなる。

木島が静子の前に姿を現わしたのは、そんな時だった。

金ブチの眼鏡にキザな口ひげの顔をニヤつかせ、派手なシマのスーツ姿で病院の出口で静子を待っていた。

「お久しぶり。結婚して、フフフ、お色気があふれちゃって」

相変わらずいやらしい目で、ねっとりと静子の身体の線を見た。

結婚前の静子にしつこくつきまとった男だ。

静子は木島が大嫌いだった。街でいきなり声をかけられ、それ以来いやらしいことを言っては追いまわしてきた得体の知れぬ男である。

そして、暗闇に連れこまれて乱暴されそうになったのを救ってくれたのが、今の夫だ。

いつもの静子なら、突然現われた木島をまったく無視していただろう。

「私なら、ご主人を救えますよ、フフフ、何事にも裏はつきもの、臓器売買にも裏の闇ルートがあってね」

「ほ、本当ですか」

ワラにもすがりたい静子が、木島のささやきに耳を傾けないわけはなかった。臓器売買の闇のルートがあるらしいことは、静子も週刊誌で見たことがあったが、現実に存在するとは……。

「肝臓でしょう。私なら手に入れるのは簡単でね、フフフ」

「お願いです、あの人をたすけてくださいッ」

「ちょっと値が張りますよ。それにヤバい橋を渡るわけだから、その代償として」

木島はニンマリと笑って、静子の双臀をスカートの上からスルリと撫でた。

静子はあわてて木島の手を振り払った。代償として、木島に身体をゆだねる……考えるだけでもゾッとして虫酸が走った。

「悪い冗談はやめてください。誰があなたのような人なんかと……」

と、一度は激しく突っぱねた静子だったが、日に日に病状が悪化していく夫をこれ以上は見ていられなかった。

夫を救うためならたとえ自分はどうなっても……静子は哀しい決意をして、木島のもとを訪れたのである。

「お願い、言われた通りにしますから……夫をたすけてください……」

「いいでしょう。その代わりにたっぷりと楽しませてもらいますよ、静子さん」

木島の出した条件は、半年間いつでも静子を抱きたい時に抱けることと、現金で七千万円だった。

2

静子はその条件を呑むしかなかった。だが七千万円なんて大金はない、とりあえず木島にたてかえてもらうということで、借用証書をつくらされた。

そして静子は木島に腕を取られて、ラブホテルの門をくぐった。

静子はブルブルと身体のふるえがとまらなかった。

円形ベッドのある部屋へ入るなり、木島はすぐに静子の身体に手をのばしてきた。

「ああ、待ってください。先にシャワーを浴びさせてください」

「奥さんの生の匂いを嗅ぎたいんでね、フフフ、素っ裸になってもらいますぜ」

「そ、そんな……」

いくら覚悟したつもりでも、おびえのふるえが走る。

だが、どんなに恥ずかしく屈辱的であっても、病に苦しんでいる夫を思うと、静子はあらがえなかった。

ブラウスのボタンがはずされて脱がされ、スカートのファスナーも引きさげられて足もとにすべり落ちた。

下は薄いブルーのスリップで、透けて見える下着も同じ色だった。

「あこがれの奥さんの裸を見られるなんて、夢みたいだ。一度はあきらめたんだがね」

「ああ……かんにんして……」

「亭主を救うために身体をなげだす人妻か、フフフ、たまらないねえ」

そんなことを言いながら、木島は静子のスリップの肩紐をはずして下へ滑り落とした。

白い肌が露わになり、立ち昇る女の色香にさすがの木島も手がふるえる。

いやでならないといった静子の気持ちが、身悶えからわかり、それがまたたまらない。

「とうとうこの身体が俺のものになる、フフフ、さんざん俺を嫌って振ってくれた礼も含め、たっぷりと可愛がってやる」

「い、いや、ああ……」

「いやなら亭主は死ぬだけだ。生かすも殺すも奥さん次第、フフフ、まずは、おっぱいから見せてもらうぜ」

静子への長年の想いをとげられる興奮からか、木島はうわずった声でよくしゃべった。

背中でブラジャーのホックがはずされ、ハッと息を呑むほどの見事な乳房が、透けるような肌に羞じらいの色を匂わせ、ブルンとゆれて剝きだされた。

「素晴らしい……九十センチはあるかな」

木島は欲望のおもむくままに手をのばし、豊満な乳房を手のひらにすくいあげた。ゆっくりとゆさぶり、揉みこむ。

プリプリと弾むような肌の若さと張りで、小さな乳首も綺麗なピンクである。

「あ、あ……」

静子は唇を嚙みしめ、身体中に虫酸が走るのを必死にこらえた。

そのうち、左手は乳房をいじりつづけながら、右手が腰のくびれへと這いおりてきた。

「さて、いよいよパンティだ。奥さんのオマ×コはどんなのかな、フフフ」

パンティのゴムを指先で弾かれ、静子はヒッと喉を鳴らした。夫にしか見せたことのない裸身を……。

「あ……それだけは、かんにんしてッ……」

激しい羞恥と屈辱が、思わず静子を叫ばせた。

木島の手を振り払って逃げたくなるのをこらえるので精いっぱいだった。

「フフフ……」

木島はうわずった笑いをもらしながら、わざとゆっくりとパンティをずりさげた。

双臀がジワジワと少しずつ剝きだされ、白い肌にひときわ鮮やかな女の茂みが少しのぞく。

「ああ……」

静子は両手で顔をおおったままかぶりを振り、身悶えた。

「ほれ、オケケが見えてきた。思ったより濃いようだな、奥さん」

「いや……ああ、いや……」

「もう少しだ、ほれ、ほれ、奥さん」

じりじりとめくりおろすふりで、静子をさんざん悶えさせてから、木島は一気に足もとまでずりさげた。

いやッとかがみこもうとするのを、木島はゆるさなかった。

まっすぐに立たせ、両手も顔からどけさせて頭上にあげさせた。

「綺麗だ……なんていい身体をしているんだ。まぶしいくらいだ」

木島は目を細めて静子の裸身に見とれた。

固く閉じ合わされた太腿の付け根に、艶やかな繊毛が妖しい匂いを昇らせてフルフルとふるえていた。

そして腰は悩ましくくびれ、双臀はムッチリと張って形よく、若妻らしい肉感と色気にあふれている。

木島はゴクリと生唾を呑み、さかんに舌なめずりした。

「これまで数えきれないほどの女の裸を見てきたが、こんなに綺麗で色っぽいのは初めてだ、フフフ、そそられますよ」

「いや……ああ、さ、さわらないで……」

木島の手が腰のくびれから双臀を撫でまわす。

隠しきれない女の茂みに手が触れるたびに、静子はビクッビクッとすくみあがって泣き声をあげた。

（あなた、あなた……）

ひたすら夫を想い、夫の命を救うために耐えるのだと自分自身に言い聞かせた。それでなければ、どうしてこんなことに耐えられよう。

「さてと、いよいよ股をおっぴろげて奥さんのオマ×コを見せてもらおうかな」

「いやッ……それだけはッ」

反射的に逃げようとする静子を、木島は円形ベッドの上へ押し倒した。

「亭主をたすけたいんだろ。おとなしく股を開かないと、肝臓は手に入らねえよ、奥さん」

「ああ……」

ガクッと静子の身体から力が抜けた。

木島は静子の裸身をあお向けにすると、顔をおおう手を左右へ開かせ、足首をつかんで割り開いた。

「あ、あ……かんにんして……」

「思いっきり開くんだ。奥さんのオマ×コの奥の奥までのぞけるようにな」

いっぱいに開いた両脚の膝を立てさせ、その間に木島はあぐらを組んだ。

静子の女のすべてが、木島の目の前に剝きだされている。媚肉の合わせ目はつつましく閉じ、まるで生娘みたいな初々しい形を見せていた。

「や、やめて……見ちゃ、いや……ああ、見ないで……」

「素晴らしい……こんないいオマ×コは見たことがない。俺の想像通りの、いや、それ以上だ、フフフ」

木島は低く笑うと、おもむろに手をのばして、左右からつまんで媚肉の合わせ目をくつろげた。

綺麗なピンクの肉の色と少しも崩れていない媚肉の構造。

そして妖しい女の色香に、さすがの木島も我れを忘れて酔いしれる。

このつつましやかな肉がひとたび燃えあがると、どんな狂態を見せるのか……。

ゾクゾクと想像をふくらませながら、木島は指先でまさぐり、丹念に肉の構造を確かめていく。

「ああ……そんな、いや、いやです……さ、さわらないで……」

静子は真っ赤になった美貌を右に左にと振って、すすり泣いた。

夫にしかゆるしたことのない肌を、よりによって、もっとも嫌っている木島に汚されるくやしさと恐ろしさに、涙が溢れた。だが、夫を裏切ることによってしか、夫の命を救うことはできない。

「あ、あなた……」

深い闇のなかへ吸いこまれるように、静子はスーッと気が遠くなった。

それからどのくらいの時間がたったのか。

ようやくホテルから出てきた時には、静子はフラフラで一人では立っていられなかった。

木島に腰を抱かれ、身体を支えられて家の前まで送られた。

そこを妹の結衣に見られたらしいのだが、ついに木島と肉の関係を持たされてしまった恐ろしさに打ちひしがれている静子は、妹に見られたことにまったく気づかなかった。

3

静子の足どりは重かった。

（違うのよ、結衣……こうするしかないの、わかって……）

静子は何度も胸の内でつぶやいた。いつの間にか静子の足は、夫の入院する病院へ向かっていた。

ちょうど夫が発作を起こしたところで、医者や看護婦があわただしく動きまわっていた。

「あ、あなた、しっかりしてッ」

「……静子か……僕はだめかもしれんな……」

苦悶の表情で夫は言った。口にこそ出さないが、自分の病状がおもわしくないのに気づいているのかもしれない。

「大丈夫よ、あなた。きっとよくなるわ。そんな弱気にならないで」

静子はずっと夫の手を握っていた。溢れそうになる涙を必死にこらえた。

どんなことをしても夫をたすけなければ……いやらしい木島にもてあそばれたことに、打ちひしがれている時ではない。

夫の発作がおさまるのを見届けてから、静子は病院をあとにして木島のところへ向かった。木島が待ち合わせに指定したのは、六本木の喫茶店だった。

すでに木島は来ていて、いらいらした様子で待っていた。

「遅いじゃねえか、奥さん。俺を甘く見てるのか」

「ち、違います。夫が発作を起こして……まだ、まだ移植はできないのですか。早くしてください」

「今、話を進めているところだ。心配しなくても肝臓は手に入れてやる、フフフ、奥さんの態度次第で、もっと早く話を進めてもいいんだぜ」

煙草の煙を静子の顔に吹きかけて、木島はニヤニヤと笑った。もう静子を自分の女にしたことで、余裕たっぷりだ。

「どんな、どんなことでもしますから……いっときも早く、話を進めてください」

静子は木島にすがって、今にもすすり泣かんばかりに言った。

木島はすぐに答えず、ねっとりと静子を上から下まで見つめた。ベージュ色のワンピースが若妻らしさをかもしだし、静子によく似合っていた。

「フフフ、トイレに行って下着を全部脱いできな。ノーブラ、ノーパンだぞ」

「そんな……こ、こんなところで……」

静子は驚いて木島の顔を見た。まわりの目を気にしながら、弱々しくかぶりを振った。これからホテルへ行くというのに、こんなところで下着を脱がせる木島の気持ちが理解できない。

「どんなことでもするってのはウソか、奥さん。俺はウソが嫌いだぜ」

そう言われると静子はもう、なにも言えなかった。静子は唇を噛みしめるようにして立ちあがると、トイレへ向かった。

言われるままに下着をすべて脱ぎ、素肌の上に直接ワンピースをつけた。

（こんなことって……）

スカートのなかへしのびこむ外気が、ノーパンであることをいやでも意識させる。

下着をつけないことが、こんなにも心細いとは思ってもみなかった。

スカートの裾を手で押さえるようにして席へ戻ると、

「いいな、これからはいつもノーパン、ノーブラでいるんだ、奥さん。俺がいつでも触れるようにな」

木島は静子の腰に手をまわして、喫茶店から連れだした。

静子は顔をあげられなかった。道行く男たちが静子の美しさにふりかえるのだが、静子はノーパンであることをあざ笑われている錯覚に陥った。

「フフフ、この前は最初だったんで手加減してノーマルにいったが、今日からは本格的に楽しませてもらうよ、奥さん」

「こ、こんなところで、そんなお話はなさらないで……人に聞かれます」

「奥さんのムチムチのこの身体には、してみたいことがたっぷりとあってね、フフフ、まあ、覚悟しておくんだな。ひいひい泣かせてやるよ」

木島は歩きながらしつこく語りかけ、静子の下着をつけない双臀を、スカートの上からねちねちと撫でまわした。

木島は六本木にあるホテルを予約していた。ある種の人々には有名なホテルだったが、静子にはそこがどんなホテルかわかるはずもなかった。

「お願いです、いっときも早く夫を救ってください……病状がよくないんです……」

ホテルの入口で、静子はもう一度木島にすがった。

「本当に、肝臓移植はできるのですね……信じていいのですね」

「本当だぜ。俺はウソが嫌いだと言っただろうが」

木島は静子の双臀を撫でまわしながら、ホテルへ入った。部屋は四階だった。

ダブルベッドに簡単な応接セットがあるだけの部屋。ただ壁に鉄の戸があり、奥にもう一部屋あるようだ。

木島は冷蔵庫からビールを取りだすと、ソファに腰をおろして、まず一杯、グッとあおった。

「奥さん、俺の前に立って後ろを向きな。スカートをまくって尻を出すんだ」

「………」

静子はふるえながら、おずおずと木島の前で後ろ向きになった。もう観念したようにうなだれ、ふるえる手でスカートの後ろをたくしあげていく。

太腿の後ろが露わになり、ねっとりとからみつく木島の視線がスカートの裾とともに這いあがるのが、静子には痛いまでにわかった。

カアッと顔が熱くなった。

（ああ、夫のためだわ……そ、そうでなければ、誰がこんな恥ずかしい真似を……）

何度も自身に言い聞かせ、くじけそうになる勇気をふるいたたせた。

そして下着をつけない裸の双臀が、木島の目の前にさらされた。

「まったくいい尻をしてるねえ、奥さん。どこもかしこも素晴らしいが、この尻はなかでも一番だ、フフフ」

木島はビールを飲みながら、じっくりと静子の双臀をながめた。じっと見ていると引きこまれそうになる。

静子の双臀はムチッと白く、その豊満な肉づきは形よく吊りあがって、臀丘の谷間も深かった。

そこから女の色香がムンムンと匂う。これほど妖美な肉づきは、木島も見たことがなかった。

静子はすすり泣かんばかりで、弱々しくかぶりを振る。自分からスカートをまくって、裸の双臀をじっと見られているのはたまらない。どうしても手がさがり気味になった。

「もっとしっかり尻を見せるんだ、奥さん」

木島の鋭い声が飛んだ。

じっくりとながめ、ガッガッとすぐに手を出そうとはしない。木島はさかんに舌なめずりをした。

「まったくいい尻だ、フフフ、今日はそんなにいい尻をしていることを後悔させてやる、奥さん」

ようやく立ちあがった木島は服を脱いで下着姿になった。静子を見てニヤリと笑う。

「ああ……」

いよいよまた、木島と肉の関係をむすばされるのかと思うと、静子は生きた心地もしない。だが、静子はスカートをまくって双臀を剝きだしたまま、鉄の戸から奥の部屋へ連れこまれるまでは、先日と同じことをされるのだとしか考えていなかった。

奥の部屋に入ったとたん、静子は息がとまった。顔がひきつり、膝がガクガクした。拘束具のついた婦人科用内診台や木馬、はりつけ台などが並び、天井や壁からは縄や鎖が垂れさがり、棚にはなにやら恐ろしげな道具が並んでいた。

「今日はここで奥さんをこってりと責めてやるぜ、フフフ」

「そ、そんな、いやですッ……」

ワナワナふるえる唇からやっと声が出た。まるで拷問部屋ではないか……恐怖がふくれあがった。

「奥さんをいじめる道具もいろいろそろえてあるぜ。ひいひい泣きだすようなすごい責め具ばかりをね」

「いやッ……へ、変態は、いやですッ……」

「いやでも俺は奥さんに変態をしてみたいんだよ、フフフ、こういうところで奥さんをいじめるのが、俺の夢でね」

木島は縄の束をほどくと、ビシビシとしごいた。

「奥さんのムチムチした身体には、縄がよく似合いそうだぜ、フフフ」

「い、いやッ」

静子はあとずさった。木島は恐ろしい変質者なのだ。縛られてしまえば、どんな忌まわしいことをされるか……。

「ジタバタするんじゃないよ。この部屋から逃げられると思ってんのか」

「いやですッ……変態はいやッ……」

静子は我れを忘れ、出口めがけて逃げようとした。

「どうしてもいやだってえなら、肝臓移植の件はあきらめるんだな」

「それはッ……」

静子はハッと立ちどまると、なにか訴えるように唇をわななかせたが、そのまま泣き崩れしゃがみこんでしまった。肩をふるわせて号泣する。

夫のことを言われて脅されると、なすすべのない静子だった。

「ああ、夫のことだけは……も、もう逃げたりしませんから」

「フフフ、最初から素直にしてりゃいいものをよ。ほれ、もう一度尻を出すんだ」

木島はゆっくりと静子に近づいた。

再び後ろからスカートをまくって裸の双臀をさらす静子を、腰の後ろあたりで、両手首とまくっているスカートの裾とを一緒にして、縄を巻きつけて縛った。

その縄尻を天井の滑車にかけて引く。後ろ手とスカートの裾が一緒に吊りあがって、いやでも上体が前かがみに倒れ、剝きでた裸の双臀が後ろへと突きでた。

「ああ、こわいことはしないで……」

観念したとはいえ、静子はなにをされるのかと生きた心地もせず、ブルブルふるえるばかりだった。木島の動きのひとつひとつにビクッとおののく。

「フフフ、いいから脚を開くんだ、奥さん」

木島は静子の両脚を左右へいっぱいに開くと、それぞれ床の鎖につないだ。そして静子の双臀の前にかがみこんだ。

「な、なにをするのですか……」

後ろ手を吊られ、前かがみの姿勢をとらされたことで、木島の姿が見えない。そのことがかえって静子の不安とおびえをふくれさせる。

木島はゆるゆると剝きだしの双臀を撫でまわした。

「なにをされると思ってるんだ、奥さん」

「ああ……」

静子は弱々しくかぶりを振った。なにをされるかわかるわけもない。

木島は、静子の臀丘を撫でまわしつつ左右へ割り開いて、谷間の底をさらした。そこには静子の肛門が、ひっそりとのぞいていた。可憐にすぼまって、夫にも触れさせていないのはひと目でわかった。

「あ、あ、なにを……い、いやッ……」

どこを覗かれているか知って狼狽の声をあげる間もなく、木島の指先が静子の肛門に触れた。

「ひいッ……いやあッ……」

静子は悲鳴をあげてのけ反った。排泄器官としか考えたことのない箇所をいじられるとは。

「いやッ……そんなところを……ああッ、いやですッ……」

「フフフ、今日は奥さんの尻の穴をじっくり責めてやるぜ」

「いや、お尻なんて、いやッ……ああ、かんにんして……」

ゆるゆると揉みこまれて、静子はひいひい喉を絞った。

4

これまで一度も経験したことのない異様な感覚。必死にすぼめているのを、指先で揉みほぐされていくおぞましさに、背筋に悪寒が走った。

「いや……ああ、いやあ……」

泣きながら静子はかぶりを振り、腰をよじった。指から逃れようと腰を前へ引こうとすると、吊りあげられた両手の付け根に激痛が走る。

「フフフ、尻の穴もいいぜ、奥さん。こいつは責めがいがあるってもんだ」

木島は、しっとりと指先に粘膜が吸いつくような感触を楽しみつつ、肛門だけを執拗に揉みほぐした。

びっちりと締まっていた静子の肛門は、いつしかゆるんで水分を含んだ真綿みたいな柔らかさを見せはじめた。

「どれ、奥さんの尻の穴に指を入れさせてもらうぜ、フフフ」

「やめて、そんなことッ……いやッ、いやッ……ひいッ……」

「いやがってる割りにはどんどん入っていくじゃないか、奥さん。ほれ、俺の指がわかるだろ」

木島は指で静子の肛門を深く縫った。指の付け根まで入れた。

「尻の穴に指を入れられるのは、初めてみたいだな、奥さん。どんな気持ちだ?」

「かんにんして……ああ……こんな、こんなことって……」

「フフフ、クイクイ締めつけてくるじゃないか。指が食いちぎられそうだぜ」

木島は深く縫った指先を曲げて腸管をまさぐり、クルクルまわした。するといっそう食いしめて、ヒクッヒクッと反応する。

「ああッ……もう、もう、やめてッ……ひッ、ひいッ……」

「まだまだ、こんなのはほんの序の口だ、フフフ、今日はこんないい尻をしてることを、後悔させてやると言っただろ、奥さん」

木島はうれしくてならないといったふうで、静子の肛門をまさぐり、えぐり、こねくりまわした。静子ほどの美貌の人妻が、肛門をいじられてひいひい泣いているのが、木島には夢みたいに思えた。

「も、もう、かんにんして……お尻はいや、いやですッ……」

「フフフ、それじゃぼちぼち浣腸してやるかな」

木島はうわずった声で言ったが、静子はすぐにはなにを言われたかわからず、

「か、浣腸って？」

と、おびえと不安の声をあげる。

木島はニヤニヤと笑うと、棚から長大なガラス製の注射型浣腸器とグリセリン原液の容器を取りあげ、静子の目の前へ突きつけた。

「わかるだろ、フフフ、浣腸だよ。こいつで薬を奥さんの尻の穴から入れて、ウンチをさせるやつさ」

「…………」

驚愕と恐怖に静子の総身が凍りついた。唇がワナワナふるえるだけで、声が出ない。

「奥さんをひと目見た時から、いつか浣腸してやろうと思いつづけてたんだ、フフフ、いよいよその夢がかなうってわけだぜ」

木島は静子に見せつけながら、浣腸器のガラスの筒にキューッとグリセリン原液を吸いあげた。ドロリと液が不気味に渦巻いた。

「ひ、ひいッ……」

わななく唇に悲鳴がほとばしり、静子は狂ったようにかぶりを振った。

「いやッ……そんなこと、いやです……絶対にいやあッ」

「いやがればいやがるほど浣腸のしがいがあるってもんだ、フフフ」

「やめてッ、そんな変なこと、しないでッ」

ほとんど悲鳴に近い泣き声をあげて、静子は必死に哀願した。手足の縄をほどこうともがく。

「これだけいい尻してりゃ、一度ぐらい亭主に浣腸させたり、自分でしたことがあるんだろ、奥さん」

「そんなことはしませんッ……ああ、そんなもので辱しめられるのは、いやです」

「浣腸は初めてってわけか、フフフ」

木島はうれしそうに舌なめずりした。

「初めての場合、浣腸からはじめて、少しずつ量を増やしていくんだけどよ、フフフ、奥さんはこれだけいい尻してるんだ。五百CCのグリセリン原液からはじめてやるぜ。覚悟しろよ」

たっぷりと薬液を吸った浣腸器を手にして、木島は静子の後ろへまわった。

「い、いやあッ」

静子はけたたましい悲鳴をあげた。

「かんにんしてッ……いや、いやッ、浣腸なんていやですッ」

「食わず嫌いをするんじゃない。これから浣腸の味をたっぷり教えてやろうじゃねえか」

「い、いやですッ……他の、他のことならどんなことでもしますから、浣腸だなんて、そんな恐ろしいことだけはッ」

静子は血を吐くように泣き叫んだ。

木島はニヤリとした。

「本当にどんなことでもするのか、奥さん」

おぞましい浣腸から逃れたい一心で、静子はガクガクうなずいた。

「ウソだったら、すぐに浣腸だからな、フフフ」

木島は浣腸器をひとまず置くと、棚の上から男の肉棒をかたどったグロテスクな張型を持ってきた。

「尻がいやとなりゃ、どうだ、こいつでオマ×コをいじめられてえか、奥さん」

「ああ、そんな……」

静子は泣き濡れた顔をひきつらせ、弱々しくかぶりを振った。次から次へと恐ろしい責め具を出していたぶってくる木島に、静子は気が遠くなる。木島は静子が考えていたよりも、ずっと恐ろしい変質者だと思い知らされた。

「いやならすぐ浣腸するぜ」

「い、いやじゃありません……ああ、でも……そんなものを使わないで、ひと思いに……静子を抱いてください……」

「俺の聞き違いかな。奥さんはこのバイブでオマ×コをいじめられてえはずなんだが」

「ああ……」

静子はもうどうしようもなかった。木島の言う通りにしなければ、今度こそすぐに浣腸されるだろう。

「おねだりしな。俺は奥さんの言う通りにしてやるからよ。奥さんがリードするんだ」

「そんな、そんな恥ずかしいこと、させないで……ああ、するなら木島さんが……」

「言うことを聞けねえなら、やっぱり浣腸するしかねえな」

「いやッ、それだけは絶対にいやッ」

静子は総身をふるわせて泣いた。それでも泣き声とともにふるえる声で、

「お願い……静子の前を……い、いじって……」

「前ってどこだ、奥さん」

「そ、そんなことまで言わせないで……ああ、言えない……」

「言えねえか。浣腸するぞ」

「ああ……静子の……静子の……オ、オマ×コをいじって」

消え入るように言って、静子は首筋まで真っ赤になった。そして、すべての誇りを失ったように声をあげて泣きだした。

木島はニヤニヤと笑って、大きく割り開かれている静子の太腿に手をのばした。内腿を撫であげ、双臀を撫でまわしてから、静子の媚肉の合わせ目に沿って指でなぞった。

「いやッ……ああ……」

「自分からねだっておいて、いやもねえもんだぜ、奥さん。うんと気分を出せよ」

指先を媚肉の合わせ目に分け入らせ、ゆっくりとまさぐった。しっとりとした感じだが、濡れてはいない。

「ほれ、泣いてるだけじゃ、しようがねえぞ、奥さん。おねだりしつづけろ」

「ああ、いじって……もっと、いじって……恥ずかしい……」

静子は泣きながら何度も言わされた。

木島は肉襞をまさぐりつつ、その頂点に隠れている女芯を剝きあげた。剝きだしになった肉芽をいじる。

「あ、ああッ、いや……」

静子の腰がピクッピクッとおののいた。

女芯がいじりまわされ、肉襞がまさぐられ、女の最奥が指でえぐられる。静子は悲鳴に近い声を噛み殺し、ワナワナふるえだした。

はじめはおぞましく、いやでならなかったのが、いつしか妖しいうずきがツーンと身体の芯を走りはじめた。

(こんな……こんなことって……)

この前は木島に犯される恐怖に気を失ってしまったというのに、静子は今の自分の身体の成りゆきが信じられなかった。

肛門をいじられ、浣腸されそうになった異常さが、静子の感覚をも異常にするのか。いじられる女芯はヒクヒクととがり、うずく身体の奥からジクジクと蜜が滲みでた。肉襞が熱をはらんでうずき、ただれさせられていく。

「フフフ、感じてきたな、奥さん。さっきよりずっと手ざわりがよくなったぜ」

「ああ、ウソ……恥ずかしいこと、言わないで」

「ウソなもんか。灼けるみたいで、濡れてきていい色になったじゃねえか」

覗きこんで木島はせせら笑った。

肉襞は赤く充血してジクジクと蜜を溢れさせ、女の匂いを色濃く放って、木島を妖しく酔わせた。

「フフフ、そろそろこいつが欲しくなってきたんじゃねえのか、奥さん」

木島はわざとらしく張型を静子に見せつけた。

静子はハッとしてあわてて顔をそむけた。だが静子には、黙っていることはゆるされない。

「おねだりはどうした、奥さん」

と、木島の指が静子の肛門を貫いてくる。

「あ、ああ……言いますから、お尻はいや、いやです」

静子は一度弱々しくかぶりを振ると、からみつくような視線を張型に向けた。

「し、してください……」

「なにをして欲しいか、はっきり言うんだ」

「ああ……そ、それを静子に、入れて……」

静子はあえぐように言った。声が小さいと怒鳴られ、何度も言わされた。

口にするたびに静子のなかでなにかが崩れて、自分でもなにを言っているのかわからなくなった。

木島は静子をここまで追いつめた征服感に酔いしれつつ、張型を内腿へ這わせた。静子の媚肉は充血してしとどに濡れ、指を添えなくとも外へ向かってめくれ、口を開いている。

「それじゃ入れるぜ、奥さん」

「あ、いや……あ、あむ……」

静子は顔をのけ反らせて、総身をのびあがるように絞った。太くたくましいものが、柔らかくとろけた肉を巻きこむようにして、ジワジワと入ってくる。身体が引き裂かれそうだった。

「ああッ……」

静子はキリキリ唇を噛んで、狂おしく黒髪を振りたてた。

5

張型などというおぞましいものを使われ、静子はもう息も絶えだえだった。

「ああ、ゆるして……も、もう、取って……」

「気どるな。オマ×コは悦んでるぜ、フフフ、もっと楽しむんだ」

木島はリズミカルに張型をあやつった。もう静子は、張型にあやつられる肉の人形だった。

「ああ……あうう……」

静子の腰がうねり、妖しい女の匂いとともに秘めた肉ずれの音がたった。剝きだしの双臀や太腿が、じっとり汗ばんで匂うようなピンク色にくるまれていく。

静子の意志と関係なく、身体は打ちこまれてくる異物になじみ、応じていってしまう。

張型の先が子宮をまさぐるように動くと、静子はそのめくるめく快美に、いやでも口唇からよがり声が出た。

（あ、あなた）

静子は必死に夫の面影を求めた。夫を救うために木島のいたぶりに身をゆだねはしても、肉欲に溺れることなどあってはならない。

だが、木島は憎いまでに静子の官能を探り当ててくる。夫が入院してからひとり寝の夜がつづく静子に、耐えられるはずがなかった。

「あ、あうう……あああ、しないで……」

抑えきれないよがり声が、静子の口から噴きこぼれた。

「いいんだろ、奥さん」

木島に聞かれて、静子はガクガクとうなずいた。うなずくしかなかった。

「はっきり言うんだ。オマ×コを深くえぐってくれるから、気持ちいいとな」

「ああ……いいッ……オ、オマ×コを深くえぐってくれるから……気持ちいい……」

静子はよがりながら口走った。

この時静子は、部屋のなかに仕込まれたビデオカメラが密かに作動し、自分の姿を撮られていようとは、まったく知らなかった。

（ああ、たまらない……）

押し寄せる官能の波に翻弄され、静子の身も心も巻きこまれようとしていた。

フッと張型の動きがとまった。次の瞬間に木島が取りあげた浣腸器の嘴管が、静子の肛門にブスリと突き刺さった。

なにをされるか知って、静子はつんざくような悲鳴をあげた。

「な、なにをするのッ……いやあッ……」

「フフフ、オマ×コだけ楽しませちゃ不公平だからよ。尻の穴にはやっぱり、浣腸してやることにしたぜ」

「そ、そんな……約束が違いますッ」

静子はそれまでの肉の快美も消し飛んだように、双臀を振りたてて悶えた。

浣腸はしない約束で、あんな恥ずかしい言葉を口にし、張型を受け入れたのに……。

「卑怯だわッ、いや、いやです」

「フフフ、俺は奥さんにどうしても浣腸してえんだよ。こんないい尻してるのが悪いんだ」

「言う通りにしたのに……ああ、いや、浣腸なんて、いやぁ……」

いくら腰をよじっても、深々と肛門に埋めこまれた嘴管から逃れることはできなかった。むなしく双臀がゆれるばかりだ。

「フフフ、静子、浣腸の味を教えこんでやる。浣腸なしではいられねえ身体にしてやるからよ」

いよいよと思うと、木島は悦虐の法悦境に酔いしびれる心地だった。

「ほれ、いくぜ、奥さん。オマ×コの張型を落とすなよ」

木島は手の汗をぬぐうと、ジワジワとガラスのシリンダーを押しはじめた。

「ああッ……あ、あむ……」

ビクッと静子の身悶えがとまって、キリキリと唇を噛む美貌がのけ反った。

ドクドクと流れこんでくる薬液……これまで一度も経験したことのないおぞましい感覚に、静子は総毛立った。長々とおびただしい量の男の精を浴びせられているようだ。

「いや……こ、こんなのって……ああッ、いや、いやですッ……」

「じっくりと浣腸を味わうんだ、奥さん。どうだ、どんどん尻の穴に入っていくのがわかるだろうが」

「あ……ああッ……」

静子は汚辱感に目の前が暗くなって、噛みしめた歯がガチガチ鳴りだした。

百CCも入れたところで、木島はいったんシリンダーを押す手をとめた。嘴管を咥えさせたまま、一方の手を前の張型にやって、またあやつりはじめる。

「ほれ、ほれ、ちゃんとオマ×コのほうも楽しませてやるからな、奥さん」

「いやあッ……ああ、いやですッ……こんなふうに嬲られるのは、いやッ……」

静子は真っ赤になって泣いた。浣腸器を突き立てられ、途中で膣肉までいたぶられる恐ろしさに、気が変になる。

張型が動かされるたびに、薄い粘膜をへだてて肛門の嘴管と微妙にこすれ合う。それが得体の知れぬ快美を生むことが、また恐ろしかった。

「ああ、あああ……かんにんして……」

静子はまた、めくるめく恍惚のなかに翻弄されていく。くすぶっていた官能がメラメラと勢いをもりかえす。

そうやって静子をメロメロにすると、張型をあやつる手をとめ、再びジワリと浣腸器のシリンダーを押しはじめる。

「あ……ああッ……もう、いや……」

静子は唇を噛みしばってのけ反った。

今度は叫びだしたくなるほどののろさで、薬液がチビチビと入ってくる。

「もう、もう、いやです……ああ、あむ……か、浣腸はいや……」

「フフフ、公平になるよう、百CCごとにオマ×コと交互にしてやるからな」

「お願い……い、いっそ、ひと思いに、すませて」

耐えきれずに、静子は腰をうねらせて泣きじゃくった。

だが木島はあざ笑うばかりで、シリンダーを押す手をとめない。薬液はグリセリンの原液だ。肛門と腸管の粘膜を刺激しつつ、ジワジワと圧迫感をふくれあがらせる。

早くも便意が生じはじめた。

目盛りが二百CCまでいったところで、木島は再びシリンダーをとめて、張型に手をのばした。

「いやあ……早く、早く、すませて……」

ジワリと押し寄せてくる便意が、静子をおびえさせた。

そうやってようやく五百CC、一滴残さず注入された時には、静子は脂汗にまみれて息も絶えだえにあえぎ、うめくばかりの状態だった。

「どうだ、浣腸はいいもんだろうが。それにしても、最初の浣腸で五百CCも呑んで途中で漏らさねえとは、さすがにいい尻してるだけはある。フフフ、ほめてやるぜ。奥さん」

木島は満足げに言って、嘴管をゆっくりと引き抜いた。静子の股間は溢れでた蜜や汗やグリセリンにまみれ、内腿まで濡れそぼって、ムッとする匂いを放っていた。

静子の腹がグルグルと鳴った。荒々しい便意が急速に駆けくだってきて、悪寒が総身を駆けまわりだした。

「ううッ、どう、どうしよう……」

脂汗を噴きだしつつ、静子はうめいた。今にもほとばしりそうな括約筋を必死に引きすぼめるのがやっとだった。

「お、おトイレに、行かせて……」

歯をカチカチ嚙み鳴らしつつ、静子は哀願の声をあげた。

「フフフ、どうしてトイレに行きたいんだ、奥さん」

木島はわざとらしく、意地悪く言った。

静子は蒼白な美貌を弱々しく振った。木島がなにを言わせたがっているか、静子にはわかった。

「言わなきゃこのままだぜ」

「そんな……ゆるして……」

静子にはもはや少しの猶予もなかった。こんな格好のまま、便意が耐えられなくなったら……。

「ああ、言いますから、おトイレに……」

「言うのが先だぜ、奥さん」

「ああ……し、静子、ウンチがしたいんです……か、浣腸されて、もう我慢ができないの……早く、おトイレへ行かせてッ」

静子はブルブルとふるえながら言った。もう片時もじっとしていられない。内臓がキリキリと痛み、羞じらう余裕もない。

木島は笑いながら静子の手足の縄をほどいた。静子はそのまま床へ崩折れ、両手を

ついてあえぐと、

「早く、おトイレに……ああ、ど、どこにあるの」

「フフフ、まだだ、奥さん。ストリップをやって、素っ裸になるのが先だ」

フラフラとトイレへ向かおうとする静子を引き戻して、木島は冷たく言った。ラジカセのスイッチを入れて、妖しげな曲を流す。

「曲に合わせて踊りながら脱ぐんだ」

静子は恨めしげに木島を見て唇をわななかせたが、もうなにも言わずにガックリと首を折った。おずおずと衣服を脱ぎはじめる。

「もっと色っぽくやらねえか。おっぱいや尻をゆすってよ。腰もうねらせろ。ちゃんとやらねえと、何度でもやり直させるぞ」

木島は静子を叱咤しながら、ビールをあおってストリップの見物としゃれこんだ。

静子はすすり泣き、うめきながら命じられるままに前をはだけて豊満な乳房をゆすり、スカートをまくって双臀をくねらせる。スカートの下は下着をいっさいつけず、女の最奥に長大な張型を咥えこんでいるのが、ゾクゾクするほど色っぽかった。

そうやって静子がようやく衣服を脱ぎ、一糸まとわぬ全裸になると、

「よしよし、今すぐウンチをさせてやるからな、奥さん」

静子の両手を背中へ捻じあげて、すばやく縛った。荒々しくあえぐ乳房の上下にも縄をくいこませる。

「あ、ああ、どうして縛るのッ……お、おトイレにッ」

「ジタバタするな。すぐにさせてやると言ってるだろうが」

木島は静子をレザー張りのベッドの上にあお向けに横たえると、開脚棒の両端に、大きく割り開いた静子の左右の足首をつないだ。さらに天井から縄を引きおろすと開脚棒につないで、今度は吊りあげはじめる。

静子をベッドの上にあお向けにしたまま、両脚を天井へ向けて、直角に扇のように左右へ開いた形で吊りあげたのだ。

「ああ、どうして、こんなことをするのッ」

恐ろしい不安に静子はおののいた。

「決まってんだろ。奥さんがウンチをするところを見るためさ。どんなふうに尻の穴を開いてひりだすか、じっくり見せてもらうぜ」

「ひッ……そ、そんなの、いやッ、いやですッ……そんなひどいこと、しないでッ」

木島が便器を取りだしてくるのに気づき、静子は総身に嫌悪が走ったように激しく身ぶるいし、ひきつった声を張りあげた。

女性のもっとも秘めやかな排泄という行為を、この男は見ようとしている……そう思うと、静子は目の前が暗くなった。

だが、襲いかかる便意はもう耐える限界だった。今から縄をほどかれたとしても、とてもトイレまで行けそうもない。

「あ、ああ……出ちゃう……」

静子は肛門の痙攣を自覚した。便器をあてがわれても、反発する余裕さえ失った。

「あッ、ああ……見ないでッ、見ちゃいやッ」

悲痛な声とともに、静子の肛門が内から盛りあがったかと思うと、ドッとほとばしった。

「いやあッ……」

号泣が静子の喉をかきむしった。

「フフフ、どんどん出てくるじゃねえか。こいつはたまらねえながめだぜ」

うねうねと出てくるものを、木島はつぶさに点検する。これで静子はもう身も心も自分のものになったという征服感に酔いしれつつ、静子の媚肉の張型に手をのばした。

第二章　悲壮な決意

1

静子はもう二度と立ち直れないと思った。

(あなた……ゆるして……静子は、もうだめ……)

抜け道のない絶望のなかで、静子は打ちひしがれた。

夫の命を救うため……それだけが静子の心を支えた。それでなければ、どうしてこんなことに耐えられよう。

(あなた、あなた……きっと私がたすけるわ)

木島によるおぞましい責めを忘れようとするかのように、静子は毎日病院へかよって懸命に夫の看病をした。

静子が病院から家へ戻ると、二階から妹の結衣がおりてきた。

「お姉さん、あの男から電話があったわよ。今夜来るって」

静子の顔色が変わった。

「まだあの男と会ってるのね。義兄さんが可哀相だわ。お願い、お姉さん、もうあの男と会うのはやめて」

結衣は心配そうな顔をして言った。やさしくてしっかり者の美しい姉が、ヤクザみたいな男と付き合っているなど、結衣には信じられないのだ。

「お姉さんらしくないわ。いったいどうしたというの」

「わけは言えないわ……ほんの少しの間、なにも聞かないで、結衣……」

泣きだしたくなるのをこらえて、静子は言った。

「結衣、今夜はお友だちの家に泊まって」

「どうして、お姉さん」

「お願い、お姉さんを困らせないで」

「わかったわ」

そう言ったものの、静子を見る結衣の目には明らかに非難の色があった。だが、木島がやってくるとわかっているのに、妹を家にいさせるわけにはいかなかった。

木島がやってきたのは、妹の結衣が友人宅へ出かけた直後だった。

「そこで奥さんの妹を見たぜ、フフフ、なかなかの美人じゃねえかよ」

木島はズカズカと台所へあがりこんできた。

静子は木島をにらみつつあとずさった。こんなに早くやってくるとは思わなかった。まだ夕方の四時である。

「家まで来るなんて、どういうつもりなのですか」

「いい知らせがあるんですよ、フフフ、来月には肝臓が手に入りそうだぜ。売り手が現われたんだ」

「ほ、本当ですか」

静子が待ち望んでいた木島の言葉だった。そのためにこそ、木島のようなけだものに身をゆだねてきたのだ。

「この前、奥さんに浣腸してやったんで、ウンが向いてきたってわけだ」

木島はニヤリと笑った。

「それにだ。ぼちぼち奥さんにまた、浣腸してやりたくなってよ、フフフ」

そう言って木島は、カバンのなかから取りだしたガラス製浣腸器をテーブルの上に置いた。

静子はその巨大さにおびえた。この前使われた浣腸器の四倍はある。目盛りは二千CCもあった。

「い、いやッ……それは、もういやッ」

「いい知らせをふいにする気か、奥さん」

木島はあとずさる静子の手を引いて、抱き寄せた。スカートのなかへ手を入れようとする。

「ああ……いや……」

静子は身をよじったものの、あらがわなかった。いや、あらがうことができなかった。

スカートのなかへ手を入れ、双臀を撫でまわした木島はいきなり声を荒らげた。

「いつもノーパンでいろと言ったのが、わからねえのか」

バシッ……と平手打ちが静子の頬を張った。

ああッと静子はのけ反り、よろめいた。ブラウスが胸もとから引き裂かれた。

「さっさと素っ裸になれ」

静子は唇を嚙みしめたまま、スカートを脱ぎ、スリップの紐を肩から滑り落とした。

ブラジャーをはずし、パンティを脱ぐ手がブルブルふるえている。

「フフフ、まずはビールでももらおうか」

木島は椅子に腰をおろして、静子にビールを出させた。一糸まとわぬ全裸で静子に酌をさせる。

「ますます色っぽくなりやがった。浣腸してやったせいか、尻も一段とムッチリしてきたようだぜ、フフフ」

木島はビールをあおりながら、そばに立たせた静子の双臀を撫でまわし、乳房をいじったり、女の茂みを指先でかきまぜたりした。

静子はじっとうなだれたままで、なにも言わなかった。

木島は、グリセリンの薬用瓶三本と食用酢の瓶を取りだすと、

「これを混ぜて熱くしな。奥さん用の特別浣腸液だからよ、念入りにつくれよ」

「そんな……かんにんして、お願い……もう、もう、いやなんです」

「ガタガタ言うな。亭主の肝臓移植ができるかどうかは、この尻にかかってるんだぜ」

「ああ……」

静子は、肩をふるわせてすすり泣きながら、命じられるままに鍋にグリセリン原液と食用酢を空けて、火にかけた。

静子が火傷をしないギリギリまで熱すると、木島は巨大な浣腸器に二千CCたっぷ

り充満させた。

「ああ、どうしても、それをするのですか」

「当たり前のことを聞くな。これだけいい尻を見せられて、浣腸しねえバカがいるか」

「浣腸なんて……ああ、死にたいほど、いや……いやなのよ」

静子はブルブルとふるえだした。

木島は長さ三メートル近いゴム管を取りだすと、その一方の端を巨大な浣腸器の嘴管の先につないだ。もう一方の端には、親指ほどの太さのノズルがとりつけてあった。

そのノズルを手にすると、

「奥さん、浣腸してやるから尻の穴を出しな、フフフ、たっぷり入れてやるからよ」

「い、いや……」

泣き顔をひきつらせて、静子は黒髪を振りたてた。

木島は静子を後ろ向きに台所の洗い場へ押しつけると、臀丘に指先をくいこませて割り開いた。静子の肛門は先日さんざんいじめてやったのがウソみたいに、ひっそりと閉じ合わさっていた。

「浣腸だけは、ゆるしてッ……」

と泣くのもかまわず、食用油を静子の肛門に塗りこんで、ノズルを深く埋めこむ。

「あ、ああ……ひどい……」

「フフフ、ひどいのはこれからだぜ、奥さん。今日の浣腸はきついからな。せいぜいいい声で泣くんだな」

木島はビシッと静子の双臀をはたいた。

テーブルの上に置かれている巨大な浣腸器から洗い場の静子の双臀へ、黒いゴム管が不気味にのびていた。

「精のつくものをなにか料理しな。今夜は泊まっていくからよ」

「………」

静子はすすり泣きながら、おずおずと料理をはじめた。肛門に深く埋めこまれたノズルがおぞましく、引き抜きたい衝動に駆られる。

だが、ここで木島を怒らせて手を引かれたら、夫を救うための恥ずかしい努力の数々が水の泡となってしまう。

テーブルへ戻った木島は、その上の浣腸器に手をのばした。

「フフフ、いつ見てもいい尻だ」

木島は舌なめずりすると、巨大なシリンダーをほんの少し押した。

たちまち強烈な薬液が、長いゴム管を流れて静子のなかへ注がれた。

「あ……ひいッ、熱いッ……」

肉を焼く準備をしていた静子は、のびあがるようにのけ反った。熱湯を注がれたみたいだった。

また薬液が流れこんできて、

「ひッ、ひいッ、熱ッ、熱ッ……ああ、たまんないッ」

悲鳴をあげて双臀を手で押さえ、その場にうずくまってしまう。とても立ってはいられなかった。

「ノズルを抜くなよ。奥さん。抜けば亭主への肝臓移植はなくなるぜ」

木島が静子に鋭く釘を刺した。

「亭主を生かすも殺すも、奥さんの尻次第だってことを忘れんなよ、フフフ」

「か、かんにんしてッ……こんな、こんなひどい浣腸なんて、死んじゃう……ひいいッ」

「ほれ、立つんだ、奥さん。浣腸されながら料理をつくるんだよ」

嗜虐の快美に酔いしれて、木島はまたシリンダーを少し押した。

たてつづけに押してしまえば、静子はのたうち苦しんで、それどころではなくなる。

静子が料理をつくれるように、少し間合いをとって適度に注入してやるのだ。

「こ、こんなひどいことを考えつくなんて……ああ、悪魔だわ……」

静子は泣きながら肉を料理し、強烈な薬液の注入にのけ反り悶えた。

すぐに内臓が引き裂かれそうな、強烈な便意が駆けくだってきた。グリセリン原液は食用酢を混入させて熱されると、その効き目を数倍にも増すのだ。

「き、きついわッ……うむ、ううむ、苦しいッ……もう、ゆるしてッ」

「料理が終わるまでは許さねえ。苦しけりゃ、さっさと料理するんだな」

「そ、そんな……ああッ、つらいわッ、つらい」

たちまち静子の白い肌に脂汗がじっとりと滲みでた。黒髪までも湿るようなつらく恥ずかしい責めだ。

それでも必死に料理をするのは、木島の機嫌をそこなわずに夫の命を救いたい一心だった。

「フフフ、がんばるじゃねえか、奥さん」

「ああ、も、もう……だめ……」

静子の裸身がブルブルとふるえだしたかと思うと、空をかきむしるようにしてズルズルと床へ崩れた。

もう巨大なシリンダーは千五百CCの目盛りまで押しこまれていた。木島はとどめを刺すように、残り五百CCを一気にシリンダーを押しきって注入した。

「ひッ、ひいーッ」

絶叫が静子の口に噴きあがった。

「出るッ、出ちゃうッ……ううむッ……」

「フフフ、まったくいい声で泣くじゃねえかよ、奥さん。気持ちよさそうな顔しやがって」

木島は静子を抱きあげて、テーブルの上に四つん這いにした。

静子はトイレに行くことを哀願する余裕もなく、あてがわれたバケツにドッと排泄した。

2

すっかり絞りきった静子は、初産を終えた新妻みたいに汗まみれの美貌をさらし、目を閉じたまま半開きの唇でハアハアとあえいでいた。

「フフフ、派手にひりだしたな、奥さん」

バケツのなかをニヤニヤと覗きこんで、木島は言った。それが静子の排泄したものだと思うと、愉快でならない。

静子の肛門は腫れぼったくふくれ、腸襞まで生々しくのぞかせていた。まだおびえていてヒクヒクしている。

そのまま静子の肛門を犯したい衝動に駆られたが、木島は抑えた。一番のごちそうは最後に味わいたい。時間はたっぷりある。

木島はズボンを脱ぐと、テーブルの上の静子を抱きおろした。

「しっかりしろ。一回浣腸されたくらいでだらしねえぞ。料理のつづきをしねえか」

と、バシバシ静子の双臀をはたいて活を入れた。

ハアッとあえいだ静子は、またシクシクと泣きだした。調理台へ向かう静子に木島が後ろからまといついて、乳房をタプタプと揉みしだき、双臀や太腿に火のようなたくましい肉棒を剝きだしにしてこすりつけてくる。

(いや……もう、もう、いや……これ以上嬲られるのは、いやよッ)

胸の内で声を出す気力も萎えていた。

気怠くしびれた身体に、木島の手の動きやこすりつけてくる肉棒が、妖しい感覚を呼び起こす。乳首がツンととがって、身体の奥底がうずきだした。

静子は必死にこらえようとしたが、木島の右手が乳房から下腹を滑って媚肉に分け入ると、もうだめだった。

「あ、あ……」

身体の芯がとろけていく。ツーと溢れるものがあった。

「これはこれは、フフフ、浣腸で感じたのかい、奥さん」

「ち、違います……あ、ああ……」

「好きなんだな。ビショビショじゃねえか」

木島は静子の肉が堰を切ったように指先に反応してくるのを感じた。

ようやく肉料理がテーブルへ運ばれると、木島は縄を取りだして静子を後ろ手に縛り、乳房の上下にも縄をくいこませた。

そうしておいて、テーブルにつくと、

「奥さんの手料理でうんと精をつけるとするか。夜は長いからよ、フフフ」

静子を後ろ向きにして、膝をまたぐ格好で抱きあげにかかった。

「あ、あ……いやです……」

木島の意図を知って静子は狼狽した。

人並み以上のたくましい肉棒が天を突かんばかりに待ち受け、静子の媚肉は開ききっている。逃れるすべはなかった。

「か、かんにんして……」

「フフフ、もう俺に抱かれるのに馴れてもいいはずだ。この前だって入れてやったら、ひいひいよがってたくせによ」

「ああ……どこまでもてあそべば、気がすむというの……やめて……」

火のような木島の肉棒の先端が内腿に触れ、そのまま媚肉を探り当ててきた。まるで先に目でもついているようだ。

ジワリと沈んでくる。あとはそのまま静子の身体の重みで、一気に底まで貫かれた。

「ひいッ……あ、あああ……」

静子はもう声も出ない。木島の膝の上でグラグラと頭をゆすった。身体の芯から頭のなかまでがカアッと灼ける。

「あ……あむ、うう……」

静子はのけ反りっぱなしでうめき、ハアハアとあえいだ。

「しっかり奥までつながったぜ、奥さん。オマ×コは悦んでやがる。奥さんのオマ×コは俺のと相性がいいようだぜ、フフフ」

「ウ、ウソ……ああ……いやらしいだけです……」

「こんなにヒクヒクからみつかせているのにか」

木島はすぐに動こうとはせず、静子の熱くとろけた肉がきつく締めつけてくる感触を、じっくりと楽しんだ。

そのまま静子の手料理をガツガツ食べだした。静子にも食べさせようとする。

静子はいやいやとかぶりを振った。とても食べられる気分ではなかった。おぞましい排泄をつぶさに見たあと、食欲旺盛な木島が理解できない。

いや、そんなことすら考えられない。もう身も心も木島のたくましいものに占領されている感じだった。

木島は料理をすっかりたいらげてしまうと、

「食後の運動といくか、フフフ」

静子の腰に手をやって、ゆっくりとあやつりだした。深く浅く、強く弱く、そしてまわすようにと木島の思うがままだ。

「あ、あ……あああ……」

静子はたちまち官能の快美に巻きこまれる。えぐりこまれる肉の最奥は、しとどに蜜を溢れさせ、妖しい音をかなでた。

腰が躍り、汗に光る裸身がボウッとけぶるように色づいてうねる。

「その調子だ、奥さん。犯るたびに味がよくなって、よがりも大きくなるようだな」

「ゆ、ゆるして、あ、うう……」

「フフ、よくってたまらねえんだろ」

木島は手を前へまわし、静子の乳房を揉みしだきつつ股間の女芯をいじりまわした。その間も、腰は絶えず静子を深く突きあげている。

「あ、あうッ……」

静子はいいッと歯を噛みしばり、次にはそれをほどいてあえぎをこぼし、激しくのけ反った。静子の美貌が木島の肩へのけ反る。

すかさず木島は唇を重ねた。舌をからめ取って吸い、たっぷりと唾液を流しこんでやる。

(ああ、たまらない……もう、もう、どうにでもして……)

静子は頭のなかがしびれて、そんな気持ちにさえなった。身体中がドロドロにとろけていく。

もう静子はなにもかも忘れて、燃えつきる瞬間へ向けて暴走しはじめていた。

「あ、あああ……もう、もう……」

「気をやるのか、奥さん。今日はやけに早いじゃねえか」

それに答える余裕もなく、静子はひッ、ひッと悲鳴にも似たよがり声を放って、木島の膝の上でガクガクとはねた。つつしみもなにも忘れてよがり狂う静子は、すでに別人だった。

「い、い……う、ううむッ、イクッ……」

腹の底から叫びつつ、静子は白い歯を剝いてのけ反った。キリキリと収縮する裸身に、何度も痙攣が走った。

「フフフ、俺に犯られるよさがわかってきたようじゃねえか、奥さん。もう気をやるとはよ」

木島は静子を責めるのをやめなかった。静子がグッタリと恍惚の余韻に沈むのもゆるさず、腰をつかんであやつりつづける。

「そ、そんな……あ、あ……」

静子は狼狽の声をあげた。こんなふうにたてつづけに責められるなど、今まで一度もないことだった。

「待ってッ……ああ、もう、かんにんして……あ、あ……」

「遠慮するなよ、奥さん。何回でも気をやらせてやるぜ」

木島は呼吸さえ乱していず、余裕たっぷりに言った。今度は立ちあがり、静子の上体をテーブルの上に押しつけて、後ろからグイグイ責めあげた。

「あ、だめッ……また、またッ……」

静子は声をひきつらせる間にも、裸身を激しくのけ反らせて、断末魔の痙攣を走らせた。

「イクッ」

きつい収縮が木島を襲った。それに耐えながら、木島はさらに責めつづけた。

静子を貫いたまま、テーブルの上でうつ伏せからあお向けへと、静子の裸身をひっくりかえし、両脚を肩にかつぐ。

「ま、まだ、つづけるというの……ああ、もう……少し、休ませて……」

いくら泣いて哀願しても、静子はたてつづけに昇りつめさせられた。

もう身体のなかの肉が骨までドロドロにただれ、悦楽の炎に灼きつくされて静子を半狂乱の状態へと追いこむ。

「ああ、どうにかなっちゃう……も、もう、満足して……」

「まだだ、フフフ、気の弱いこと言うな」

「静子、こわれちゃう……」

静子は悲鳴に似た声で叫び、激しく黒髪を振りたくった。

「どうだ、奥さん。亭主じゃこんな愛し方はしてくれねえだろうが。俺のよさがたっぷりわかったはずだぜ」

静子はガクガクうなずくしかなかった。

そしてまた、静子は激しく昇りつめた。総身に痙攣が走り、声にならない声がのけ反った喉から絞りでた。

それをじっくりと見てから、木島はようやく精を放った。

「ひいッ……イクうッ」

さらに激しく痙攣しつつ、静子はおびただしい量の白濁を子宮に感じ取った。頭のなかが真っ白になって、静子はそのままグッタリと崩折れた。

「ふうー、まったくいい味してやがる。これじゃ並みの男ならいちころだな」

静子から離れた木島は満足げに大きく息を吐いた。

冷蔵庫からビールを出して飲む。渇いた喉に冷たいビールが心地よい。

3

静子はテーブルの上にグッタリとして、閉じ合わせるのを忘れたような股間もベトベトで、蜜の名残りが内腿にまでしたたり流れている。

木島は静子をうつ伏せにひっくりかえすと、後ろ手縛りのまま両脚を左右へいっぱいに開かせて、足首をテーブルの脚に縄でつないだ。そして腹の下にクッションを押しこみ、双臀を高くせりあがらせた。

「う、ううッ」

静子は低くうめいて目を開いた。自分のとらされている格好に気づくと、ハッとして木島をふりかえる。

「ああ……まだなにかする気なの……もう、かんにんして……」

「オマ×コのほうはたっぷり楽しんだことだしな。次は奥さんの尻の穴だ、フフフ」

「まだそんなことを……ああ、どこまで辱しめれば、気がすむの……」

静子は弱々しい口調で言った。

木島はせせら笑って、捻じり棒を取りだしてきた。長さ二十センチほどの先細りの捻じりの入った肛門用の責め具だ。

それを木島は親指と人差し指でつくった輪に入れて、グリグリまわしてみせた。

「こういうふうに使うんだが、どこへ使うか言わなくてもわかるな、奥さん」

「……………」

静子は絶句した。

木島は捻じり棒に食用油を塗りつけると、静子の双臀に手をかけた。

「い、いや、かんにんしてッ……お尻は、お尻は、いやあッ」

生気を取り戻したように、静子は悲鳴をあげてもがいた。後ろ手に縛られた上体をのけ反らせ、割り開かれた両脚をうねらせて、おぞましい責め具を避けようとした。

ジワリと冷たい捻じり棒が静子の肛門へ入ってきた。静子は悲鳴をあげてのたうった。

「ああッ……い、いやあッ……」

「フフフ、おとなしく尻の穴を開くんだ」

「いやッ、いやッ……ひいッ……」

捻じり棒が静子の肛門を押し開きながら、その捻じりに肛門の粘膜を巻きこんでゆっくりと入ってくる。

「いやあ……あ、あむむ……」

のけ反らせた口から悲鳴をあげ、もう息もできず、口をパクパクさせて、静子は狂おしく腰をゆさぶりたてた。

木島の指などとは較べようもないほど、おぞましい感覚だった。捻じり棒は先細りで根元へいくほど太くなっているため、捻じりこまれるごとに静子の肛門は拡張され、粘膜を深く巻きこまれる。

「どうだ、奥さん。こんなふうに尻の穴を責められる気分は」

「うう、裂けちゃう……」

「フフフ、そのうちにもっといろんなものを入れてやるからな、奥さん」

木島はわざとゆっくりと捻じこみながら、その手ごたえを楽しんだ。

もう十数センチは入っただろうか。静子の肛門は三センチあまりも拡張されて、キリキリと捻じり棒を咥えこんでいた。

木島は目を細くして見入りつつ、捻じり棒をゆっくりとまわし、抽送しはじめた。

「や、やめて……あ……あむむ……」

静子は顔をのけ反りっぱなしにして、白目を剝いた。満足に息もできなくなって、途切れ途切れに苦悶の声をあげては、時折り絶息せんばかりの悲鳴をもらした。

木島はリズミカルに捻じり棒をあやつった。はじめはキリキリ収縮するばかりだったのが、時々フッとゆるんでまた収縮することを繰りかえすようになった。

「気持ちよくなってきたんだろ、奥さん。これだけいい尻の穴をしてるんだ。感じねえわけがない、フフフ」

「い、いや……」

静子は右に左にと顔を振りつづけた。

ただれるような感覚は、ただおぞましいばかり。その得体の知れぬおぞましさの先になにがあるのか……それがまた、恐ろしかった。

「ずいぶん尻の穴が柔らかくなってきたぜ、奥さん。感じてる証拠だよ」

「もう、もう、かんにんして……お、お尻が変になっちゃう……」

「変になっていいんだ、女の身体ってえのは、尻の穴で感じるようにできてんだよ」

木島は静子の顔にまつわりつく髪を梳きあげて、美貌をさらした。蒼白だった顔はいつしか赤く上気して、苦痛の色は消えていた。

「フフフ、ここでもう一度浣腸してやるぜ」

木島は意地悪く言った。静子はビクッとして木島を見ると、ワナワナと唇をふるわせたが、なにも言わずにまた目をそらした。

「奥さんには念には念を入れてやるぜ。尻の穴のなかをとことん綺麗にしてから、とびきりの尻責めをしてやるからよ」

いよいよ木島は念願の肛姦を果たす気でいる。だが静子はまだそれを知らない。

木島は馴れた手つきでグリセリン原液と食用酢の混合液をつくり、巨大なガラスの筒にたっぷり吸いこませた。今度も二千CCだ。

（いや……ああ、もう、もう、いやッ……浣腸はいやです……）

静子は唇を噛みしめて木島から顔をそむけたまま、低くすすり泣いた。

捻じり棒が引き抜かれると同時に、巨大な浣腸器の先が静子の肛門へ深く沈んできた。

「あ……ああッ……」

静子はキリキリと唇を噛んで、汗に光る双臀をワナワナふるわせた。後ろ手縛りの手が、背中でなにかにすがりつこうとするように開き、握られ、また開いた。

ドクドクと薬液が流れこんできた。すでに一度浣腸され、捻じり棒を使って責めさいなまれた肛門に、二度目の浣腸はつらかった。

「ううッ、ひッ、ひッ、たまんないッ……」

肛門から内腿へと灼きただれ、かきむしられる。たちまち、汗に光る肌に、さらにドッと脂汗が出て玉となってツーと流れた。

「ううむ……つらい、つらいわッ、死んじゃうッ」

「そんなにつらいか、フフフ、だけどよ、今がつらけりゃつらいほど、あとのお楽しみの快感は大きくなるってもんだぜ」

木島は欲情の笑いをこぼしながら、ジワジワとシリンダーを押しこんでいく。

浣腸のあと肛門を犯されると知ったら静子はどんな顔をするか、どんな声で泣くか、考えただけでも木島はゾクゾクした。

そんなこととも知らず、静子は総身にしとどの脂汗を浮かべて、

「つ、つらいッ……う、うむ……お尻、お尻が灼けるッ……」

と、うめき泣き、叫び、悶え狂っている。

そして木島が七百CCちょっとまで注入した時だった。玄関のほうで物音がして、誰か入ってくる気配がした。

「お姉さん、どこなの」

妹の結衣の声がした。

静子は、総身が凍りついた。

「だ、だめッ、結衣。来ては、だめよッ」

必死に叫んだが遅かった。

「お姉さんが心配で、帰ってきちゃった」

と、結衣が台所へ入ってきたのである。もう夜の十二時をまわって、木島は帰ったと思ったらしい。

「ひいッ」

と静子が鋭い悲鳴をあげた。

同時に結衣も驚愕の叫びをあげて、その場に立ちすくんだ。結衣は目の前の光景が信じられなかった。妹としてとてもまともに見られる姉の姿ではない。

「お、お姉さん……」

「だめッ……ああ、見ないで、結衣ッ。こっちを見ては、だめッ」

静子は我れを忘れて、悲痛な声で叫んでいた。結衣は激しい衝撃にその場を動くことができなかった。吸い寄せられたように、目をそむけることもできない。

「……やめて……なにを、なにをしてるの……お姉さんに、変なことをしないで」

結衣は木島に向かって、ふるえる声で言った。膝もガクガクとふるえた。

「見りゃわかるだろ、お嬢ちゃん、フフフ、お姉さんに浣腸してやってるんだぜ」

木島は見せつけるように、巨大な浣腸器のシリンダーをグイグイと押し、笑った。

「ひいッ、見ないで……ひッ、うむむ……」

結衣は声を失って、ブルブルふるえだした。木島にとっては思いがけない展開だったが、考えようによっては妹の前で静子に浣腸し、肛姦をいどむのもおもしろい。

「お嬢ちゃんには信じられんかもしれないが、お姉さんは尻の穴にいたずらされるのが大好きでね、フフフ」

木島はおもしろがってからかった。

「今夜も、静子に浣腸して、とねだられてしてやってるんだぜ、フフフ」

「ウ、ウソよッ……ああ、結衣、聞かないで、ウソなのよッ」

静子は結衣に向かって夢中で叫んだ。

「さっきもねだられて浣腸してやったんだが、そこのバケツに垂れ流した姉さんのウンチが入ってるだろうが」

木島はバケツを指してせせら笑った。

「言わないでッ」

号泣が静子の喉をかきむしった。

「結衣、結衣ッ、向こうへ行っててッ」

「そこにいるんだ、フフフ、お姉さんがこいつを全部浣腸されて、ウンチをひりだすところをじっくり見物させてやるからよ」

「い、いやあ……そんな、そんなひどいことだけはッ」

泣きじゃくる静子をあざ笑うように、さらに多くの薬液がドクドクと流れこんできた。

4

結衣はガクガクふるえつつ、カアッと血を頭に昇らせたまま、その場に立ちすくんでいた。

(お、お姉さん……)

悲鳴をあげて逃げたくても、声も出ず両脚もいうことをきかない。

一糸まとわぬ全裸を後ろ手に縛られ、テーブルの上にうつ伏せにされて両脚を開かれ、悶えているその姿も泣き声も、とてもあの美しく上品な姉の静子とは信じられなかった。そして巨大なガラスの筒が姉のお尻の谷間に突き刺さり、ジワジワとシリンダーが押しこまれていく。

(し、縛られて、か、浣腸だなんて……そんなことって……)

結衣は目の前のすさまじい光景が信じられず、気が変になりそうだった。

「フフフ、どうだ、お嬢ちゃんには理解できねえかもしれねえけどよ。お姉さんは縛られて浣腸されると喜ぶんだぜ」

いい声で泣くじゃねえか……木島は結衣に向かって言い、次に静子を見てせせら笑った。

静子が激しくかぶりを振った。

「ゆ、結衣ちゃん、見ないでッ……」

可愛がっていた妹の目の前で浣腸をされ、静子は気が狂いそうだった。

そのなかで、流れこんでくる薬液がキリキリと強烈な便意をふくれあがらせ、じっとりと脂汗が滲みでた。とてもじっとしていられず、腰がブルブルとふるえてひとりでによじれた。

（ああ、どうしよう……）

戦慄が静子の身体を走る。このままでは妹の前ですさまじい屈辱をさらすことになるだろう。そんなことはとても耐えられない。

「向こうへ、向こうへ行って、結衣ッ……お姉さんを見ては、だめッ」

静子は悲痛に叫んだ。

それをあざ笑うように、木島は浣腸器のシリンダーを押しきった。二千ＣＣもの薬液が一滴残らず注入されたのである。

「あ……ひッ、ひいーッ」

静子は総身を揉み絞るようにして、気をやりそうに高くすすり泣いた。

「お、お姉さんッ」

結衣もまた悲鳴のように叫んだ。生きた心地もなく、膝がガクガクと崩れそうだった。

総身をしとどの脂汗まみれにして、ハアハアとあえぐ静子だったが、蒼白な美貌をひきつらせて木島をふりかえった。唇がワナワナとふるえている。グッタリと放心している余裕もなかった。

「お願い……結衣を向こうへ、妹を向こうへやってください」

静子は必死に哀願した。

木島はせせら笑って、空になった嘴管をまだ静子の肛門に突き立てたまま、意地悪くゆさぶり、円を描くように動かした。

「フフフ、せっかくだからよ。奥さんがどんなふうにウンチをするか、妹にじっくり見せてやれよ」

「そ、それだけはッ……う、ううッ……」

静子は激しくかぶりを振った。その間にも便意が荒々しく駆けくだって、静子は蒼白な裸身をふるわせ、腰をくねらせた。

頭のなかがジリジリと灼けた。今にもほとばしりそうな便意を必死にこらえるのがやっとで、一刻の猶予もなかった。

「む、向こうへ行って、結衣ッ……早く、行きなさいッ」

「ここにいるんだ、お嬢ちゃん、フフフ、それよりお姉さんに、ウンチをさせるのを手伝ってくれねえか」

木島は結衣に向かってニンマリと笑い、いやらしく手招きした。

「だめッ、結衣ッ……向こうへッ」

静子の悲痛な叫びに、結衣はハッと弾かれるようにあとずさった。あとはもう、我を忘れて逃げ、自分の部屋へ飛びこんだ。

後ろ手でドアを閉め、ハアハアと肩をふるわせる。身体中がガクガクふるえてとまらず、心臓が破裂せんばかりに高鳴っていた。

「まだ出すなよ、奥さん。よく尻の穴を揉みほぐしてからだぜ、フフフ」

「い、いや……ああ、お願い……おトイレに……もう我慢できないッ」

「よしよし、それじゃ思いっきり尻の穴を開いてウンチをするんだぜ、奥さん」

「あ、あ……出ちゃう、ああッ……」

そんな姉と木島の声が結衣の耳に聞こえてくる。そして姉の号泣と木島の下品な笑い声……それがなにを意味するのか結衣にもわかった。

「い、いやッ」

結衣は小さく叫んで、両手で耳をおおってその場にズルズルしゃがみこんでしまった。

あれほど夫婦仲のよかった姉が、義兄が入院中をいいことに木島みたいな男に変態行為をさせるなんて、結衣には信じられない。まだ悪夢を見ているようだ。

(お姉さん、どうして……)

結衣は耳をおおったままかぶりを振った。

だが、いつまでも耳をふさいでおくことはできなかった。ふさげばふさいだで、今度はなにも聞こえぬ静寂が不気味になり、姉のことが気になった。

いつしか耳をおおった手がゆるんだ。

「ああ、いや……そんな……手を、手をどけて、あ、あ……」

姉の静子が泣きじゃくっている。

「派手にひりだすじゃねえか、奥さん。こんなに尻の穴を開いて、こいつをほっとく手はねえからな」

「や、やめて……今はいや、ああこんな時にさわらないでッ……」

「こんな時だからいいんじゃねえか」

木島はせせら笑った。

静子は生々しいまでに肛門を開いて、おびただしく排泄する。二度目の浣腸とあって、出てくるのはほとんど薬液だった。

そこを木島の指が這う。肛門のまわりをまさぐり、人差し指を入れ、妖しく口を開いた肛門をいじりまわす。

その気配だけは結衣にもわかった。排泄中にいじられるなど、結衣には信じられないことだ。

（いや……いや……）

結衣はまた、あわてて耳に押し当てた手に力を入れた。それも長くつづかず、また手がゆるむ。

「もっと気持ちよさそうな顔をしねえか、奥さん。絞りきったところで、もう一度浣腸してやるぜ、フフフ」

いきなり木島の興奮した大きな声が飛びこんできて、結衣はビクッとふるえた。

「いやッ……もう、もう、いやあ……」

ひッひッという姉のうわずった悲鳴にうめき声が混じった。

「フフフ、これだけいい尻をして、三回くらいの浣腸で音をあげるんじゃねえ。こいつが終わったら犯ってやるからよ」

「ああ……も、もう、お腹が……かんにんして、あ、あむむ……たまんないッ」

とても姉のものとは思えぬあられもない声だった。姉の静子が義兄を裏切って木島に身をゆだねていると思いこんでいる結衣には、それは気もそぞろに昂ったよがり声としか思えなかった。

それでなくとも、激しいショックに結衣は冷静に判断する余裕を失っていた。

「ああ、ひ、ひと思いに……あ、ううむ」

「催促か、奥さん、フフフ、三度目の浣腸でもう楽しむことを覚えたってわけか。ほれ、ほれ、どんどん入れてやるぜ」

「そんな……あ、うむ、ううん……」

静子は泣き、うめき、そしてあえいだ。

結衣は妹として、とてもまともに聞いていられない。

(いやッ、お姉さんッ)

結衣は両手で固く耳をおおって、シクシクと泣きだした。もう耳から手を離すことはできなかった。

その間も木島はうれしそうに舌なめずりをして、嗜虐の快美に酔いしれながらおびただしく静子に注入していく。

「うむ、ううむ……ひッ、ひッ……」

「フフフ、おもしれえように呑むじゃねえか。こいつはそのうち、どのくらいの量が入るか試さなくちゃな」

「く、くるしい……もう、ゆるして……」

しとどの汗が玉となってころがり、飛び散り、黒髪までも湿る。

「ほうれ、すっかり呑みこんだじゃねえか、奥さん、フフフ」

「た、たまんないッ……ああ、もう、もう我慢できないッ……早く……出る、出ちゃうッ……」

静子が苦悶の声をあげるのもかまわず、木島は嘴管を引き抜くなり捻じり棒をあてがった。ジワリと静子の肛門に捻じりこむ。

「そ、そんなッ……ああ、いや、いやですッ、させて……」

「浣腸も三回目となりゃ、すぐにひりださせちゃ、おもしろくねえからな。漏れねえように栓をしてやるぜ」

「いやあ……う、ううッ……」

静子は押し入ってくるものに唇を噛みしばってのけ反り、便意にふるえる腰をよじった。

必死にすぼめた肛門を強引に押しひろげつつ捻じり入ってくる感覚……それがどん

なにおぞましいものか、静子はすでに一度思い知らされている。

それが今は、浣腸されて排泄もゆるされずに捻じりこまれるのだ。

「いや、いやッ……ゆるして……」

「我慢しろ、奥さん。苦しけりゃ、それだけあとで抱かれる時の快感もでかいというもんだぜ」

「ううッ……かんにんして、たまんないッ、あむむ……させてください……」

肛門を拡張される感覚が、猛烈な便意を駆けくだらせる。だが、それを押し戻すように捻じり棒はくいこんで、強烈な栓と化していく。

「あ……うむ、ううむ……」

静子は汗まみれの美貌をのけ反りっぱなしにして、白い喉をピクピクふるわせた。時折りこらえきれないように、ひーッと喉を絞った。

「これだけ深く捻じこんどきゃ、もう漏れる心配はねえぜ、奥さん」

そう言うと木島は、静子の両脚の縄だけを解いて、今度は椅子の上に乗せあげた。両脚を左右にひろげて椅子の肘掛けに乗せあげる。開ききった内腿の筋が浮きあがって、ピクピクとひきつった。

静子の股間はなかば上を向いて、媚肉も、捻じり棒を咥えこまされた肛門も、あられもなく剝きだされていた。それは内腿の筋に引っ張られて媚肉の合わせ目がほころび、奥の肉襞をのぞかせてしまうほどだった。

「う、ううッ」

もう耐える限界を超えた便意に、静子はとらされた姿を羞じる余裕もない。

「フフフ……そんなつらそうな顔されると、そそられるぜ、奥さん。すぐにでも犯ってやりてえが、その前にもうひと仕事だ」

木島はシェービングクリームと剃刀を取りだした。

「ここの毛を剃るからな、奥さんの身体には、割れ目が剝きだしのほうがよく似合うぜ」

「そんな……そんなひどいことだけは、かんにんしてッ……」

便意の苦痛にゆがむ静子の顔が、驚愕でさらにひきつった。

「そ、そんなことをされたら……夫に気づかれますッ……」

「亭主は今は入院中だ。肝臓移植手術が終わって退院する頃には、すっかり元みたいに生え揃っているはずだ、フフフ」

「い、いや……かんにんして……」

シェービングクリームを塗られながら、静子は泣き声をひきつらせた。艶やかな繊毛が白い泡でおおわれていく。

「駄々をこねると、それだけ大便をするのが遅れるぜ、フフフ」

木島はあざ笑いながら、ゆっくりと剃刀を柔らかな丘に滑らせた。

5

剃刀が少しずつ、ほんのりと色づいた丘を剃きだしにしていく。そしてキリキリと内臓をかきむしる便意の苦悶……静子の口にうめきが噴きあがり、目の前が暗くなった。

「は、早く……すませて……」

静子は唇を噛みしばって、哀願した。総身が脂汗にまみれ、まるで油でも浴びせられたようにぬめ光っている。それが苦悶にブルブルふるえ、のたうつようにうねった。

「うむ、も、もう、我慢できないッ……させて、させてッ……」

「なにをさせて欲しいか、はっきりおねだりしねえか、奥さん」

「ああ、静子……静子、ウンチがしたいのッ……ウ、ウンチさせてッ……」

静子はかぶりを振って脂汗を飛び散らせながら、強要された言葉を口にして、ひいひい喉を絞った。

妹に聞かれているかもしれないと思っても、もうこらえきれなかった。そう思う気持ちさえうつろになって、本当に気が遠くなりそうだった。

木島はニヤニヤと笑いながら剃刀を滑らせていく。

「フフフ、そんなに大便がしてえのか。よしよし、この肉の丘を丸坊主にして割れ目を剝きだしにしたら、ひりださせてやるからな」

黒い繊毛が白い泡とともに剃られ、白く高い丘がすっかり剝きだしになると、木島はさらに媚肉の左右へと剃刀を滑らせていく。

「早く……し、死んじゃう……」

「フフフ、さっきは妹が逃げちまったからな。今度は妹の前で、割れ目が剝きだしの丘を見せながらひりだすんだぜ、奥さん」

「…………」

ビクッと静子の裸身が硬直した。次の瞬間、悲鳴とともに静子の白い裸身がのたうった。

「いやあッ……それだけはッ、いや、いやですッ」

「甘えるな、奥さん」

「かんにんして……ど、どんなことでもしますから、妹の前でだけはッ……」

静子は我れを忘れて叫んでいた。

木島はニヤリと笑った。その言葉を待っていたのだ。

「本当にどんなことでもするのか、奥さん」

静子がガクガクとうなずいた。

「それじゃ今夜は、奥さんのほうから俺につながってくるんだ。文句ねえだろうな」

「そ、それは……」

「いやってえのなら、妹の前で大便をさせることになるぜ」

「ああ……妹の前でだけは、いやです……」

静子はうめくように言った。

目の前が墨を流したように暗くなって、限界を超えた便意が出口を求めてひしめく。

「は、早く……させて……お腹が裂けちゃう、うむ……」

「フフフ、早くクソをして、俺とつながりてえのか、奥さん」

木島はからかいながら、刃を進める。ようやく光る白い肌が剝きだしになった。

それは成熟しきった静子の身体にはアンバランスで、かえって妖しい色気を生々しく感じさせた。

木島は静子を両脚を開いて椅子の肘掛けに乗せた格好のまま、バケツをあてがった。

「思いっきり尻の穴を開いてひりだせよ、奥さん。派手にドバッといっていいぜ」

ゆっくりと静子の肛門の捻じり棒を巻き戻しにかかった。

「あ、あああッ……で、出るうッ……」

まるで酒樽の栓がゆるめられるように、捻じり棒が巻き戻されるにつれて、ショボショボと漏れはじめる。

それは次第に勢いを増して、捻じり棒が引き抜かれると一気にほとばしった。

「ああッ……あ、ああ……」

「フフフ、気持ちよさそうに、尻の穴を開きやがって」

木島は勝ち誇ったように、次から次へとほとばしる禁断の激流をながめた。

ながめつつ、指先を静子の媚肉に這わせた。合わせ目をほころばせて奥の襞をのぞかせている媚肉は、開ききってうごめく肛門に連動して、ヒクヒクとふるえていた。

「気持ちいいんだろ。気分出せよ、奥さん」

木島は媚肉の合わせ目を左右へくつろげて、ゆるゆると肉襞をまさぐった。もう一方の手は静子の乳房へもっていき、乳首をつまんで乳房をタプタプと揉みこむ。

「どうだ、奥さん。大便をしながらオマ×コやおっぱいをいじられるのも、なかなかオツなもんだろうが」

「あ、ああ……」

静子はまともに返事もできず、泣きながらグラグラと頭をゆすった。まさぐられる肌が熱をはらんでうずきだした。それは排泄の快感と共鳴し、たちまち女の官能をとろけさせる。

ツーン、ツーンとうずきが走り、身体の芯がジクジクと潤いはじめた。

(こ、こんな……ああ……)

あるべき女の茂みを剃られた身体で、排泄させられながら媚肉をいたぶられる……そう思うと屈辱と羞恥に気も狂わんばかりなのに、なぜか身体が燃えてならない。

「濡れてきたぜ、奥さん、フフフ」

「いや……あ、あああ……」

「ウンチを絞りきったら、奥さんのほうから俺につながってこなきゃならねえんだからよ。うんと気分出して、お汁を溢れさせろ」

木島は白い丘にくっきりとのぞく割れ目を剝いて、女芯の肉芽をさらけだした。根元まで剝きあげて、指先でいじりまわす。

「あッ……ひッ、ひッ、あああッ……」

静子は激しくのけ反って、腰をよじりたてた。

「たまんないッ……あ、あ、いいッ……いッ……」

こらえきれずに堰を切ったように、静子は崩折れた。

ねっとりと光るものが、ジクジクと溢れでて、充血した肉襞が指先にからみつく。

青ざめていた肌は、いつしか匂うようなピンク色にくるまれていた。

「好きなんだな、奥さん。まるで色ぐるいだぜ、フフフ」

木島は責めの手をゆるめず、せせら笑った。排泄しながら官能を昂らされていく女体の貪欲さ、不思議さに、木島はあらためて驚かされる。

そして静子が注入された薬液をすっかり絞りきると、すかさず寝室へ連れこんだ。

木島は裸でベッドの上に大の字になって、

「ほれ、約束通りに奥さんのほうからつながってきな」

天を突かんばかりに屹立した、たくましいものをゆすってみせた。

静子はハアハアとあえぐばかりで、もうなにも言わなかった。

汗にヌラヌラと光る裸身は、乳首を硬くツンととがらせ、内腿は、前から溢れでた蜜や排泄のあとも生々しくしたたり流れる薬液にまみれて、しとどに濡れていた。

「どうした、さっさとしろ。こっちを向いて俺の上へ乗ってくるんだ」

「…………」

「グズグズするなッ」

「は、はい……」

いやッ……と叫びたいのをこらえて、静子は消え入るような声で返事をした。嫌悪感に身体がブルブルとふるえた。

(できないわ……自分からなんて、ああ、そんな浅ましいこと……)

狂おしく胸の内で叫びつつも、静子は後ろ手に縛られた不自由な身体でベッドの上へあがる。

命令に逆らえばどうなるか……それを思うと恐ろしくて、静子は従順になってしまう。夫婦の寝室へ連れこまれたことで、ますます妹の部屋が近くなり、それがいっそう静子をおびえさせた。

静子はためらう両脚を叱咤するようにして、足を進める。ふるえる足で木島の腰をまたいだ。

「よし、そのましゃがみな、奥さん。よく狙いをつけてな」

下で木島がニヤニヤと笑いながら、肉棒に手を添えて待ちかまえている。

「ああ……」

静子は身体から力が抜け落ちて、気が変になりそうだった。

「早くしろッ」

木島にどなられて、静子は唇を噛みしめて必死の思いで腰を落としていく。

火のような肉棒の先端が、静子の内腿に触れた。

ひッと静子は喉を鳴らし、ブルッと胴ぶるいした。それが嫌悪によるものか、官能に燃える肉の反応か、もう静子自身にもわからない。おぞましいはずなのに、身体が燃えてしようがない。

「あ、ああ……こんなことって……」

「こんなこともクソもあるか。早くつながらねえと、妹を引っ張ってくるぜ」

木島に叱咤されて、静子はさらに腰を落として自分から犯されてゆく。歯を噛みしばり、黒髪を振りたて、萎えそうな力を振り絞って木島の肉を受け入れていくのだ。ジワジワと媚肉にくいこんでくる感覚が、おぞましいと思う心とは裏腹に、静子の肉を狂わせた。まるで待ち焦がれていたように包みこみ、からみつくのがわかった。

ひとりでに足の力が抜け、静子は自分の身体の重みでブルブルと崩れた。木島の下腹の上へ、尻もちをつくようにペタリとまたがると、肉棒の先端が子宮を押しあげた。

「あ……ひいッ、ひッ……」

静子は木島の上で悲鳴をあげて、上体をのけ反らせた。

木島の手が、上下を縄に絞りこまれた乳房にのびて、揉みこみはじめる。

「腰を振れ、奥さん。自分から積極的に腰を使うんだ」

乳首がつまみあげられてしごかれた。

静子は真っ赤になってハアハアとあえぎつつ、腰をうごめかせはじめた。熱くたぎった肉襞が自分の動きに引きずりこまれ、またメくりだされ、身体の芯がキュウと絞りこまれるような快美が走った。

「あ、あうう……ああ……」

思わず嚙みしばった口がゆるみ、声が出た。

自分の動きが直接的に肉の快美を生むだけに、屈辱感もいっそう大きかった。だが、それも次第に大きくなっていく官能の波に吞まれていくようだ。

「もっと気分を出して腰を振れ。そんなことじゃ、俺はいつまでたっても終わらねえぜ、奥さん」

と煽られても、静子はもう反発する気力もなく没頭しはじめていた。

静子は腰をうねらせ、上下させつつあられもなくよがりだした。

第三章　絶望のどん底

1

もう静子は恥も外聞もなくよがり声をあげて、汗まみれの裸身を木島の上であえがせ、振りたてていた。濃い女の色香とともに、秘めやかな音がたった。

「あ、うう……ああ、いい……」

絶え入るような息づかいに、からみつくようなよがり泣きが入り混じる。

身体だけでなく意識までもがドロドロにとろけ、灼けただれていく。

「メロメロじゃねえか、奥さん。自分から咥えこんで腰をゆするのが、そんなにいいってわけか、フフフ」

「そ、そんなこと言わないで……静子は、もう……ああ……」

「もう気をやりてえというのか、奥さん。そいつはちょいと早すぎるぜ。自分ばかり楽しんでねえで、俺を楽しませるようにしなよ」

大の字になって静子の乳房をいじりまわすだけの木島は、額に汗を光らせてはいるものの、息ひとつ乱していなかった。ニヤニヤと笑って余裕たっぷりだ……少なくとも静子にはそう見えた。

「だ、だって……ああ、だって……」

あとは言葉にならなかった。もう、めくるめく恍惚に息も絶えだえなのだ。

「しようがねえ奥さんだ。ほれ、そのまま後ろを向きな。自分ばかり楽しんでるんじゃねえよ」

木島は両手を静子の腰へもっていくと、そのまま強引に後ろ向きにまわそうとする。

「いや……このままで……」

「ガタガタ言うな。どんなことでもすると言ったろうが」

「ああ……」

木島と深くつながった部分を軸にして、静子の身体は前向きから後ろ向きへとゆっくり回転した。

「あ、うう……あうッ……」

身体のなかで回転する肉。静子は今にも気がイキそうに顔をのけ反らせ、キリキリと唇を噛んだ。

我れを忘れて腰をゆすりたてようとするのを、木島はバシッと目の前の双臀をはたいて、

「がっつくな。いやでもたっぷりと気をやらせてやるからよ。それより今は、俺を楽しませるほうが先だと言ったろうが」

と、腰を押さえつけてしまう。

そうしておいて静子の上体を前へ倒し、臀丘の谷間を覗きこんだ。剝きだされた静子の肛門は、まだ浣腸のあとも生々しく腫れぼったくふくれ、鮮紅の腸襞をのぞかせていた。深々と貫かれた媚肉につられてヒクヒクとうごめく。

「ああッ、いや……」

不意に肛門に触れられて、静子はピクンと腰をふるわせた。

「そ、そこはいや……かんにんしてッ」

「フフフ、奥さんのいやいやは聞き飽きたぜ。浣腸までさせておいて、今さらいやもねえもんだ」

木島は指先で揉みこむようにして、静子の肛門を深く縫った。

ふっくらととろけている静子の肛門は、驚くほどの柔らかさで楽々と木島の指を根元まで呑みこんだのである。

「熱くて柔らかくていい感じだぜ、奥さん」

「ああ、指をとって……お尻は、いや……」

「まだまだ、これからだぜ。もう少し尻の穴をひろげてやるからよ」

木島は人差し指に中指を添えた。肛門を貫いている指が、一本から二本になろうとして、粘膜をジワジワと押し開いていく。

「そんなッ……やめて、痛い……」

「これぐらいで音をあげるな。もっとひろげなくちゃならねえんだよ、フフフ」

「う、うむ……裂けちゃう……」

静子の肛門は、二本の指をその根元まで呑みこまされて、むごく押し開かれた。

それが薄い粘膜をへだてて前の肉棒とこすれ合う感覚に、静子はひいひい喉を絞った。さらに二本の指が捻じり合わされ、まわされ、抽送される。

「あ、いや……かんにんして、ああッ……」

汚辱感と愉悦とが入り混じって、たちまち静子を懊悩地獄へと落とした。

「フフフ、いいんだろ。前も後ろもクイクイ締めつけてくるじゃねえか」

「かんにんして……お尻は、もう、もう、いや……あぁむ……」

「やっぱりこの尻なら俺を楽しませてくれるようだな、フフフ、オマ×コじゃ奥さんばかり楽しんじまうからよ、尻にするぜ」

静子は、すぐにはなにを言われたのかわからなかった。考える余裕すらなく、腰が火のようになってひいひい泣くばかり。

「や、やめて……たまんないッ……」

静子は我れを忘れて木島の上で腰をガクガクとせりあげ、はねさせた。

「聞こえたろ、奥さん。つづきは尻の穴でだ」

そう言うなり木島は、静子の肛門をえぐっている指で腰を吊りあげるようにして、スルリと肉棒を抜き取ってしまった。

「あうッ……ど、どうしてなのッ……」

なにをされようとしているのかわからないままに、静子は木島を離すまいとするようによがりながら、恨んだ。

前へうつ伏せに倒された。

「奥さん、アナルセックスを試してやる。フフフ、今度は尻の穴にぶちこんでやると言ってるんだよ」

「…………」

静子の総身が驚愕と恐怖に凍りついた。唇がワナワナとふるえて、すぐには声も出なかった。官能の昂りもどこかへ消し飛ぶ。

おぞましい排泄器官を使って肉の交わりをするなど、正常な性行為しか知らぬ静子には思いもよらぬことだった。

「い、いやあッ……」

静子は絶叫を噴きあげて、逃げようと前へズリあがった。

だが、すぐに足首をつかまれて引き戻された。後ろ手に縛られた身体で、逃げられるはずもない。

「いやあッ、かんにんして……そ、そんなひどいことだけはッ」

「フフフ、あきらめな。何回も浣腸して揉みほぐして、今が犯り時なんだよ。奥さん。それだけ柔らかくなってりゃ、俺の太いのだってなんとか入るだろうからよ」

「いや、たすけてッ。それだけはいやッ」

足首をつかまれたまま、静子はベッドの上でのたうち、泣きじゃくった。そんなところで木島を受け入れるなど、考えるだけでも気が遠くなる。

「いやとは言わせねえぜ、奥さん」

「す、するなら前で、ああ、前でしてください……お尻なんて、いや」

「オマ×コは、もう充分やったぜ。つづきは尻の穴だ」

木島はあせらなかった。ここで無理やり静子の肛門を犯すのはたやすいが、それではおもしろくない。

「いやだってなら、妹をここへ連れてきて、見てる前で責めるぜ、奥さん」

「や、約束が違います……ああ、言われた通りに自分からあなたを受け入れたのよ。それなのに……」

「俺は奥さんの尻の穴でやりてえんだよ。やらせるのか、やらせねえのか」

木島はわざとらしくすごんだ。それから低い声でつぶやいた。

「なんなら、代わりに妹の尻の穴に入れてもいいんだぜ。若いピチピチの女学生もうまそうだからな」

「な、なんということを……妹はだめッ……結衣には関係ないわッ」

叫びながら、静子は絶望に目の前が暗くなった。

この木島なら、本気で妹に手を出すかもしれない。それだけはなんとしてもふせがねばならなかった。

「どうだ、奥さん。尻の穴でやらせる気になったのか」

つめ寄られて、静子は唇を噛みしめたまま、小さくうなずくしか術がなかった。

「はっきりと言わねえか。誰のどこの穴にどうして欲しいかをよ」

「静子の……静子のお尻の、穴に、してください」

途切れとぎれに言うと、静子は激しくかぶりを振って泣きだした。

このまま死んでしまいたいと思った。だが、肝臓ガンで入院している夫や妹のことを思うと、それもかなわなかった。

ここで静子が死ねば、夫の命を救う唯一の方法である肝臓移植のために、秘密の臓器売買ルートから肝臓を入手することを木島はやめるだろうし、きっと妹にも魔手をのばすにちがいない。

「よし、尻を立てろ」

木島はうつ伏せの静子の腰に手をまわして腰を浮かし、両膝をつかせた。両膝と顎の三点で身体を支え、双臀を高くもたげる格好をとらされる。

その双臀の前へ木島は膝をついた。ブルブルふるえる臀丘を大きく割りひろげた。

「いよいよ奥さんの尻の穴の処女をいただくぜ。亭主さえ入ったことのない穴で俺を咥えて、本当に俺の女になるんだ」

さすがに木島の声も心なしかうわずった。

「かんにんして……こわい……」

静子はおびえきって、歯をガチガチ鳴らした。頬がこわばり、固く閉じた両目がひきつっている。

「いくぜ、奥さん。できるだけ深く入れてやるからな」

「あッ……た、たすけてッ……」

灼熱の先端を荒々しく肛門に押しつけられて、静子は激しくかぶりを振った。

ググッと肛門の粘膜が押し開かれていく。

「そんなッ……い、痛いッ、ううむ……」

静子は夢中でシーツに嚙みついた。その嚙みしばった口から、ひッ、ひいッと悲鳴が絞りだされる。

引き裂かれるような苦痛もあったが、そんな箇所に男を受け入れさせられる汚辱感と恐怖のほうがまさった。

「う、うむ……いやッ……やめてッ……」

「口を開いて、口で息をするんだ。ほれ、力を抜いて尻の穴を開かねえか」

「ひーッ、ひッ……裂けちゃう……」

たちまち総身に脂汗を噴きだして、静子は硬直させた双臀をブルブルふるわせた。

もう静子の肛門は限界までむごく押し開かれて、毒々しい肉の頭を呑みこもうとしていた。すぼまろうとする力が肉棒の頭にからみつく。

「うむ、ううむ……」

静子の目の前に苦痛の火花が散った。こらえきれないうめき声が悲鳴に変わった。肉棒の頭は一度では入りきらず、木島は何度も引いては押しこむ動作を繰りかえした。そのたびにジワジワと入っていく。

ようやく頭がもぐりこむと、あとはそのままズルズルと根元まで沈んだ。

「どうだ、奥さん。尻の穴でつながった気分はよ」

「く、くるしい、ううむ……」

「いい尻だ。クイクイ締めつけてくるのがたまらねえ。こいつはいい味だぜ」

木島はすぐには動かず、熱く灼けるような肉の感覚をじっくりと味わった。気を抜くと、それだけで果ててしまいそうだ。

後ろから覗きこんだ静子の顔は、血の気を失ってひきつり、一種凄絶な表情をさらしていた。

「か、かんにんして……」

絞りだすように言っては歯を噛みしばり、次には息もできないように口をパクパクとあえがせた。

「苦しいのは最初のうちだけだ。すぐにたまらなくよくなってくるぜ、奥さん」

と、木島は静子を見おろしながら、ゆっくりと腰を使いはじめた。

「静子、死んじゃうッ……ひーッ、ひいーッ、う、ううむ……」

静子はゆさぶられつつ、喉に号泣を噴きあげた。

身も心も灼きつくされるのは、もう時間の問題だった。

2

カーテンの隙間から射しこむ朝陽に、静子は目を覚ました。外はいい天気らしく小鳥のさえずりが聞こえる。

いつもならすぐに窓を開けて、さわやかな空気を入れるのだが、今朝はしばしうつろに天井を見たまま動かなかった。

まだ一糸まとわぬ全裸のままであったが、もう手足の縄はほどかれていた。そして、隣りには木島が寝ていた。

「あ……」

昨夜のことが一瞬でよみがえって、静子はハッと我れにかえった。起きあがろうとするのを、木島に腰を抱かれ制された。

「もう目を覚ましたのか。ゆうべはあんなにすごかったのによ」

「いや……」

静子は裸身を硬直させて、両手で顔をおおった。まともに顔を見られるのがつらい。

木島はからかうように朝勃ちで硬くなったものを静子の太腿の付け根に押しつけてニヤニヤと笑った。

「フフフ、朝の一発といくか、奥さん」

「いや、もうかんにんして……」

静子は両手で顔をおおったまま、いやいやとかぶりを振った。

「は、離して……」

静子は逃げるようにベッドからおりた。

その瞬間、腰がフラついてグラッときた。さんざんもてあそばれた名残りか、腰に力が入らない。とくにおぞましい肛交をいどまれた尻の穴は、まだなにか入っているような拡張感がつきまとっている。

「フフフ、尻の穴でも男を知って、また一段と色っぽくなったぜ、奥さん」

ベッドに横になったまま、ニヤニヤと静子の裸身をながめて木島は煙草を咥え、満足げにふうーと煙を吐いた。

「お、お尻でなんて……ああ……」

静子は弱々しくかぶりを振った。唇を噛んで泣きだしたくなるのをじっとこらえている。

壁に手をついて、フラつく身体を支えるようにして浴室へ向かう。木島はついてはこなかった。

お湯のシャワーを頭から浴びながら、静子はひくッ、ひくッと子供みたいに泣きだした。湯がさんざん荒らされた肛門にヒリヒリしみるのが、屈辱感をふくれあがらせた。

このままなにもかも洗い流してしまいたい。

「あなた……」

静子はうめくように夫の名を口にして、泣き崩れた。しばらく泣いてから、静子は身体を洗った。

やつれを隠すためにいつもより化粧は濃いめにして、木島に命じられるままに、素肌に直接ミニのワンピースをつけた。

台所で朝食の支度をしていると、妹の結衣が入ってきた。互いに顔を見ずに目をそらし、黙ったままだった。

「お、お姉さん……」

最初に口を開いたのは、結衣だった。結衣もまた、眠れぬつらい一夜をすごしたのだ。結衣の唇がワナワナとふるえている。

「お姉さん……どうして……どうしてなの。あんな男と……」

結衣はどうしても納得がいかない様子である。相当に悩んだのだろう。

静子は妹の目を見ずに、

「……今は聞かないで、結衣」

「あ、あんなこと、変態だわ……不潔よ」

「ごめんなさい……」

そう言うしかなかった。すべては夫の命を救うためなのだが、今はとても弁解する気にはなれない。

それよりも、木島が寝室から台所へ出てきやしないかと、気がかりでならなかった。

「お願い、お姉さん。あんな男と手を切って……お義兄さんが可哀相よ」

「…………」

静子は唇を噛みしめて、目を伏せたままだった。

あと少しで木島とのおぞましい関係も終わる。夫の肝臓移植手術まで死んだ気で耐えれば、すべて終わるのだ。それまではどんな辱しめもじっと耐えるしかない。静子は自分自身に言い聞かせた。

「お姉さんッ」

静子がなにも答えないので、結衣は哀しみやら怒りやらで、顔がベソをかかんばかりになった。

「ゆ、結衣……」

もう学校へ行く時間よ……と静子が言いかけた時、ガウン姿で木島がニヤニヤしながら入ってきた。

静子も結衣も思わず身体をこわばらせた。

「フフフ、お嬢ちゃん、昨日は姉さんのよがり声がうるさくて寝れなかったんじゃねえのか。悪いことをしたな」

木島は結衣を見てわざとらしく言った。

「お姉さんは狂ったみたいだったぜ。ひいひい泣いて腰を振って、何度も気をやったんだ。それも尻の穴でよ」

「やめてッ……そ、そんなこと、妹に言わないで、ああ、言わないでくださいッ」

「フフフ、いいじゃねえか。すべて聞かれてるんだ。奥さんは黙ってな」

木島はせせら笑いながら結衣に見せつけるようにして、テーブルの上に長大な張型をころがした。男性自身をかたどったグロテスクなもので、赤ん坊の腕ほどの大きさがあった。

ひッ……と結衣は息を呑んだ。静子もまた美貌をひきつらせて、ワナワナと唇をふるわせた。

「今日はこいつを姉さんの身体に使ってやろうと思ってよ、フフフ」

木島は静子にではなく、結衣に話しかけた。

「でかいだろ、フフフ、お嬢さんにはまだ無理かもしれねえが、お姉さんのオマ×コなら入るだろうぜ。こいつでお姉さんをひいひい言わせてやるつもりでね」

結衣はいやいやとかぶりを振った。そのまま一歩二歩とあとずさった。

チラッと見た姉は、うなだれたまま小さくふるえていただけだった。どうして姉は黙ったままで抵抗しようとしないのか。張型などというおぞましいものを使わせる気なのか。

「お姉さんなんか……き、嫌いよッ」

叫ぶなり、結衣は外へ飛びだしてしまった。

「フフフ、まだバージンみたいだな。可愛いもんだぜ」

木島は静子の腰に手をまわして抱き寄せながら、ニヤニヤと笑った。

「そのうち奥さんが性教育してやる必要があるぜ」

「あ、あなたの言いなりになっているのに……どうして妹の前でひどいことを、言うの……も、もう妹の前では」

「うるせえんだよ、奥さん」

木島はバシッと静子の双臀をはたいた。ミニスカートをまくりあげ、パンティをつけない裸の下半身を剝きだしにした。昨夜剃毛したのっぺりとした丘が媚肉の割れ目をのぞかせている。

その白い丘を撫でさすりつつ、木島は椅子に腰をおろした。静子は立たせたままだ。

「ツルツルの丘がよく似合うじゃねえか。こいつを妹が見たら、なんと言ったかな」

「いやッ……」

「フフフ、いいから脚を開きな」

木島は静子の両脚を開かせ、さらにいじりやすくした。指を動かすたびに、静子がビクッビクッとふるえるのがなんともいえない。

「さっきも言ったように、その張型を咥えこませてやるからな。気分出せよ、奥さん」

「か、かんにんして……ああ、朝からなんて、どこまでいじめれば……」

昨夜あれだけもてあそんでおいて、なおもいたぶろうとする木島の飽くことを知らぬ欲望。

「あれだけ太いんだ。うんと濡れねえと、つらい思いをするのは奥さんだぜ。なにしろアメリカの娼婦が泣きわめいたいわくつきだ」

静子にしてみれば、テーブルの上の張型の巨大さは恐怖だった。

「お、大きすぎるわ、かんにんして……」

「だからなんとか入るように気分を出して、オマ×コをうんと濡らせと言ってんだ」

木島は媚肉の割れ目にわずかにのぞいている女芯を剝きあげた。指先で肉芽をころがすようにさする。

「あ、ああッ、いや……」

「じっとしてろ。それとも今すぐ無理やりぶちこまれてえのか」

木島はほかにはいっさい触れようとせず、静子の女芯にだけいたぶりを集中させた。

それだけに静子の意識もまた、いたぶられる一点に集中した。たちまち肉芽は赤く充血してとがり、ヒクヒクとおののくようなうごめきを見せはじめた。

「あ、ああ……ゆるして……」

静子は頭をグラグラゆすり、腰をよじりながらむせび泣く。いたぶられる女芯がズキズキと熱をはらんでうずき、いくら払いのけようとしても、身体がその感覚に添い寄ってしまう。

「ああ……」

思わず熱い息とともに声がこぼれた。

「フフフ、責めれば責めるほど、日ごとに敏感になっていくようだな、奥さん」

「ああ……あ、うう、もう、かんにん……」

一度声をあげてしまうと、もうあえぎをとめられなくなった。そして熱くうずく身体の奥から、ジクジクと熱いしたたりが溢れる。

静子の腰がひとりでにゆれ、剝きだしの半身がボウッとけぶるようなピンクに染まっていく。女が匂う。そして、ジクジクと溢れてきた。

「奥さん、フフフ、こりゃ洪水じゃねえか」

覗きこんだ静子の媚肉は、触れなくても合わせ目をひろがらせて、しとどに濡れそぼった肉襞をヒクヒクとのぞかせていた。木島の指でいびられる女芯も、血を噴かんばかりにとがって脈打っている。

「よしよし、ここで一度試してみるか」

テーブルの上の巨大な張型を取りあげると、木島は静子の前へかがみこんで、右脚を持ちあげて開かせ、膝のところを肩にかついだ。

「いや……そ、そんなもの、使わないで……いやです」

「俺は入れてみてえんだよ、フフフ、ほれ、自分から受け入れるようにしねえと、つらいだけだぜ」

木島は巨大な張型の先端を、開ききった媚肉をなぞるように、二度三度とこすりあげてから、ゆっくりと力をこめた。

「あぁッ……いや、こわいッ……」

悲鳴とともに静子の顔がのけ反り、腰が硬直した。

「ひッ、ひいーッ」

まるで犯される生娘みたいに、静子は悲鳴を張りあげて腰をよじりたてた。のびあがるように左脚が爪先立ちになった。

それは一度ではとても入らなかった。

「無理よッ、ああ、大きすぎる……ひッ、ひッ裂けちゃうッ……」

「無理なもんか。赤ん坊を産む時にはもっと開くんだぞ」

木島は何度も押しては、ジワジワとえぐりこませていく。媚肉はいっぱいにのびきってメリメリと音がしそうだった。

「うむ、うむむッ……」

静子は身になじまない巨大なものを強引に捻じこまれる苦痛に、ギリギリ歯を噛みしばって総身を揉み絞った。

そして、悶絶せんばかりのうめきとともに、長大な張型の先端を受け入れたのである。

3

木島はフウッと息を吐いた。

「見ろよ。なんだかんだと言っても入ったじゃねえかよ、奥さん」

「う、ううむ……」

静子は白目を剝いて顔をのけ反らせたまま、腰を苦痛に痙攣させている。本当に引き裂かれるかと思った。

木島はそんな静子を舌なめずりをして、目を細めて見つめた。ドス黒い長大な張型が媚肉を割ってくいこんでいるさまは、それがまばゆいばかりの美女だけに、またあるべき女の茂みを剃られて白い丘をさらしているだけに、酸鼻の極みであった。

木島はさらに押し入れた。もう先端は子宮に達しているのもかまわず、押しあげんばかりに進める。

「ううむ……ひッ、ひいーッ」

静子はもう意識さえ朦朧となって、顔をグラグラと左右へ振る。

木島は咥えこませたまま、すぐにはあやつり動かそうとはしなかった。じっと女体の変化を待った。

そして、張り裂けんばかりの媚肉がいつしか張型の巨大さになじみだすのを、ゾクゾクしながら感じ取ったのである。

「ああ……」

静子はハアハアとあえいだ。なじむにつれて苦痛は遠のいていく。だが、自分を貫いているものの巨大さをあらためて思い知らされ、目がくらむようだ。

「も、もう、取って。ああ、静子には大きすぎる」

「フフフ、まだまだ、これからじゃねえか、奥さん。いいな、落とすんじゃねえぞ」

木島はそう言うと、まくりあげたミニスカートの裾をおろした。

てっきりこのまま責めたてられると思っていただけに、静子はかえって不安になった。

「ど、どうしようというの……」

「俺の言う通りにしてりゃいいんだ。いいな、張型を落とすなよ、奥さん。落としたり勝手に抜いたりすりゃ、尻にきつい仕置きだからな」

木島はもう一度念を押すと、静子の腰に手を巻きつけて歩きはじめた。

「ああッ、いやあッ……」
二、三歩も歩かないうちに、静子は狼狽し、悲鳴をあげた。
張り裂けんばかりに拡張されて咥えこまされている張型が、静子のなかでうごめいて子宮にくいこんでくる。静子はその巨大さ、深さにおびえたように立ちすくんだ。

「こんな……歩けない……」

「さっさと歩けッ」

木島は強引に静子を進ませた。静子はほとんど引きずられるように歩いた。

いったん寝室へ連れ戻された。化粧を直させられ、木島もガウンからスーツに着替えると、今度は玄関へ連れていかれる。

「そ、そんな……いや、いやですッ、かんにんして……責めるならお家で」

外へ連れだされると知って、静子はおぞましさに身をふるわせた。

素肌の上にミニスカートのワンピース一枚だけで、最奥には巨大な張型を咥えこまされ、そんな姿で白昼の戸外に連れだされるのかと思うと、生きた心地もしない。ハイヒールがガクガクと崩れそうになる。

どこをどう歩かされたのかもわからなかった。すれちがう男たちが、静子の美しさや大胆なミニスカート姿に見とれてふりかえるのが、静子には股間の張型を覗かれている気がして狂いそうになる。

(ああ、こんなことって……)

身体中がじっとり汗ばんで、巨大な張型を咥えこまされた股間も、滲みでた蜜でヌルヌルだった。

足がもつれしゃがみこみそうになり、そのたびに腰に巻きついた手で抱き起こされた。

「あ……あ……」

こらえきれずに声が出た。歯を噛みしばっても、声を出したくなり、泣きたくなり、ふと身悶えたくもなる。

「気持ちいいからって、あんまり声を出すんじゃねえぞ、奥さん。まわりの男たちが驚くぜ、フフフ」

木島が耳もとでささやいて低く笑った。

ようやくタクシーに乗せられ、気がつくと夫の入院している病院の前だった。

「ここは……」

「亭主を見舞ってやろうじゃねえか、奥さん。毎日来てるんだろう」

「こんな格好でなんて……い、いやっ、いやです」

静子はにわかにおびえた。ノーパンで張型を咥えこまされたまま、夫に会えるわけがない。それに木島が夫の前でなにかいやらしいことをする気なのは、もう聞かなくてもわかった。

「かんにんして……行きたくありません」

静子は両脚を突っ張るようにして、弱々しくかぶりを振った。

だが、張型を咥えこまされた身で、静子は拒みきれるはずもない。木島に連れられて四階のガン病棟へあがらされた。

病院特有の薬の匂いに混じって、線香の匂いが流れていた。病室の前に線香が立てられ、泣き声が聞こえる。

静子はドキンと心臓を打たれた。亡くなったのは夫の隣りの病室の男性だったが、静子にはとても他人事とは思えなかった。今のままでは夫の命もあとわずかなのだ。

「き、木島さん、本当に……本当に夫に肝臓移植をしてくれるのね」

静子は我れを忘れて木島にすがった。

闇のルートを使って手に入れる臓器を移植するのでくわしいことは極秘だと言って、木島はそれ以上はなにも教えてはくれない。不安になるのも当然だった。

「心配するな。今日もこれから担当医師と打ち合わせをやるからよ」

「本当なのね……お願い、いっときも早く夫の手術を……」

「余計な心配はしねえで、亭主を見舞ってきな。いいな、張型をはずすんじゃねえぞ、奥さん」

木島が医局のほうへ歩きだすと、静子はひとり、夫の病室へ向かった。

木島が担当医師と打ち合わせをした結果に期待するしかない。今となっては、夫の命は木島に握られていると言ってよかった。

病室へ入ると、夫は眠っていた。腕に点滴を受け、鼻に栄養をとるための管を入れていた。日に日に病状が悪化し、体が弱っていくのがわかる。

「あなた……」

静子は小さくつぶやいて、夫の手を握った。たくましかった手は細く小さくなって冷たかった。

「あなた、静子が、どんなことをしてでも救ってみせるわ……」

静子は夫の手に頰ずりせんばかりにして、涙をポタポタ落とした。このまま夫を死なせてしまっては、なんのために木島の地獄の責めに耐えてきたかわからなくなる。

「……静子か」

夫が苦しげな声で言って、弱々しく目を開いた。

「は、はい、あなた……」

静子はあわててハンカチで涙をぬぐって答えた。しっかりと夫の手を握ると、弱々しい力で握りかえしてきた。

「いよいよ、僕はだめみたいだ……」

「そんなこと言わないで、しっかりして、あなた」

「自分の体のことは、自分が一番よくわかるよ……もうすぐ静子とも、お別れだな……静子……」

「いやッ……必ず肝臓移植の手術をしてもらいますから、それまでがんばって」

静子は泣きそうな声で言った。

夫は小さくうなずくと、また目を閉じた。

静子はずっと夫の手を握っていた。離すとこのまま夫がどこか遠くへ行ってしまいそうでこわかった。

夫は目を開いては少し話し、また目を閉じるということを繰りかえした。

そこへ木島が入ってきた。

「奥さん、いい知らせだ。亭主の肝臓移植手術は五日後と決まった」

木島は後ろからそっとささやいた。

「ほ、本当ですか……ああ……」

静子は思わず喜びの声をあげた。その知らせをどれほど待ち望んでいたことか。

だが、その喜びに水をさすように、木島の手が後ろからミニスカートのなかへもぐりこんできた。パンティをつけない裸の双臀がゆるゆると撫でまわされる。

「あ……」

静子の身体がビクッと硬直した。

木島の手を振り払いたくとも、静子の両手は夫の手を包むように握っている。それを離せば夫がまた目を覚ますだろう。

「いいことついでに少し楽しませてやるからな。じっとしてるんだぜ、奥さん」

木島はささやきつつ、股間の張型に触れた。それは溢れでたもので、もうびっしょりに濡れていた。

街のなかを歩かされながら官能がくすぶりつづけていたことを物語っている。

「…………」

静子は唇を嚙みしめて、ブルブルとふるえだした。もし今、夫が目を覚ましたらと思うと、生きた心地がしない。

「……さ、さわらないで」

静子は押し殺した声で必死に言った。

木島はニヤニヤと笑い、わざと張型をゆさぶって二度三度と抽送させた。その動きは押し入れた時よりずっとスムーズだった。

静子は声を嚙み殺して、顔を激しくのけ反らせた。

「かんにんして……や、やめて、夫の前ではいや」

腰をよじるようにして、静子はひそめた声をおののかせた。

「フフフ、せいぜい亭主に気づかれねえようにするんだな。奥さんと俺の仲を気づかれりゃ、手術どころじゃなくなるぜ」

木島はゆっくりと張型をあやつりはじめる。たちまちねっとりと妖しい音さえしはじめた。

ハアハアと静子の息も激しくなった。

「やめて……夫に、聞こえてしまいます……」

「知ったことかよ。自分でなんとかしろ」

「そんな……」

眠っているとはいえ、夫の前でいたぶられているのに、静子はなぜか身体が燃えてならなかった。

思わず声をあげかけて、静子はあわててハンカチを口に持っていって噛みしばった。そうでもしなければ、声を抑えきれない。

張型が巨大なだけに、それが送りこんでくる快美の波も大きかった。そして、耐えねばと思えば思うほど、すさまじい感覚は内にこもって、いっそう静子を狂おしくする。

（た、たまんないッ……いいッ……）

ハンカチを噛みしばって必死に声を殺しつつ、静子は悩乱のなかへと追いこまれ、身体をブルブルとふるわせはじめた。

木島が一段とピッチをあげて静子を追いあげにかかった時、静子の身悶えにゆり起こされる形で、夫が目を覚ます気配を見せた。

さすがの木島も、そこで中断しないわけにはいかない。

「ちくしょう。このつづきは家までおあずけだな、奥さん」

木島は低い声で言った。

4

だが今度は中断されたらされたで、生煮えの状態にじらされつづけるような切なさが、静子をさいなんだ。

昇りつめる寸前まで追いあげられた女の官能は、家路についている間中くすぶり、足を進ませることで起こる刺激にもカッと燃えたった。

「な、なんとかして……」

「もう少しだ。我慢しろ、フフフ、家へ着いたら思いっきりイカせてやるからな」

「たまらないわ……ああ、どうにかして……」

ようやく我が家へ連れ戻された時には、静子は一人で立っていられないほどだった。

「し、して……早く……」

静子は催促するように小刻みに腰を振り、ハアハアとあえぎつつ、からみつくような妖しい視線を木島に向ける。

夫の肝臓移植が決まったことでホッとしたのか、巨大な張型の生む感覚がそれだけすごいのか、静子はそれまで張りつめていた緊張の糸が切れた感じだった。

「牝丸出しじゃねえか、奥さん。ますます俺好みになりやがって」

木島は静子のワンピースを脱がして全裸に剝くと、右手首と右足首をひとつに縛り、左手首と左足首もひとつにして縛った。そのままあお向けにひっくりかえし、手脚をいっぱいに開くように、左右の鴨居から吊った。

「それじゃ希望通りに可愛がってやるか。遠慮せずに思いっきり気分を出せよ、奥さん」

開ききって吊られている両脚の前にあぐらをかくと、木島はゆっくりと張型を操作しはじめる。

「ああッ……ああ……」

静子は顔をのけ反らせ、腰をわななかせて悦びの声をあげた。

「うれしいか、奥さん。それにしても、これだけでかい張型をこなすんだから、たいしたもんだぜ、フフフ」

「ああ、ああうッ……あうう……」

静子は我れを忘れ、ようやく与えられた悦びに胴ぶるいしつつ、めくるめく官能の絶頂へ向けて暴走していく。

だが、木島はひと思いにはイカそうとしなかった。あと一歩というところで、張型の動きをピタリととめてしまう。

「ああッ、そんなッ……」

静子はキリキリ唇を噛んで、狂おしく黒髪を振りたてた。

与えられない動きを求め、自分から腰をうねらせる。

「してッ……ああ、どうしてなの、してッ」

「イカせる前に奥さんに頼みがあってよ、フフフ、今夜は妹の目の前で奥さんを責めてみてえんだ。それも奥さんが自分から責めをねだる方法でよ」

「い、いやッ、それだけは……」

「いやならイカさねえぜ、奥さん」

木島は巨大な張型を操作してはとめ、また操作するということを繰りかえした。静子が官能の絶頂へ昇りつめるのにあと一歩というところで、あげたりさげたりする。

「ああ、最後までしてッ……静子、狂ってしまいます……あううッ……」

「妹の前で責められたい、と言いなよ。ひと言で天国へ行けるんだぜ」

「そ、それだけはッ……それだけはいや……」

静子は泣きじゃくった。どうしてもそれだけはできない。

「ほ、ほかのことなら……どんなことでもしますから……」

「俺は奥さんを妹の前で責めてえんだよ」

木島は声を荒らげて、深く埋めこんだ巨大な張型をわざとらしくゆっくりと引き抜きにかかった。

「いやッ……ああ、取らないでッ……」

静子は我れを忘れて泣き声を放ち、離すまいと肉襞をからみつかせて吸いこもうとする。その粘着力と吸引力に、さすがの木島も舌を巻く。

(フフフ、こりゃ生身だったら、ひとたまりもねえところだったぜ)

そんなことを思いながら、さらに引きあげて浅くする。

「ああ、いや、いやッ……お願い、取らないで……も、もっと入れてッ……」

静子はもう恥も外聞もなく、汗まみれの白い腹をあえがせ、乳房をゆすって腰を振る。木島の思うつぼだとわかっていてもやめられない。

静子を支えていたなにかが、積み木みたいに崩れていく。

「ああッ……ど、どうにでも、して……」

「どうして欲しいんだ、奥さん」

「妹の……妹の前で責められます、ああ、ですから、早く……」

なかばうつつに口走ると、静子は身も世もなく泣き悶えた。

そして張型の動きを求めて腰をゆすり、うつろな瞳で木島を見る静子は、これまでとは別人だった。

「は、早く……ひと思いに、してッ……ああ、い、イカせて……」

「フフフ、よしよし」

木島はそこまで静子を追いつめたことに酔いしれつつ、キリキリからみついてくる肉を引きずりこむようにして、一気に底まで埋めた。張型を捻じるようにして抽送する。

「ひいーッ」

静子の顔がのけ反り、腰が悦びにガクガクはねた。

「どうだ、奥さん。これで満足か」

「あ……あぁッ……」

返事をする余裕すらなく、静子は手脚を突っ張らせてのけ反る。

一気に絶頂へと昇りつめるふうだった。総身が恐ろしいまでに収縮し、巨大な張型をキリキリ食いしめ、絞りたてる。

「ひいーッ、ひッ……イクッ」

腹の底を絞りたてつつ、静子は二度三度と激しく痙攣した。そのまま恍惚とした痙攣地獄に吸いこまれるように意識が遠くなった。

「フフフ、のびるのはまだ早いぜ」

木島は静子を見おろして笑った。まだヒクヒクうごめいている張型をそのままに、静子の女芯をいびりはじめた。

静子のハンドバッグから頰紅用の小さなブラシを取りだし、それでスッスッと撫であげる。女芯は手を添えなくとも肉芽を赤く充血させて、ツンととがっていた。

「う、ううん……」

たちまち静子はうつつのなかにうめき声をあげて、腰をうごめかせた。

肉芽がヒクッ、ヒクッとおののいて、張型を咥えこんだままの肉襞も反応する。

「ああ……いや……」

腰をうごめかせながら、静子はうつろに瞳を開いた。

「……もう、もう、いや……かんにんして」

静子は弱々しく言った。朝、ここで巨大な張型を咥えこまされてから、もうかれこれ六時間になる。

「一度気をやったくらいじゃ物足りねえだろ、奥さん、フフフ」

「そんな……もう、これ以上は……」

「遠慮するなよ。妹が戻ってくるまでに、あと二回や三回はイカせてやるぜ」

女芯をまさぐるブラシの動きに、張型が再び操作される動きが加わった。

「あ、ああ……いや……変になっちゃう……」

静子はかぶりを振りつつ、手脚をうねらせた。精を吐きつくし、絶頂感の余韻がまだおさまらぬうちにさらに責めたてられるのかと思うと、静子は泣きたくなった。

「ああ……あ、あ、かんにんして……」

静子はのけ反りっぱなしであえぎ、そして絶息せんばかりに声を絞った。

灼けただれるような官能の渦に翻弄される。

絶頂感がおさまる間もなく、再び追いあげられる。

「ああ……あううッ、いいッ……」

「フフフ、気持ちよさそうな顔しやがって」

木島はゆっくり責めたてつつ、汗にまみれてよがり狂う静子をじっくり見つめた。

手脚を左右に開いて縛られているため、苦悶と見まがうばかりの表情も重たげにゆれる乳房も、そして巨大な張型でえぐられる媚肉も、ひと目で見わたせた。

「あ、あう、もう……」

そう言う間にも静子の裸身がガクガクのけ反って、身悶えが一段と激しくなる。

「ああ……また、またよ……イキますッ」

汗に光りうねる裸身がそりかえり、生々しい痙攣を走らせた。

さらに浴室へ連れこまれて湯のなかで責められ、マットに横たえられて身体を洗われながら責められた。

夜も静子を責めるのだから、昼はほどほどにしなくてはと思いながらも、木島はやめられなかった。

そして、ようやく巨大な張型も引き抜かれ、身体を洗い清められて寝室の鏡台の前に座らされた時は、静子はクタクタだった。

「化粧しな、奥さん。綺麗にみがきあげろよ」

後ろから鏡のなかを覗きこみながら、木島はニンマリと笑った。

静子はもうなにも言わず、洗い髪にブラシを入れはじめる。放心したようにただ手を動かしているだけだ。

「さっさとしねえと、妹が戻ってくるぜ、フフフ、妹の前で責めて欲しいと言ったのを忘れちゃいねえだろうな、奥さん」

静子はハッとおびえ、鏡のなかの木島を見た。

だがすぐに目を伏せてしまう。ブラシを持つ手がブルブルふるえだした。

「返事はどうした、奥さん」

「は、はい……忘れていません……」

「亭主の手術も決まったことだし、それが予定通りにやれるかどうかは、今夜の奥さん次第なんだぜ」

木島は意地悪く言った。

静子はベソをかきそうになった。木島が耳もとで、静子がどう振る舞うかあれこれと教えはじめた。

「そ、そんな……」

静子はいやいやとかぶりを振った。もう涸れたはずの涙が、また溢れてきた。

「泣くのはまだ早いぜ。妹の前で、いやでもひいひい泣かなきゃならねえんだからよ」

「かんにんして……」

「さっさと化粧しろッ」

木島は鋭く言った。

黒髪を綺麗にセットして化粧をすると、木島は目を細めて見とれた。

ついさっきまで乱れるだけ乱れ、官能の炎に灼きつくされていたのがウソみたいな美しさだった。身体にムッチリと脂が乗り、無毛の白い丘を見せている妖しさと対照的だった。

「上出来だ、奥さん」

木島は静子に服は与えず、身体にバスタオルを巻かせた。

「どうせすぐに素っ裸にされるんだ。服を着る必要もねえだろう、フフフ」

木島はゲラゲラと笑った。

「それじゃ、妹の前で奥さんを責める準備にとりかかるか、フフフ」

静子の腕をつかむと、玄関のほうで誰か入ってくる物音がした。

静子はバスタオルを巻いただけの裸身を、ビクッと硬直させた。

5

静子は息を呑んで玄関のほうを見た。

（だめ、帰ってきては。結衣、こっちへ来ないで）

胸の内で必死に叫んだ。

いよいよ妹の前で嬲りぬかれ、おぞましい身悶えをさらして見せねばならないと思うと、歯がカチカチ鳴りだした。

だが、入ってきたのは妹の結衣ではなかった。静子が見たこともない男が二人、ニヤニヤと笑って入ってきたのである。

ひいッ……バスタオル一枚の静子は、反射的に逃げようとした。だが、木島が静子の腕をつかんでいて、逃がさなかった。

「へへへ、この女ですか。こりゃたいした美人だ。さすがに木島さんが目をつけただけのことはありますね」

「身体もいい、フフフ、これほどの上玉とは思ってもみなかったよ、木島さん」

男二人は目を細め、静子をジロジロと見た。

静子は身体をこわばらせたまま、すぐには事態を呑みこめなかった。どうやら二人は木島と知り合いらしい。

「ど、どういうことなんです、この人たちは……」

「俺が呼んだんだ。亭主の肝臓を手に入れてくれる、臓器売買のブローカーの斉藤と李だよ、奥さん」

二人は五十代はじめというところだろうか。でっぷりと太ったほうが李で、口ひげをはやして長身なのが斉藤だった。二人とも、見るからに下品で好色そうである。

「二人も今夜のお楽しみに加えることにしたんだ。フフフ、どうせ責められるんだ。二人ぐらい増えたって、奥さんにしてみりゃどうってことねえだろ」

「そ、そんな……」

静子の総身が凍りついてブルブルふるえはじめた。妹の前で男三人がかりで責めようというのか。

「い、いや、いやですッ……ああ、そんなこと、いやあ……」

静子は悲鳴をあげて腕のなかでもがいた。

「お願い、そんなひどいこと、しないでッ……三人なんていや、いやあッ……」

「斉藤と李を怒らせねえほうがいいぜ、奥さん。二人は亭主の肝臓をどうにでもできる立場にあるんだぜ」

木島の言葉が静子の悲鳴だけでなく、あらがいまで急速に弱めさせた。

「こんな……こんなことって……ああ、どこまでもてあそぶというの……」

「フフフ、自分の置かれている立場を忘れねえことだな、奥さん」

木島はせせら笑って、斉藤と李に手伝わせて静子を責める準備をはじめた。

まず天井の板をはずして、天井裏の柱から縄を垂らして、静子の両手を頭上でひとつに縛り、爪先立ちに吊った。

「へへへ、見れば見るほどいい女だねえ」

「さぞかし味のほうも、へへへ、こいつは楽しい夜になりそうだ」

李と斉藤はゆっくりと静子のまわりをまわって、ニヤニヤと舌なめずりした。バスタオルの上から、形のよい乳房や双臀がわかった。

「まだバスタオルを取るんじゃねえぞ。お楽しみは準備が整ってからだ」

「わかってますよ、木島さん。すべては段取り通りに、へへへ」

そんなことを言いながら、男たちは静子の前に巨大な張型や浣腸器、捻じり棒や肛門拡張器、婦人科の医療器具などを並べていく。

「ああ……」

静子は美貌をひきつらせて、あわてて目をそらした。妹の前で三人がかりでどんなことをする気なのか、並べられた責め具が物語っていた。歯がカチカチ鳴り、身体中がふるえだしてとまらない。

（お願い、結衣……帰ってこないで……）

昨夜のことでショックを受けた妹が、このまま家出でもしてくれれば……そう思わずにはいられなかった。

準備がすべて整うと、男たちは冷蔵庫からビールを取りだしてきて、静子を取り囲むように座った。

静子はふるえる唇を噛みしめ、両目を固く閉じたまま、必死に両腿を閉じ合わせていた。白い太腿がブルブルとふるえているのが、男たちの目にもわかった。

「もう一度念を押しておくぜ。俺の言うことに逆らったら、亭主の手術はなしになると思いな、フフフ、亭主をたすけたかったら、せいぜい妹の前で牝になりきることだ」

木島はビールをあおりながら言った。

うなだれた静子の頬を、涙が流れ落ちた。

「妹は、まだ帰ってこないのか。なにをやってるんだ」

「もう五時になるぞ」

斉藤と李はしびれを切らした。バスタオルを巻いただけの美貌の人妻を前に、ただ見ているだけではじらされているのと同じだ。次第に目の色が変わってきた。

そうこうしているうちに、妹の結衣が帰ってきた。なにか思いつめた表情で、

「お姉さん、どこにいるの……お話ししたいことがあるの」

と客間へ入ってきた。

ああッと声をあげて静子はかぶりを振った。とうとう妹が帰ってきた。静子はこれからはじまることを思うと、目の前が暗くなった。

「お、お姉さんッ」

バスタオル一枚の姿で天井から爪先立ちに吊られている姉、そしてその前に並べられたなにやら恐ろしげな道具と、ニヤニヤ笑っている木島にさらに二人の男が……。

あわてて出ていこうとする結衣を、静子が呼びとめた。

「ま、待って、結衣……ここに、いて……」

静子はふるえる声で言った。

「今夜は、お姉さんがどんな女か……結衣に見て欲しいの」

「いやよ、そんなことッ……」

「お願い、結衣……ここにいて。お姉さんがどんなに淫らで悪い女か、今から見せてあげるわ……」

静子は必死に木島に教えられた口上を口にしていく。妹にそんなことを言わねばならないみじめさ、恐ろしさに気も狂いそうだ。

(ああ、夫の、夫の命を救うためなの……ああ、ゆるして、結衣……)

静子は何度も自分の胸に言い聞かせた。

結衣は声を失って、信じられないというように静子を見る。とても姉の言葉とは思えなかった。

「……静子のバスタオルを取って」

静子は消え入るような声で言った。

木島がニヤニヤと笑って、静子の身体からバスタオルを剝ぎ取る。あとは文字通りの一糸まとわぬ全裸だった。

そして、静子の太腿の付け根にあるべき茂みがないのに気づいた結衣は、驚愕の声をあげた。斉藤と李はゲラゲラと笑いだした。

「よ、よく見てもらうために、剃ってもらったの」

静子が口ごもると、すぐに木島が静子の双臀を指でつついてせっつく。

「どうした、奥さん」

「は、はい……静子の、静子の脚を開いてください……静子、縛られているんですもの」

「よしよし」

木島はかがみこむと、静子の左足首に縄を巻きつけて縛り、縄尻を天井の柱にかけて引いた。たちまち静子の左足首は、横へ開きながら上へと吊りあげられていく。

「あ、ああ、静子を見て……」

「やめて、お姉さんッ……」

結衣は夢中で叫んだ。

斉藤と李はまぶしいものでも見るように、目を細めて食い入るように覗きこんだ。左脚が吊りあげられていくに従って、秘められた女の花園と肛門が、あますところなくさらけだされた。

これ以上は言えないとばかりに、静子は木島を見た。だが、いくら哀願しても聞いてくれる男ではないことは、わかりきっている。静子は哀しげに目を伏せると、

「お願い、いじって……静子に、うんといたずらして……」

「へへへ、どこにいたずらして欲しいんだい、奥さん」

「そ、そんなこと、言わせないで」

「言わせてえな、へへへ」

斉藤はもう静子の前にかがみこんで、ニヤニヤと媚肉をながめ、李は後ろから肛門を覗く。もう分担を決めているらしかった。

静子はいやいやとかぶりを振ったが、ワナワナと唇をふるわせると、

「……静子の……オ、オマ×コをいじって……うんと感じさせて」

すすり泣くような声で言った。

斉藤が嬉々として手をのばし、静子の媚肉をまさぐりはじめると、李が声をかける。

「オマ×コだけか。他にもいじって欲しいところがあるんだろ」

「……お尻に……ああ、静子のお尻の穴に、いたずらして」

言い終わるなり静子は泣きだした。前から後ろから男の手が股間をまさぐる。

「あ、あああ……」

静子は顔をのけ反らせたまま、ひッひッと喉を絞った。

「いやッ」

叫んだのは結衣だった。もうとても見ていられない。

「お、お姉さんのバカッ」

我れを忘れて客間を飛びだした。

廊下で木島に追いつかれ、抱きすくめられた。両手が背中に捻じあげられ、縄がすばやく巻きついてきた。

「いやッ、なにするのッ……」

「フフフ、逃がすわけにはいかねえんだよ。今夜は俺が、お嬢ちゃんにも女の悦びってのを、じっくり教えてやるぜ」

「いやあ……」

悲鳴はすぐに、猿轡を嚙まされてくぐもったうめき声に変わった。

「お嬢ちゃんを姉さんの前で可愛がってやるぜ。その代わり、お姉さんはオマ×コと尻の穴に二人を同時に受け入れる、すごいのを見せてくれるはずだぜ、フフフ」

木島は結衣をズルズルと引きずった。妹までおもちゃにされると知ったら、静子はどんな顔をするか。

不意に電話のベルが鳴りだした。木島は放っておいたが、しつこく鳴りつづける。

木島が仕方なく手をのばすと、

「奥さんですか——先ほど、ご主人が発作を起こして、まもなく亡くなりました。すぐに病院まで来てください」

木島はなにも言わず、そのまま受話器を戻した。そして、結衣を引きずりながら、客間へ戻っていった。

（完）

本作は『エデンの魔園　人妻・美臀狩り』（ハードXノベルズ）を修正・再構成し、改題の上、刊行した。

フランス書院文庫X

人妻《ひとづま》 エデンの魔園《その》

著　者　結城彩雨（ゆうき・さいう）
発行所　株式会社フランス書院
東京都千代田区飯田橋３－３－１　〒102-0072
電話　03-5226-5744（営業）
　　　03-5226-5741（編集）
URL　http://www.france.jp
印刷　誠宏印刷
製本　若林製本工場

ISBN978-4-8296-7654-7 C0193

人妻 孕ませ夜這い
但馬庸太

「子宮は孕みたがってるぜ、すごい締め付けだ」夫のいない寝室、種付け交尾を強制される桜子。24歳29歳32歳——三人の美妻を襲う夜這い調教！

通い熟女【ほしがり未亡人兄嫁】
小鳥遊 葵

「明日も来てあげる。二人だけの秘密よ」義弟のアパートに通い、炊事洗濯、夜の営みまで面倒を見る彩花。もう一人の兄嫁玲奈まで通い妻宣言!?

インテリ美人弁護士、堕ちる
綺羅 光

「先生みたいなインテリもイク時の顔は同じだな」美貌と知性で注目を浴びる、新進気鋭の女弁護士。奴隷に生まれ変わった28歳はオフィスへ戻され…。

雪国混浴【子づくりの湯】若すぎる嫁の母、淫らすぎる嫁の姉
水沢亜生

「赤ちゃんできてもいいから奥に出してっ」妻の入院中、温泉町の実家で若すぎる義母と二人きりの生活。東京から妻の美姉まで押しかけてきて…。

催眠調教 義母、女社長、令夫人
鷹羽 真

「お願い、あなたの××が欲しくてたまらないの」淫獣の囁きに操られ、美牝の本性を晒していく、美和子、貴子、絹代——夢の完全支配ハーレム！

夢のご奉仕三重奏 あなたのママになってあげる
鷹山倫太郎

「家事だけじゃなくて性欲のお世話もしてあげる」幼なじみの熟母、担任女教師、未亡人マダム。母性ゆえのご奉仕のはずが、熟肉の疼きが暴走し…。